现当代文学故事

风拂煦——百花争斗艳

范中华◎编著

湖南人民出版社

图书在版编目（CIP）数据

春风拂煦：百花争斗艳：中国现当代文学故事 / 范中华编著 . —长沙：湖南人民出版社，2013.1（2024.09 重印）

（快乐读中外文学故事）

ISBN 978-7-5438-8647-6

I. ①春… Ⅱ . ①范… Ⅲ . ①故事—作品集—中国—当代 Ⅳ . ① I247.8

中国版本图书馆 CIP 数据核字（2012）第 186797 号

快乐读中外文学故事：春风拂煦——百花争斗艳（中国现当代文学故事）

编 著 者	范中华
责任编辑	骆荣顺
装帧设计	君和设计

出版发行	湖南人民出版社［http://www.hnppp.com］
地　　址	长沙市营盘东路3号
邮　　编	410005
经　　销	湖南省新华书店

印　　刷	永清县晔盛亚胶印有限公司
版　　次	2013 年 1 月第 1 版 2024 年 9 月第 4 次印刷
开　　本	710×1000　1/16
印　　张	15
字　　数	250千字
书　　号	ISBN 978-7-5438-8647-6
定　　价	25.00元

营销电话：0731-82683348　　（如发现印装质量问题请与出版社调换）

目 录

1. 文学革命的勇士陈独秀
wén xué gé mìng de yǒng shì chén dú xiù

　　五四文学革命是中国文学史上第一次真正伟大的革命。它和整个新文化运动一起促进了中国人民的觉醒，对于中国社会的发展起到了巨大的推动作用。在文学革命中，涌现出许多思想先锋和启蒙者，而真正的勇士和旗手是陈独秀。

陈独秀吹响了新文化运动的号角，为文学，也为革命奋斗了一生。

　　陈独秀（1879—1942年），字仲甫，安徽怀宁人。十七岁参加院试考取了第一名秀才。那天，宗师出的题目是"鱼鳖不可胜食也材木"的截答题。陈独秀对这样不通的题目很反感，也就用不通的文章来对付：把文选上所有鸟兽草木的难字和康熙字典上的荒谬古文，上文不接下文地填满了一篇"皇皇大文"。正收拾考具交卷时，那位李宗师亲自来收卷，翻看卷子看了一遍，问陈独秀年龄，答："十七岁。"他点点头说道："年纪还轻，回家好好用功，好好用功。"陈独秀以为这样不通的文章肯定没希望了，没想到，却考取了第一名秀才。捷报传来后，陈独秀更加鄙薄科举了。

　　陈独秀早年曾去日本留学，后积极主张文学革命。1915年，他在其主编的《青年杂志》（后改为《新青年》）创刊号上发表《敬告青年》一文，对中国的"奴隶文学"加以攻击。后又发表《现代欧洲文艺史谭》一文，介绍欧洲18—19世纪文艺革命的情况，这期杂志同时选载了几篇西方文艺著作，为中国的文学革命提供借鉴。接着，他在《新青年》"通信"栏内开展了关于改革文学的讨论。1916 年，他看到胡适寄来的信中提到文学革命的"八事"，便立即在《新青年》"通信"栏上发表并建议他详加发挥，写成专文，以告当世。1917 年 1 月，胡适的《文学改良刍议》在《新青年》上发表以后，陈独秀对胡适的观点并不完全满意，随即写了题为《文学革命论》这篇著名文章，发表于同年 2 月《新青年》上。于是，一场影响深远的文学革命运动开始了。

陈独秀的《文学革命论》是文学革命的总动员令。文章提出具有民主主义和现实主义精神的"三大主义"："曰，推倒雕琢的、阿谀的贵族文学，建设平易的、抒情的国民文学；曰，推倒陈腐的、铺张的古典文学，建设新鲜的、立诚的写实文学；曰，推倒迂晦的、艰涩的山林文学，建设明了的、通俗的社会文学。"这可以说是思想启蒙运动中倡导文学革命的纲领：提出以"国民文学"取代"贵族文学"，争取"国民"（即平民）在文学中的地位，以求得文学内容上的"善"；提倡抒写真情实感，反映现实生活的"写实文学"、"社会文学"，反对所谓"古典文学"的陈腐铺张的形式主义，以求得表现上的"真"；提倡新鲜明了、通俗的审美形式，以创造艺术上的"美"。总之，"三大主义"从文学内容、文学观念到审美要求，全面提出鼎新革故的主张，表现出高昂的战斗精神和较彻底的革命思想，反映了激进的民主主义者对文学革命的要求。

以后，《新青年》逐渐成为文学革命和新文化运动的重要阵地，很多文人、学者在上面发表文章，宣传进步思想，启发国民意识，其作用不可低估。

1916 年，陈独秀任北京大学教授。1918 年和李大钊创办《每周评论》，提倡新文化，宣传社会主义，是五四新文化运动中的激进民主派。1920 年发起组织上海共产主义小组。1921 年，中国共产党成立，当选为总书记。后因思想右倾，1929 年被开除出党。

大革命失败以及被开除出党，再加上婚姻生活上的两度离合，在精神上给陈独秀以很大刺激。于是他改姓易名，在一个城市贫民聚集的地方隐居下来，从此名噪一时的革命志士变成了一个清贫独居的寒士。

　　1932年9月，由于谢立功、费侠向国民党告密，陈独秀在上海被捕。国民党迫于国内外的舆论压力，批示"全案交法院审理"。于是，陈独秀被解到江宁地方法院看守所关押。半年之后，苏州高等法院才派人来审理。在审判时，陈独秀好友章士钊为他辩护。但陈独秀的自辩诉状和章士钊的辩护状，国民党下令禁止登载，只有天津《益世报》登载了全文。结果法院仍判陈独秀有期徒刑十五年。后经上诉，最高法院改判十一年徒刑，并押解至南京老虎桥监狱执行。陈独秀在狱中，每日埋头研究《说文》，习书法，论文艺，谈诗歌，并且随兴写过《金陵怀古》二十四首。

　　在老虎桥狱中，一些旧友故交如罗家伦、胡适等曾去看望过他。胡适还对陈独秀说："我为你惋惜，你若不当政党领袖，专心研究学术，想来会有些成就，而不致身陷囹圄的。"

　　1936年"西安事变"后，陈独秀被释放出狱，董必武曾代表中共中央访问过他。董劝陈检讨后回党工作。陈独秀不从，终于自弃于党组织之外。

　　陈独秀刚出狱时，蒋介石就派亲信朱家骅拉拢过他，希望他能组织一个与延安对着干的新共党，除许诺给予十万元活动经费外，还以五个"国民参政会"名额相诱惑。陈独秀报以冷笑声，弄得朱家骅下不了台。以后，蒋介石托人请他出任国民党政府劳动部部长，陈独秀当即予以痛斥："想拿我装点门面，真是异想天开。"他曾多次气愤地说："蒋介石杀了我许多同志，还杀了我两个儿子，我和他不共戴天。现在国共合作，我不反对他就是了。"

　　陈独秀晚年生活十分困难，经济上靠朋友接济。陈独秀夫妇向农民们学着种土豆，这对老夫少妻的劳动换来了可观的收获，家里屋角边常堆着土豆。刘伯坚同志曾受党的委托，给陈独秀送去一百元钱，陈独秀坚决不收这笔钱。1940年夏天，江津鹤山坪一带的盗贼，暗想做过共产党大官的陈独秀，一定有不少钱财。于是，一天晚上，打洞进屋，盗走了陈独秀十几件衣服和尚未出版的书稿。为失去心爱的篆刻阳文"独秀山民"的四字章和手稿，陈独秀气得捶胸顿足。而此时此刻陈独秀手里并不是没有钱，

只是他不想用。他写了一本书，起名《小学识字课本》，国民党教育部部长陈立夫以为"小学"二字不妥，硬要陈独秀更改书名后才准予出版。陈独秀坚决不同意，声称一字不改。因为僵持不下，陈独秀将预支给他的两万元稿酬全部束之高阁，存入中介人手中，不愿挪用一分一厘。

1942 年 5 月 27 日，陈独秀在贫病交加中，服用发酵的蚕豆花中毒而亡，终年六十三岁。

 新文化运动的伟大旗手鲁迅
xīn wén huà yùn dòng de wěi dà qí shǒu lǔ xùn

1881 年 9 月 25 日，鲁迅诞生在被称为"报仇雪耻之国，历史文物之邦，名人荟萃之地，山清水秀之乡"的浙江绍兴。

鲁迅的原名叫周树人，字豫才。他的祖父周介甫是清朝的进士，本在北京做官，当时家里尚有四五十亩水田和少许店面房子，算个小康之家。但当鲁迅十三岁时，他的祖父因科场贿赂案被捕下狱，关了整整七年。经此重击，鲁迅的家庭便迅速衰落，不仅家当全部变卖净了，而且长年卧病在床，因家庭变故使病情加剧的父亲周伯宜又为庸医所误，在三十六岁时便辞世而去。这样的家庭变故对鲁迅以后的生活产生了巨大的影响，正像他自己说的："有谁从小康人家坠入困顿的吗？我以为在这过程中能见到世人的真面目。"从此他便有了更多的机会去接触底层社会，尤其是绍兴水乡的外婆家，给他留下了无法忘怀的印象，使他开始跟劳苦大众建立了巩固的精神联系。实际上鲁迅童年时所经历的人生变故是同时代出身贵族的知识分子都共同经历过的。如后来的郭沫若、巴金、艾青、丁玲等。所以鲁迅式的家庭变故和人生经历在当时是有代表性的。

鲁迅七岁入私塾读古书，一直到十七岁，都在绍兴。由于家庭的衰败，他受尽了世人的白眼，看够了周围的奸诈，体验了社会的冷酷。他不肯像绍兴许多衰落了的读书人家子弟那样去学做幕友或商人，决计要走新的道路。

十八岁时，鲁迅以母亲替他竭力张罗来的仅有的八元旅费，离家到南京去投考不要学费而学习洋务的水师学堂。1898 年，他考取了，被分在机关科，但是这个乌烟瘴气的学堂马上就让鲁迅感到失望和不满，于是这年10 月转学投考了南京江南陆师学堂附设的矿路学堂。

1902 年 1 月 27 日，鲁迅以一等第三名的成绩获得矿路学堂的毕业执照，同年春天被两江总督派往日本留学。临行时同窗好友的一首赠别诗表达了人们对鲁迅的殷切期望："英雄大志总难侔，夸向东瀛作远游。极目中原深暮色，回天责任在君流。"

1902 年 3 月 24 日，鲁迅东渡日本。

到日本后，鲁迅首先进入了东京的弘文学院，在两年内修完了预备课程。这期间他选择了科学救国的道路，认为科学技术的发达是国家富强独立的基础，于是他不遗余力地向国人介绍自然科学成果，翻译了《月界旅行》、《地底旅行》等科幻小说，并撰写了《中国地质略论》、《中国矿产志》等。与此同时，鲁迅还如饥似渴地阅读了拜伦、雪莱、海涅、普希金、莱蒙托夫、裴多菲等爱国民主诗人的诗作，深受感动，心向往之。在弘文学院，鲁迅参加了许多以反清为目的的政治活动，并带头剪掉了象征种族压迫的辫子。在断发小照后面，他题写了一首七言绝句："灵台无计逃神矢，风雨如磐黯故园。寄意寒星荃不察，我以我血荐轩辕。"正是这种甘洒热血献给祖国的伟大精神决定了鲁迅后来的人生走向，并且矢志不渝，义无反顾，百折不挠。

1904 年夏，鲁迅进入仙台医学专门学校学习。他学医学得很认真，也取得了优异的成绩，他原本可以做一个很优秀的医生，但两年后的一件事却彻底改变了他的初衷。

鲁迅在仙台学医的时候，正值日俄战争爆发，中国成了两个帝国主义国家争夺势力范围的主战场。鲁迅陷入了痛苦的思索之中，他觉得对于中国来说，医学倒还不是一件紧要的事，医治、改变中国人的麻木的精神，实在比医治他们虚弱的肉体更为重要，否则中国人体格就是再健壮，也"只能做毫无意义的示众的材料和看客"。而要想医治和改变人民的精神，

鲁迅笔下的藤野先生

鲁迅当时认为只有文学最为有效。于是鲁迅毅然决定弃医从文，从振兴中华的需要出发，抛弃了血肉的外科，从事改造人灵魂的"内科"。

1906 年 3 月，鲁迅从仙台医专退学，回到东京，正式开始了他的文艺生涯。鲁迅虽然没有做成科学家、医学家，但他的人生选择对后人是一个启示：个人的命运和祖国的命运只有紧紧连在一起，生命才会放射出光辉夺目的光彩。弃医从文使鲁迅成为中国现代文学史上最伟大杰出的作家，这不是个人的一时冲动，而是时代召唤的结果。从此以后，鲁迅成了一名文坛斗士，创作出了《呐喊》、《彷徨》等惊世之作，终身以思想启蒙、唤醒民众为己任，成为中国新文化运动的伟大旗手。

鲁迅的《狂人日记》是中国现代文学史上的第一篇白话小说，它暴露了家族制度和礼教的弊害，是投向传统道德的一枚重磅炸弹。小说写成于1918 年 4 月，无论是对中国而言，还是对鲁迅而言，在形式上和内容上都是一次新的尝试。尤其是作者能够把一个患有迫害狂的精神病患者的内心世界刻画得惟妙惟肖，生动逼真，令人叹为观止。鲁迅之所以能成功地塑造出狂人形象，一方面得益于在日本学医的经历，另一方面得益于同表弟的接触。

如果简单地把一个患有迫害狂的原型搬进小说，《狂人日记》也不会产生如此巨大的轰动。鲁迅的高深之处是赋予了狂人以更深刻的社会文化的内涵，这依赖于鲁迅对社会敏锐而清醒的认识。在封建卫道士眼中，"狂人"不只是黑暗社会的被迫害者，而且包括封建制度的叛逆者。鲁迅还将现实与历史结合起来，以狂人特有的敏感揭露了传统礼教吃人的本质，这正是《狂人日记》最精彩也是最具有醒世作用的地方："我翻开历史一查，这历史没有年代，歪歪斜斜的每页上都写着'仁义道德'几个字。我横竖睡不着，仔细看了半夜，才从字缝里看出字，满纸都写着两个字是'吃人'！"用狂人的口吻说出历史的真实，鲁迅真正做到了有理有据。

鲁迅 1921 年 12 月写完《阿 Q 正传》。

鲁迅笔下的阿 Q 三十岁左右，赤背、赤脚、黄辫子、厚嘴唇，头上戴着一顶黑色的、半圆形的毡帽，那帽边翻起一寸多高。他有农民式的质朴、愚蠢，但也很沾了些游手之徒的狡猾。阿 Q 没有家，住在未庄的土谷祠里，也没有固定的职业，只给人家做短工，割麦便割麦，春米便春米，撑船便撑船。虽然很穷，但"先前阔"，见识高，并且"真能做"，只可惜头上长了癞疮疤。这是他最忌讳的事，别人一犯讳，口讷的他便骂，气力小的他便打，如此还不行的话，他会说："你还不配。"有一晚，他赌输了钱，挨了打，心里闷闷不乐。但回到土谷祠后，他立刻转败为胜了。他擎起右手，用力地在自己脸上连打了两个嘴巴，便心平气和起来，似乎打的是自己，被打的是别人，便得胜地睡着了。当革命的风吹到未庄时，阿 Q 发现自己一向痛恨的鸟男女都露出了慌张的表情，举人老爷也害怕，于是阿 Q 便"神往"革命，并感到很快意。他的革命纲领是"我要什么就是什么，我欢喜谁就是谁"，并因此而在土谷祠里做了一个革命成功的美梦。然而，他的革命总比人家慢，当他盲目地到静修庵革命的时候，赵秀才和假洋鬼子早已先他在此革完了。

这就是鲁迅笔下阿 Q 的故事，没有什么奇事，仿佛一切都发生在我们身边，甚而至于阿 Q 所做的事，我们似乎也做过。但是鲁迅的用意绝不在故事上，而是想通过阿 Q 探索中国人的灵魂。这就是鲁迅在《呐喊自序》里的表白："揭出痛苦，引起疗救的注意。"

《祝福》是鲁迅小说集《彷徨》中的第一篇，这是鲁迅写于 1924 年的故事，距今已有八十余年了。

《祝福》里的祥林嫂是一个淳朴善良的农村妇女，她不爱说话，只是顺着眼，但干活却十分勤快。她的丈夫比她小十岁，却不幸在这一年的春天死去了。新寡后的祥林嫂害怕被婆婆卖掉，就逃到了鲁镇，在鲁四老爷家帮佣。试工期间，她整天地做，似乎闲着就无聊，又有力，简直抵得过一个男子。但是没过多久，她就被婆家劫回，采取人身买卖的方式将她强嫁到山坳里去。天有不测风云，祥林嫂刚尝到一点生活的乐趣，第二个丈夫就不幸死于伤寒，接着儿子又被狼衔去了。当她带着丧夫失子的悲痛再次来到鲁四老爷家做工时，最后被鲁家辞退，沦为乞丐。当人们正在欢欣地"祝福"的时候，祥林嫂却怀着对地狱的恐惧和疑惑，像尘芥堆中让人厌倦了的陈旧的玩物，被无常扫出了这个世界。

祥林嫂一生的遭遇是几千年来千千万万中国妇女的共同遭遇，所以祥林嫂的悲剧就是旧中国妇女的共同悲剧。

鲁迅一生只写过一部爱情小说。

《伤逝》写于 1925 年 10 月，鲁迅用抒情诗的语言讲述了男女主人公涓生和子君的爱情故事。

子君死后，涓生则陷入到绝望的挣扎中。子君的死，留给涓生无尽的悔恨和悲哀。"依然是这样的破屋，这样的板床，这样的半枯的槐树和紫藤，但那时使我希望，欢欣，爱，生活的，却全都逝去了，只有一个虚空，我用真实去换来的虚空内在。"

从什么地方来又回到什么地方去，这一来一去间便多了两颗破碎的心。

《伤逝》是鲁迅最著名的小说。涓生和子君的爱情悲剧不仅具有时代意义，对后人也是一个重要的启示。

3. 娶小脚夫人的胡博士

qǔ xiǎo jiǎo fū rén de hú bó shì

人生往往有许多说不透的情结，解不开的矛盾，就以胡适为例吧，他的一生获美国、英国、加拿大及香港等国家和地区一些大学的荣誉博士学位多达三十五个。这在中国、甚至在世界史上也是罕见的。但是，就这样一位十分开明又很崇洋的人物，在婚姻问题上却十分保守，以致到了不可思议的程度。他听从了媒妁之言、父母之命，和自己不爱的江冬秀女士，风雨四十年，白头偕老，成为后人说不尽的话题之一。

事实上，面对这旧式包办的婚姻，胡适也抗争过，不愿自己的"心为奴"。那是在1908年秋，也就是胡适与江冬秀订婚的第四年。江家办了嫁妆，胡家备了新房，就等着胡适回家成亲了。谁料一向听话的胡适不但未归，而且还寄来一封充满怨恨的书信。

少年气盛，口出恶言，骂得实在厉害，一肚子不满尽喷在算命瞎子头上了。种种理由，总归还是为了拖延时间，暂时逃避这桩自己已经感到不满意的婚事，对包办这桩婚事的母亲也透露出一丝埋怨之情。况且，胡家此时又家道败落，店业破产，自己的学业未成，难以养家糊口，故胡适"力阻之"。这样婚事就拖了下来。这一拖就是十几年。因为1910年，胡适与七十多人一起乘船去美国留学了。

美国是一个自由的国家，特别是在婚姻恋爱这个问题上，与当时的中国相比真是天上地下。在这样一个国度里，年轻的胡适也深受影响谈起了恋爱。一位是美国女郎，名叫韦莲司，大学教授的女儿。她不但人长得美，学问也极好。思想开放，与胡适的接触很多，无论是言语、思想，二人均很投机。青春年少，对自己婚姻又不满意的胡适，遇到这样一个女孩，很难逃脱情网。于是他们不是月下谈心，便是湖滨散步，两年间写下了一百多封情书。另一位，则是留学美国的才女陈衡哲女士。陈衡哲(1890—1976年)，笔名莎菲，江苏武进人，留美攻读历史。回国后曾任北京大学、中央大学、四川大学教授，著有《西洋史》、《文艺复兴小史》、《小雨点》、《衡哲散文集》等。胡适与陈衡哲之间的爱恋和彼此倾慕的感情，在他们的通信中可见分明。

这说明，胡适对自己的婚姻无论是语言上，还是在行为上都表现出了明显的不满和抗争。但最终还是屈从了。这"全是为吾母起见，故从不曾挑剔为难"。

胡适的母亲冯顺弟，十六岁嫁给了比自己大三十二岁的胡传。十七岁生下了胡适，当时取名"穈儿"。那时已过五十二岁的胡传，在公务之暇，剪一些红纸方笺，用毛笔端端正正地写上楷书，教二十岁的冯顺弟认字。他们俩又一起教刚过两岁的小穈儿识字。父亲当教师，母亲既为学生又为助教。这老夫少妻幼子三口，享受到了人间最神圣的天伦之乐。然而，对于冯顺弟来说，幸福的时光太短暂了。只与丈夫度过六年零三个多月的幸福时光，便开始守寡，一直守了二十三年，受尽了人间的苦痛和折磨。

丈夫死后，冯顺弟便把心血都倾注到儿子身上。在教育子女的问题上，她是很舍得花本钱的，属于注重智力投资的开明母亲。可是，在儿子的婚姻大事上，她却极不明智，早早为儿子订下了终身大事。

母亲的一生可谓是历经坎坷，饱尝了人间的辛酸，再加上胡适少小离乡，多年求学在外，不能奉养母亲，归期又一拖再拖，家里拮据，母亲甚至以首饰抵借过年，这些都使胡适愧疚不已。他怎能在婚姻问题上违抗母命，而有负于母亲所喜欢的江冬秀呢？何况旧式婚姻，"名分"已定，使胡适对江冬秀也"由分生情意"，产生了一种责任感和同情心。果然，胡适如期回家了，1914年12月30日与江冬秀举行婚礼，终没有背弃文化不高而又小脚的江冬秀。他们的婚事，在五四时期，曾经获得社会上各种人物的赞许，对十分爱惜名誉的胡适，或许是一种安慰吧！

但无论如何，作为西化派的代表人物，胡适早已认识到婚姻应以爱情为基础，曾指出："没有爱情的夫妇关系都不是正当的夫妇关系，只可说是异性的强迫同居。"为了母亲，胡适只能容忍迁就，情愿不自由，这种难言的隐痛只好诉说于诗文中了。他在《终身大事》的最后喊出："这是孩儿的终身大事，孩儿应该自己决断！"

胡适的《终身大事》作于1919年，原是用英文写的。这是我国新文学史上第一个白话散文的剧本。

剧中的人物不多，只有田太太、田先生、田亚梅女士、算命先生（瞎子）、田宅的女仆李妈及未登场的陈先生。戏的内容也很单纯，但表现的却比较集中而风趣，写出了反封建的主题。田亚梅和陈先生曾经同在东洋留学，是多年的朋友，二人正热恋着。虽然她的母亲亲眼见过了陈先生，看他是一个很可靠的人，但这毕竟关系到女儿的终身大事，须要打起十二分的精神才是，因此不相信自己的眼力，去咨询菩萨和算命先生。于是田太太就不辞辛苦去拜了观音，又请了算命的先生，最后得出的结论是田亚梅和陈先生两人命不合，且相克。因为"猪配猴，不到头"。亚梅的爸爸与妈妈相比要开通得多，他从来就不信观音菩萨和算命先生的把戏。平日里，

开新风气、写新人新事的胡适

对田太太动辄求菩萨、找算命先生一类行为，就深为反感。所以，当田亚梅听到妈妈因"算命得出的结论"而反对自己的婚事时，她没有彻底地失望，深信爸爸得知这一切时，自然会站在她的一边。果然如此，爸爸听了妈妈的介绍之后，狠狠地批评了妈妈的做法，这使田亚梅的心又热了起来。可是万万没有想到，田先生不同意田太太的做法的同时，也不同意亚梅和陈先生的婚事。尽管田先生也"很喜欢陈先生"，并"认为拣女婿拣中了他，再好也没有了"。是什么缘故使田先生放弃了"这样好的人选呢"？这便是祖宗定下的祠规。祠规中规定，田姓和陈姓是不可以结亲的。因为两千五百年前，田陈乃是同姓。故田先生对亚梅说："我们族谱上是同姓，……我已问过许多老先生了，他们都这样说，我们做爹娘的，办儿女的终身大事，虽不该听泥菩萨、瞎子算命的话，但那班老先生的话是不能不听的。"这可是田女士做梦也想不到的。"爸爸一生要打破迷信的风

气，到底还是打不破迷信的祠规"，且是二千五百年前订下的！然而，受过西方思潮影响的田亚梅女士并没有屈服，在陈先生的"此事只关系我们两人与别人无关，你该自己决断"的鼓励下，留下一张写有"这是孩儿的终身大事，孩儿该自己决断"的纸条，"坐陈先生的汽车去了"。

胡适之所以能创作出这样题材和主题的剧作，与他本人曾是封建婚姻与礼教的受害者有很大的关联。再加上对于戏剧，胡适也是热心于改良的。

从此之后，胡适的情感大体上趋向平静。江冬秀自始至终是忠于丈夫的，并努力自修。管理家务上很有才能，更难能可贵的是她支持丈夫不走仕途之路。从其对"胡曹"之恋的"大吵大闹"中可窥见她的内心也未必是幸福的。这一对畸形的婚配，该带给后人多少思考？

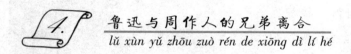

4. 鲁迅与周作人的兄弟离合

lǔ xùn yǔ zhōu zuò rén de xiōng dì lí hé

鲁迅和周作人是中国现代文坛上的两颗巨星。作为只差四岁的一对亲兄弟，他们青少年时代"兄弟怡怡"的情景曾令许多人羡慕不已。在新文化运动中，他们并肩战斗，互相帮助，成为驰骋五四文坛的急先锋，一时传为佳话。然而，就是这样一对文坛亲兄弟，后来竟也分道扬镳，甚至闹到反目成仇的地步。个中缘由难以说清，但兄弟失和的事实给两个人带来了极大的精神痛苦，甚至改变了他们看待人生的态度，也影响了各自的文学创作。

《诗经·小雅·大东》中有这样的诗句："东有启明，西有长庚，有捄天毕，载施之行。"其实，启明与长庚都是太阳系九大行星之一——金星的别名。金星是大行星中距地球最近的一颗，自东向西逆转。以金星运行轨道所处方位不同，人们将黄昏见于天际的金星称为长庚，将凌晨见于天际的金星称为启明。鲁迅未满一岁时，曾拜绍兴长庆寺龙师父为师，因此得到一个法名叫做长庚，原来也偶作笔名。而周作人的字，恰好叫做启明。鲁迅的母亲对此曾说过这样的话："龙师父给鲁迅取了个法名——长庚，原是星名，绍兴叫'黄昏肖'。周作人叫启明。启明也是星名，叫'五更肖'，两星永远不相见。"这两个名字对兄弟二人未来的关系似乎是一种暗示，虽然带有相当程度的迷信色彩，但用"东有启明，西有长庚"比喻周氏兄弟的失和，倒也十分形象。

鲁迅和周作人在青少年时代既是兄弟又是密友，他们曾经一起陶醉于百草园，一起在三味书屋读书，一同避难乡村。在患难与共的日子里，兄

洞悉社会百态，直面惨淡人生。曹白所作鲁迅木刻像神貌皆似。

弟二人成为最亲密无间的伴侣，彼此在精神上是难得的慰藉。发展到青年时代，由于都爱好读书和共同的命运，兄弟之情更融洽、更深沉了。鲁迅到南京求学时曾写过一首思乡的诗，表达了兄弟之间深笃的情谊，诗中写道："梦魂常向故乡驰，始信人间苦别离。夜半倚床忆诸弟，残灯如豆月明时。"

作为兄长，鲁迅不仅在生活上关照周作人，更是周作人学习上、事业上、精神上的引路人。1901年9月，周作人在鲁迅的影响、帮助和具体安排下，到南京读书，而且进了鲁迅曾经就读过的水师学堂。从此兄弟两人一起学习，一起度假，一起探讨《天演论》，共同树立了民主革命的思想。1902年2月，鲁迅赴日留学，临走之际，他特意赶回老家辞行，兄弟俩难舍难分，饮酒吟诗直到深夜，上床后仍然"辗转不能成寐"。

到日本后，鲁迅常给周作人写信，表达游子的怀乡之情，还不断给弟弟寄来各种书刊，其中有许多新出版的政治、文艺书籍和宣传维新、革命的刊物，这对周作人思想上的成长起到了指引作用。1906年夏，鲁迅奉命回乡结婚，由于对婚姻不满，未停留几日就返回了日本，但他同时带走了周作人，这是周作人一生重要的转折点。此时已弃医从文的鲁迅同周作人一起在东京从事文艺运动。兄弟俩一同筹办了《新生》杂志，一同翻译出版了《域外小说集》。周作人后来回忆说："阴冷的冬天，在中越馆的空洞的大架间里，我专管翻译起草，鲁迅修改誊正，都一点不感到困乏或是寒冷；只是很有兴趣的说说笑笑，谈论里边的故事。"由此可见，兄弟俩不仅手足情深，而且志同道合。这种兄弟怡怡之情一直持续到五四时期，两人在学业上互相帮助，在学术上互相切磋，在事业上携手前进。

五四时期是鲁迅和周作人兄弟情深的黄金时代。当时两人都在北京，都是《新青年》、《每周评论》、《新潮》的撰稿人，是文坛上的两颗明星。周作人提倡"人的文学"和"平民文学"，被胡适称作是新文学改革的"最平实伟大的宣言"。周氏兄弟在《新青年》上发表的小说、论文、随感和翻译作品有一百多篇，其中六十七篇是周作人写的，数量超过鲁迅，可见，五四时的周作人，名气并不亚于鲁迅。而且兄弟二人互相关照、提携，留下许多佳话。

周作人初到北大任课时，学历、经验不足，讲起课来心中没底，于是他总是先写好讲稿，由鲁迅修改定稿后再上讲台。后来周作人在《鲁迅的青年时代》中回忆说："在绍兴县馆，我在北大教书的讲义，给《新青年》翻译的小说，也是如此，他（鲁迅）总叫起了草先给他一看，又说你要去上课，晚上我给你抄了吧。"由此可见鲁迅对弟弟事业的关注和支持。在生活上，鲁迅对周作人的照顾、体贴也是相当周到的，他不仅承担了许多家庭事务，而且将自己每月的薪水全部交给周作人夫人，从来不计较个人的得失。同样，周作人的思想也启发过鲁迅。五四时，周作人翻译了与谢野晶子的《贞操论》，第一次宣布了以"没有爱情"为主要特征的中国传统婚姻的不道德性，确立了"结婚与离婚自由"的原则，鲁迅盛赞其为

"东方文明史上一件极可贺的事"。正是由于周作人这篇翻译作品的启示，鲁迅后来才写出了著名的文章《我之节烈观》，二者遥相呼应，成为新文化战线上一次非常漂亮的联合作战。

作为文人、学者的周作人在中国现代文学史上有着不可磨灭的功绩。他不但是新文化运动的先驱，对文学的性质有过深入的探索，确立了中国新文艺批评的基石，更重要的是他开垦了现代散文的园地，成为我国现代著名的散文大家，并且形成他独具一格的恬适、冲淡的散文风格。

但是，谁都不愿发生的事情终于发生了。1923 年 7 月 18 日，周作人给鲁迅写了一封绝交信，全文是："鲁迅先生：我昨天才知道，——但过去的事不必再说了。我不是基督徒，却幸而尚能担受得起，也不想责难，——大家都是可怜的人间。我以前的蔷薇的梦原来都是虚幻，现在所见的或者才是真的人生。我想订正我的思想，重新入新的生活。以后请不要再到后边院子里来，没有别的话。愿你安心，自重。7 月 18 日，作人。"这天晚上，淫雨霏霏，兄弟俩居住的北京八道湾院落格外凄凉、冷清。次日早上，鲁迅收到了这封信，当天下午，一场大雨从天而降。经过一周多的沉默后，8 月 2 日，鲁迅离开了兄弟朝夕共处的八道湾，移住砖塔胡同，情同手足的兄弟终于失和了。

鲁迅和周作人失和的原因很复杂，但从各方面的资料来看，应纯属家庭内部的纠纷。最直接的原因是周作人夫人羽太信子，她不满于鲁迅对她挥霍金钱的限制，便在周作人面前恶语中伤鲁迅，挑拨是非，终于导致兄弟失和。

由于受了诬蔑和委屈，鲁迅搬出八道湾后大病了一场，但他"不喜欢多讲"，直至临终前才写信告诉自己的母亲。兄弟失和后，鲁迅从未公开对周作人进行过反面的批评，反而时常默念尚未泯灭的手足情，唯恐周作人步入歧途。相比之下，周作人的怨恨之深则时常在作品里表现出来。

兄弟失和对两人的生活和创作产生了很大影响。鲁迅在这一时期，苦闷、彷徨、感伤，大量饮酒，精神疲惫。《孤独者》、《在酒楼上》、《伤逝》和《野草》都在一定程度上反映了当时鲁迅的情绪。而周作人也从此

抛弃了蔷薇色的理想主义，走上了一条"在不完全的现实享乐一点美与和谐"的享乐主义的人生道路。

从此，兄弟二人怀着无法言说的隐痛走上了各自的人生之路。

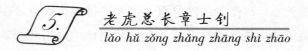

5. 老虎总长章士钊
lǎo hǔ zǒng zhǎng zhāng shì zhāo

　　章士钊被称为"老虎总长"是始于 1925 年。这一年，他应段祺瑞之邀北上任执政府的司法总长，后来又调任教育总长。总长之前冠以"老虎"，是缘于他创办的《甲寅》月刊。这个刊物创始于 1914 年，此年是甲寅年，故以《甲寅》命名，又因甲寅年是虎年，所以在封面上画一老虎，故当时人称"老虎"报。《甲寅》第三次复刊于 1925 年夏。这一次章士钊提出了复古的主张，攻击白话文，成为新文学运动的拦路虎，故章士钊被称为"老虎总长"。章士钊在《甲寅》周刊上先后重刊和发表了《论新文化运动》、《评新文学运动》，一方面极力否认文化有新旧之别，企图以此否定新文化运动，另一方面硬说"吾之国性群德，悉存文言，国苟不亡，理不可弃"。另有一些人也在《甲寅》上发表文章附和章士钊，甚至扬言取消白话文。

　　以章士钊为首的"甲寅派"（因其刊物《甲寅》得名）进行文化复古活动有自己的特点，这就是他们与军阀政权联系密切。章士钊当时想用"读书救国"来办教育，因此利用军阀政府给他的权力整顿学风，严格考核，强令小学以上的学校要尊孔读经，禁止学生用白话文，反对学生关心政治，主张闭门读书。所以这次复古思潮较之以往显得来势更为凶猛。新文学阵营为了还击"甲寅派"的进攻，撰写了许多批判的文章：高一涵、成仿吾、唐钺、魏建功、胡适纷纷发表文章，从不同的角度对"甲寅派"的荒谬论点进行批驳，特别是鲁迅的《答 KS 君》、《十四年的"读经"》、《再来一次》等杂文，指出章士钊提倡读经，并不是为救国，而是愚弄群众。在新文学阵营的强大火力打击下，随着段政府的倒台，"甲寅派"也很快宣告失败。可以说，这是新旧文学、白话文与文言文之间的最后一次交锋，此后，新文学站稳了脚跟。

图为东京版《甲寅》月刊封面，上有木铎老虎。当年的《甲寅》中外闻名。

这便是现代文学史上有名的新文学与"甲寅派"的论争，以及章士钊"老虎总长"绰号的由来。

1924 年至 1926 年间，是章士钊一生中所走的一段弯路。除此之外，章士钊的一生还是积极革命、爱国爱民的。

章士钊（1881—1973 年），字行严，笔名有黄中黄、孤桐、秋桐、烂柯山人。湖南长沙人。自幼家境贫困。十七岁母病故，为生活所迫去当私塾先生。二十岁离开家乡出外求学，在武汉认识了黄兴并成为莫逆之交。不久又来到南京江南陆师学堂学习军事。入学考试时，他一小时作数千字交头卷，得到学堂总办俞明震的赏识。1903 年，中国大地上发生了拒俄运动，章士钊作为江南陆师学堂的学生投入了这场运动，提出"废学救国"的主张，并率三十多名学生参加了蔡元培、章太炎等人组织的爱国学社，还被聘为《苏报》的主笔。

二十二岁的章士钊，满怀革命激情，对《苏报》的版面和内容进行了大刀阔斧的改革，鲜明地树起反清的大旗，热情地推荐邹容的《革命军》，刊登了自己写的《读〈革命军〉一文》和章太炎的《驳康有为》的精彩部分，使《苏报》一时成为人们关注的报刊，也成了清政府的眼中钉。清政府决心镇压。1903 年 7 月 7 日查封了《苏报》，先后逮捕了章太炎、邹容等人。因俞明震老师的暗中徇情，使章士钊得以幸免。这就是有名的苏报案。之后，章士钊写了一些革命的小册子与黄兴同去长沙，酝酿筹建华兴会。1904 年与杨守仁在上海组织暗杀团，名曰爱国协会。杨为会长，章为副会长，会员有黄兴、蔡锷、蔡元培、陈独秀等人。当时行刺的目标是清廷的大吏铁良和良弼等人。这时广西巡抚王之春卸任北上，路过上海，因他平时主张割地联俄，人们非常痛恨他。于是诱他到一家饭馆相机暗杀，章士钊幕后指挥，不料万福华手枪失灵，行刺未果被捕。章士钊心感不快，第二天独自一人去探监也被捕，四十天后由黄兴、蔡锷等人奔走营救得以释放，因此流亡日本。

到日本以后，看到该国明治维新后的进步与繁荣，认识到教育的重要性，提出苦读救国，立志留学读书。这样 1907 年 4 月经上海前往英国，进入苏格兰大学攻读法政、逻辑。在英国的五年，他在北京《帝国日报》等刊物上发表了许多政论文章。1910 年《民立报》在上海创刊时，他负责拍发伦敦专电，这些在当时的政坛上都起到了不小的作用。

1912 年 2 月，袁世凯登上总统的宝座。1914 年章士钊在东京创办《甲寅》月刊，高举反袁的旗帜，先后发表了《政本》、《学理上的联邦说》等文章，被胡适誉为"逻辑文学之代表"，并称他为"这一个时代代表作家"。1927 年 4 月 6 日，李大钊遭奉系军阀逮捕。章士钊听说之后，立即从天津返回北京，先见张学良、杨宇霆，陈述共产主义在国内尚处于空洞谈论经济理论阶段，不宜穷治，可判彼等有期徒刑，准他们携带《资本论》书籍，移押东京。张学良和杨宇霆同意，于是又见了张作霖。张作霖说此事不能独断，须与京外十一将领商量。至此，章士钊感到事情无望，但还是请张作霖给十一将领去函询问。不久十一将联名电至，坚称李大钊并非空谈理论，应对罢工罢学负责，最后李大钊终被处死。之后章士钊又为安顿李大钊的家属而奔波。

1919 年五四运动爆发，陈独秀散发传单被捕。章士钊闻讯后，立即写信与北京政府代总理龚心湛，请求释放。1932 年，陈独秀等十人又在上海被国民党逮捕，押到南京。1933 年开庭审讯，因案情重大，无人敢为之辩护，章士钊却主动出来为之辩护，以言行两方面陈说他们并未叛国。他的辩护词洋洋洒洒数千言，文理并茂，旁听席上为之震惊。此后二十年中，章士钊维护民族气节，拒不同汪伪政权合作；在国共重庆谈判期间他关心毛泽东同志及中共代表的安危，在毛泽东的手心上写了一个"走"字；内战后期又为国共和谈奔走，写信揭露国民党真备战假求和的骗局。新中国成立后，担任多种行政职务。50年代起，便开始奔走于京港之间，为祖国统一大业出力。从政之暇，致力于学术研究，将自己长期以来研究柳宗元文集的心得写成《柳文指要》，于1971年出版。1972年，美国尼克松总统访问我国时，周总理将一部《柳文指要》作为纪念品，送给了尼克松，这部巨著便永存白宫。"文革"期间，他又写信给毛泽东希望不要一下子打倒刘少奇。毛泽东很快复信："为大局计，彼此同心。个别人情况复杂，一时尚难肯定，尊计似宜缓行。"

1973年，章士钊已九十二岁高龄，仍去香港探亲访友，寻求和平统一的途径。7月1日凌晨与世长辞。

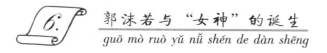

6. 郭沫若与"女神"的诞生
guō mò ruò yǔ nǚ shén de dàn shēng

1892年11月16日，在巍峨秀丽的峨眉山脚下，在湍流滔滔的大渡河畔，在宋代词人"三苏"的故乡，又诞生了一位未来的"诗神"——郭沫若。

郭沫若原名郭开贞，出生在一个半商半读的家庭里。他在兄弟姐妹中排行老八，聪明伶俐，从小深得家人的宠爱，尤其是他的母亲，在他孩提时就亲自教他吟背古诗，在不经意中陶冶着他对诗歌、韵律的感受力。而且，母亲充满苦难的经历，她的刚强和善良，勤劳和慈爱，对郭沫若的成长和品性都产生了深刻久远的影响。郭沫若后来称她为"诗教的第一位先生"。稍后，郭沫若又在家设的私塾中接受了更为严格而又系统的"诗刑"教育，在他最为尊敬的先生沈焕章的教导磨炼下，逐渐对中国古典诗歌神妙意远的境界、艰深复杂的技法有了较为深刻的体会，他幼年最初的习

天才诗人郭沫若

作，便已显露出诗人的气质和才华。

郭沫若虽然自小就积累了较深厚的文学功底，并且一直坚持诗歌创作，但在当时"鄙弃文学的时代"里，他不能不抑制自己的意趣，与许多立志报国的进步青年一样，最开始选择的却是实业救国的道路。1913年6月，为了摆脱辛亥革命失败给自己带来的苦闷和失望，也为了逃离失意婚姻给自己造成的精神折磨，郭沫若以报考天津陆军军医学校为名，离开了四川。同年年底，在大哥和朋友的支持和帮助下，他又远离祖国，东渡日本求学深造。初到日本，他"无复他顾"地选择了学医，并以惊人的毅力克服一切困难，把全副精力投入学业之中，为自己定下了严格的作息时间表，勤苦努力，发奋攻研，以此来作为对于国家社会的切实贡献。然而，已与文学特别是诗歌结下了不解之缘的"文豹"（郭沫若的乳名）真的能够潜心科学，不再被诗歌这富有迷人魅力的"女神"诱惑吗？回答当然是否定的。

1919年9月11日，上海《时事新报》副刊《学灯》的"新文艺"栏里，刊登了两首短诗，题为《抱和儿浴博多湾中》和《鹭鸶》。

不到半年时间，随着《地球，我的母亲》、《匪德颂》、《凤凰涅磐》等诗篇的相继问世，郭沫若这位新诗的巨人已是名满文坛、蜚声华夏了。他的诗歌雄劲高亢，发聩振聋，唱出了民族的痛苦和希望，抒发了广大民众要求自由、解放和新生的热切愿望和战斗激情，展现了人们对自然、生活和理想的热烈追求和向往。郭沫若此时虽远离祖国，却一跃成为"中国新文化的真诗人"。

《凤凰涅磐》在诗体格调及韵律形式上也堪称中国新诗史上的一次

"涅磐"。全诗共分六章。《序曲》营造了凤凰准备自焚时低沉、萧疏、凄冷的气氛；《凤歌》是凤对旧世界的诅咒，情调上高亢悲愤，具有阳刚之气；《凰歌》是凰对旧生活的控诉，情调上如泣如怨，具有阴柔之音；《凤凰同歌》表现了凤凰自焚时庄严、肃穆、悲壮的精神气质；《群鸟歌》体现了群鸟们卑俗龌龊的品格；《凤凰更生歌》将全诗推向了高潮，它采用复唱的形式，选用一些色彩浓重的词汇极力描绘更生后的新凤凰、新世界、新生活，运用夸张、拟人的手法抒写凤凰更生后极度欢乐的心情，激情

郭沫若为爱情唱出的诗作《瓶》

充沛、意境广阔。"那极度痛苦之后的极度欢乐，那贝多芬精神和席勒精神的化合物"，是中国新诗的巨人郭沫若献给五四所开辟的历史新时代的颂歌，也是献给未来自由和光明的祖国的一曲辉煌赞歌！

　　是什么原因使这位已立志学医、不复他顾的热血青年重新回到了文艺女神的怀抱？又是什么原因使这位深受中国古典诗歌熏陶的诗人走上了自由体新诗的创作道路？郭沫若自己回答这个问题时举出了三个重要的因素："一、从小时起所受的教育和所读的书籍的影响；二、我自己的生理上的限制；三、时代的觉醒。"

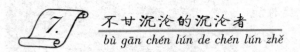

7. 不甘沉沦的沉沦者
bù gān chén lún de chén lún zhě

1921 年 10 月 15 日，中国文坛上掀起了一阵轩然大波，它的始作俑者便是在日本东京帝国大学读经济专业的郁达夫和他奉献给读者的短篇小说集《沉沦》。这是五四运动以后出版的第一部小说集，收入《沉沦》、《南迁》、《银灰色的死》三篇作品。其中尤以短篇小说《沉沦》引起的轰动最大，也最能代表郁达夫的创作特色。"它的惊人的取材和大胆的描写受到许多爱国青年的欢迎。他的清新的笔调，在中国的枯槁的社会里面，好像吹来了一股春风，立刻吹醒了当时的无数青年的心。"（郭沫若《论郁达夫》）郁达夫的名字也就"成为一切年轻人最熟悉的名字了。人人皆觉得郁达夫是个可怜人，是个朋友，因为人人皆可从他作品中发现自己的模样"。（沈从文《论中国创作小说》）因此《沉沦》出版后，很快就销行两万册，有的人甚至从无锡、苏州等地连夜乘火车专门到上海买书，成为文学史上的一个奇观。不过，《沉沦》的出版，也遭到不少人的诋毁，称郁达夫是"肉欲描写者"，骂他是在"诲淫"，小说是"不道德的小说"。

何以一件作品能够得到两种完全不同的评价呢？毁誉各半的《沉沦》到底是什么面目呢？让我们先了解一下作品及与作品相关的东西。

《沉沦》的主人公"他"是一个留学日本的中国学生，只有二十一岁，却博览群书，才华横溢。他不仅懂得英、德、日等国语言，还能把自己写的小说译成外文。可是正值风华正茂的年龄的他却多愁善感，孤僻自卑，有着病态心理。他喜欢大自然，经常独自一人跑到人迹罕至的河边、山腰和草丛中去读书吟诗，读书和吟诗的时候又常常与自己联系起来，往往痛苦地流泪。他害怕人群，时常不去上课，即使坐在课堂上也觉得孤独得很，用他自己的话说就是在人多的地方感到孤独比一个人在冷清的地方感到孤独更可怕、更难受。他的心理和生理都很早熟，本希望得到女人的爱，但又害怕与异性共处。他把这种对异性的渴望和需求压抑着，压抑的结果是他常常手淫；偷看房主人女儿洗澡；偶然地却又是用全副精神听野外一对男女的幽会，一言半语也不愿遗漏；有意无意地去寻找妓女，一听说卖汤食的人家总有妓女在那里，精神就抖擞起来，然后又十分后悔地走出来。他有忧郁症，并感觉不仅同世人之间的屏障愈筑愈高，而且又变形、扭曲以致连亲人也都疏远。他同他北京的大哥为了一些小事，竟产生了摩擦。他发了一封长信寄到北京，同他的大哥绝交了，甚至连大哥要他学的医科也放弃了，改学文科，以表示对大哥的宣战。在他无论如何也找不到爱情，找不到希望的时候，他流着

《沉沦》封面。沉沦者难以摆脱的痛苦是祖国的落后。

泪，对祖国诉说着自己的心里话，然后纵身投进大海……

表面看，小说只是一个颓废者的个人悲剧，实际上这是一个社会悲剧，"他"的孤僻自卑的性格是有着时代和社会的原因的。作为留学生，由于祖国的贫弱陆沉，他们身在异乡，飘零海外，却受到令人难以容忍的轻视和侮辱，没有依傍，只有忧伤和失望。"原来日本人轻视中国人，同我们轻视猪狗一样。日本人都叫中国人作'支那人'，这'支那人'三字，在日本，比我们骂人的'贱贼'还要难听。"他为自己的祖国而心焦，在心底里疾呼和呐喊："中国呀中国，你怎么不强大起来！"然而现实的祖国却不能给予他任何安慰和丝毫温暖，只能企盼祖国的未来。

貌似颓唐，实则蕴涵着反帝爱国热情的《沉沦》发表半年之后，周作人针对有人认为《沉沦》是"不道德小说"的论调，在北京《晨报副刊》

上发表文章为郁达夫申辩。周作人认为,《沉沦》绝不是不道德的文学。他说:"我临末要郑重的声明,《沉沦》是一件艺术的作品,但他是'受戒者的文学',而非一般人的读物。"(周作人《自己的园地·〈沉沦〉》)自此以后,那些骂者才收敛一些,在以后出版的《达夫代表作》的扉页上,郁达夫写下了这样一段题词:"此书是献给周作人先生的,因为他是对我的幼稚的作品表示好意的中国第一个批评家。"

《沉沦》的出现,使一些读者激动,也使一些读者震怒,这种现象正好说明,郁达夫初期的小说并非那种不痛不痒的平庸之作,而是具有震撼人心的力量。小说中的主人公"他"以异常的面貌出现在读者面前,让读者去领悟作家的心声:在受尽屈辱、百孔千疮的祖国母亲面前,他愿意让自己沉沦于万顷碧波之中,但他又不甘心就这样沉沦下去,所以在他向多苦的世界告别时又表示了对祖国的爱和希望;他的性方面的罪恶一次比一次深,也就是一步步地走向道德的沉沦,然而对于一个良心未泯的青年而言,这只增加了他的苦恼,激起他内心的苦斗。所以读者在小说中看到更多的是他不甘沉沦的自责和悔恨。

郁达夫在创作《沉沦》时,除了表达了他深邃的爱国之情外,在艺术上也有独到之处。他以清新秀丽的笔调描画了"苍空皎日";又用细致敏锐的笔法刻画了人物的心理,他的心理描写与一般小说的心理描写有所不同,突出人物的自我感觉与内心矛盾,采用的是自我暴露式的描写。虽然他在性爱方面的描写大胆而裸露,曾受到一些所谓的道学家们的指责,然而正是这些描写丰富了小说的内涵,体现了小说的时代精神,受到追求爱情和个性解放的青年的欢迎,同时也是刺向封建礼教的一把利刃。正如郭沫若所说:"他那大胆的自我暴露,对于深藏在千百万年的背甲里面的士大夫的虚伪,完全是一种暴风雨式的闪击,把一些假道学、假才子们震惊得至于狂怒了。为什么?就因为有这样露骨的真率,使他们感受着作假的困难。"

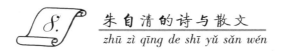

朱自清的诗与散文
zhū zì qīng de shī yǔ sǎn wén

说起朱自清，人们就自然想到了他写的那些散文，那些被誉为"白话美文的模范"的散文曾令几代人陶醉。可是朱自清的盛名并不起于散文，而源于诗。

朱自清（1898—1948 年），生于江苏东海县，五岁时全家搬到扬州，所以朱自清每每自称"我是扬州人"。他本名叫自华，号秋实。父亲朱鸿钧是个小官吏，母亲姓周，有文化，能识字。朱自清四五岁就学认字，然后进私塾，接受了古代典籍诗文的教育。中学期间，朱自清是个品学兼优的好学生。1916 年他从扬州八中毕业，临离开母校时，教过他的李方模先生问他的志向，朱自清干脆地回答："当个文学家。"当文学家早就成了朱自清的理想，为了这个理想，他在扬州两淮中学读书时就开始准备了，他参加了同学自发组织的诗社，还经常练笔。为了学习写诗，他十分珍惜时间，连刷牙洗脸时也要背诗，上厕所的工夫也要带上书看上几页。

中学毕业以后做小官的父亲丢了官职，一家人生活没了着落。大学期间朱自清穷得连一套像样的铺盖都没有，为了取暖只得用绳子把自己捆到破棉絮筒里。为了激励自己才改名为自清，意思是自强不息，奋发图强，做个清白之人。靠着这种精神，朱自清硬是用三年的时间学完了北大哲学系四年的课程。

朱自清学的虽是哲学，但仍没忘自己的文学初衷，在五四精神的激励下，他投入了创作，一首首充满时代激情的新诗写成了。

1920 年朱自清北大毕业了，他先后辗转于江浙一带教书，尽职尽责教书的同时，仍不忘创作，他的诗作几乎都是在这期间创作的。

长诗《毁灭》写于 1922 年五四运动落潮时期，现实的黑暗，幻想的破灭，在朱自清一类知识分子心中形成了"理不清现在，摸不着将来"的痛苦矛盾心理，朱自清把这些纷繁的思绪，化为生动形象的诗情描绘，再现了 20 世纪初叶具有世纪意义的知识分子的典型心态。

把诗作为战斗武器的朱自清到了写《送韩伯画往中国》时，他对光明的向往和追求就有了具体的实际内容了。

十月革命的炮声，使我们看到了新世纪的曙光，诗中把苏联比作美丽的"红云"，表明了诗人对这一崭新社会的希望，这一希望是苏联人民的，也是中国人民的，有了希望就有了目标，为这一目标奋力前行的人，是朱自清最尊敬的人。在《赠 AS》中朱自清就礼赞了这样一位有此目标的革命者，他的名字叫邓中夏。

诗中把革命者比做火把、波涛，充满激情地赞颂了革命者建立于地上的红色天国的理想，为革命者摧毁旧世界的英雄气概所折服。

朱自清的诗一方面歌颂光明，一方面也诅咒了黑暗。

为了新诗的发展，朱自清大力提倡诗体解放，要诗体从旧的镣铐中解放出来，主张新诗的形式要为内容服务，鲜明地提出诗歌的任务就是"斗争"。

与他的主张相适应，朱自清的诗不重诗句音节韵律，不在合仄押韵上下工夫，句式大都长短错落，靠诗的内在思想脉络结构诗篇。诗作形象鲜明，字里行间是诗人对真善美的赞颂，对假恶丑的抨击。

朱自清说："文学应该反映社会现象，表现并且讨论一些有关人生的一般问题。"人生的一般问题，包括人生百味：柴米油盐，酸甜苦辣，有话就说，有情就诉，而诗歌这一艺术形式在表现内容时有局限性，有了局限就要换另一种形式，于是因诗出名的朱自清步入中年以后就改写散文了。

朱自清的散文涉及生活的许多方面。有社会批判性散文：《执政府大屠杀记》记录了五卅惨案的经过，痛斥了反动派的暴行，表达了对学生英勇行为的真诚钦佩。《白种人——上帝的骄子》以一次电车中的偶然遭遇为例，描绘了白皮肤蓝眼睛的小洋人凶恶倨傲的神情，抨击了帝国主义对中国的侵略，抒写了一个爱国的知识分子的忧国情感。《生命的价值——七毛钱》描述了一个天真烂漫的五岁女孩，只卖区区的七毛钱的惨景。这些散文揭露了旧社会中下层人民生活的苦难，反映了旧社会人吃人的本质。

朱自清散文还有许多是表现小资产阶级知识分子生活情感的：《背影》、《择偶记》、《给亡妇》等写个人家庭生活；《我所见的叶圣陶》、《哀互生》、《白采》等写的是朱自清自己的亲近友人。这些作品或写的是知识分子正直的人格、宽厚的个性，或写的是他们生活的不幸，有的表现了积极的人生态度，也有的写了知识分子的生活情趣和情感世界。

朱自清散文中数量多而且影响最大的是他描写山水草木，一景一地的写景散文，像《桨声灯影里的秦淮河》、《荷塘月色》、《绿》、《春》等，每一篇都写得情深意长。但最被人熟悉，最让人难忘的散文是《背影》。

《背影》是朱自清的代表作，写于1925年10月，是对一次父子分别情景的回忆。

"豪华落尽见真淳。"《背影》的魅力不仅来自于作品真挚、淳厚的感情，也来自于作品率真、朴实的艺术风格。散文中看不到生僻怪异做作的词句，连修饰形容成分都很少，叙事都用接近生活的口语大白话。"我们过了三江，进了车站。我买票，他忙着照看行李。"人物对话更是直白，父子见面时，父亲说："事已如此，不必难过，好在天无绝人之路。"告别时父亲说："我走了，到那边来信，"言语简洁、含蓄、深沉、凝重，表面平淡，内里却透着做父亲的一片温情。

《背影》的构思谋篇方式也独具特点。父亲爱儿子，儿子爱父亲，这种血缘亲情有各种各样的表达方式，而朱自清却独独选择了父亲的背影，抓住瞬间的背影加以诗化，这一构思平凡中透着机巧、简单中见其功力。

《背影》打动了许许多多的人，它成了公认的抒写父子亲情的典范作品。朱自清的名字和《背影》密不可分，想到朱自清，就想到了《背影》，想到《背影》就必然想到了朱自清。所以朱自清去世的时候，连小学生都抢着看当天的报纸，惊叹说："作《背影》的朱自清死了！"

朱自清的《背影》是令人难忘的。

朱自清留给后人散文艺术的"背影"也是令人难忘的。

9. "血与泪的文学"的提倡者郑振铎
xuè yǔ lèi de wén xué de tí chàng zhě zhèng zhèn duó

1921 年 1 月 4 日，我国第一个新文学团体"文学研究会"在北京中央公园东侧今雨轩宣告成立。当选为文学研究会书记干事的，也是积极促成这个团体成立的核心人物，就是当时年仅二十三岁的郑振铎。文学研究会虽只是个松散的文学团体，也没有响亮有力的纲领，但其总体的"为人生"的倾向却在中国现代文学史上有着广泛的影响。尤其是在当时文坛上鸳鸯蝴蝶派作品泛滥一时，贻害青年的情况下，茅盾和郑振铎明确地提出"为人生的艺术"、"血与泪的文学"的主张，为新文学中现实主义理论的创建作出了不可磨灭的贡献。"在此到处是榛棘、是悲惨、是枪声炮影的世界上"，"我们所需要的是血的文学、泪的文学，不是'雍容尔雅'、'吟风啸月'的冷血的产品"（郑振铎《血和泪的文学》）。

郑振铎原籍福建长乐县，1898 年底生于浙江永嘉县（今温州市）一个小官僚家庭。童年、少年时代，由于祖父在永嘉做小官，有一定的官俸和额外收入，因而家境尚好。但后来祖父和父亲相继去世，全家生计坠入窘境，只能靠在外交部当差的叔父寄些钱回来维持家用，振铎的母亲也不得不做些女红增加收入，维持开支。这使少年的郑振铎体味到了人生的艰难。幸运的是，在叔叔支持下家里想方设法让他读完了高小，接着又考入浙江省立第十中学，并于 1916 年夏中学毕业。这一时期，振铎受到中国古典诗词和《聊斋志异》等笔记小说的影响，产生了写作的兴趣。1917 年夏，他考入交通部办、享受官费待遇的北京铁路管理专科学校。读专科期间，他除完成课业外，开始如饥似渴地阅读《新青年》等进步政治书刊，也常到东城北京青年会的图书室借阅，接触了社会学的大量著作和许多俄国文学名著，并同瞿秋白、耿济之、瞿世英、许地山等结成莫逆，在一起切磋学术、探讨文艺、议论时事。广泛的阅读，对俄国文学的喜爱，是振铎走上文学之路的重要诱因。而家境中落的切身经历，与新思潮的接触，又使他的文学兴趣集中到对民生的关注上来，因而提倡"血与泪的文学"在振铎来说也是必然。

1919 年五四运动的爆发，给振铎以震动和惊喜。他虽未像瞿秋白那样带领本校学生参加市里的游行示威，但也以本校学生代表的身份参加了北京学生联合会，并积极声援和营救被捕的同学。他还参加过李大钊主持的学习马克思主义小组的活动，并对社会主义产生了朦胧的信仰，开始思考中国社会改革的道路。1919 年 11 月，应北京青年会之邀，与瞿秋白、耿济之、瞿世英和许地山一起编辑《新社会》，探讨中国社会改造的方向、目的和手段，写了大量的文章，旗帜鲜明地揭露和抨击旧社会，鼓吹建立民主科学的新社会。此外，郑振铎还大量译介了俄罗斯名家如托尔斯泰、屠格涅夫、果戈理、契诃夫、陀思妥耶夫斯基、高尔基等大量俄罗斯名家和作品，目的是为创造新文学打基础，"药我们的病体"。1923 年，编著《俄国文学史略》并在《小说月报》连载，是我国较早系统介绍俄国文学及主要作家作品的一部专著。这些工作，都体现着他的"血和泪的文学"的主张。

1921 年春郑振铎从北京铁路管理学校毕业，先后担任了《时事新报》副刊《学灯》的编辑、《文学旬刊》的主编。1923 年 1 月接替沈雁冰任《小说月报》主编，一直到 1932 年《小说月报》停刊，主持这个大型刊物有八年之久。

郑振铎不仅仅是个理论家，也是能熟练运用多种文艺形式进行创作的作家，他写过诗、小说、散文，都体现着他的"血和泪的文学"的主张，时时与时代的脉搏一起跳动。

> 我是少年！我是少年！
> 我有如炬的眼，
> 我有思想如泉。
> 我有牺牲的精神，
> 我有自由不可捐。
> 我过不惯偶像似的流年，

我看不惯奴隶的苟安。

我起！我起！

我欲打破一切的威权。

……

这首作于 1919 年的《我是少年》，虽然在艺术上尚嫌粗糙，不够细腻，但却强烈地涌动着时代精神，充分表达了五四青年渴望自由，反对苟安，决心冲破恶浊的旧时代，冲向光明的意志和气概。他的其他诗歌，也时时流露出对下层人民的同情，对压迫者、权势者的蔑视和反抗。如在《死者》中以悲愤心情控诉刽子手的罪行，号召"以眼还眼，以牙还牙"，为"亲爱的兄弟"报仇。在五卅运动后写的《墙角的伤痕》不仅满含作者的愤激和反抗，而且艺术技巧也更加圆熟了。

如果说诗歌由于其体裁的限制而难以更具体深入地展现作者的文学主张的话，那么作者的小说则是他的"血和泪的文学"的一个更好的印证。作者给我们留下的有小说集《家庭的故事》、《取火者的逮捕》、《桂公塘》等。《家庭的故事》共收十五个短篇，大都以我国南方旧家庭的日常生活故事为题材，写的是"将逝的中国的家庭的片影"，虽对旧家庭流露出一定的眷恋，更多的则是唱出了旧家庭的挽歌。在作品中，作家以细腻生动的笔触，描绘了旧家庭中人与人间的种种利害关系，塑造了众多栩栩如生的人物形象，尤为可贵的是，写出了旧礼教传统对人性的扼杀。如《三年》中，写到一位年轻而对生活充满希望的少妇，仅仅是由于算命先生的荒唐预言，便被视为家庭灾难的祸源，由幸福的巅峰跌到憔悴麻木的活死人状态。她小时的一次算命被预言克父、克子；长大成婚后先是夫妻和爱，生活顺利，但不久公公得疾亡故，责任便推到她身上，认为是她克死的；生子不久子又夭亡，也认为是她克死的。于是原本对她非常疼爱的婆母开始视她为不幸的根源而冷眼相看，而丈夫则在谋事的异地又寻到了新的家室……作品写出了旧式妇女的不幸命运，几乎和鲁迅的《祥林嫂》有异曲同工之妙。《元阴嫂的墓前》则写出一个没有爱情的包办婚姻中的女性的不幸命运。元阴嫂美丽秀气，却嫁给了懦弱无能的元阴，生活在麻木之中。偶然的机遇让她遇上了理想的男子容芬，二人产生了真挚的感情，但却难为世俗所容，所以最后元阴嫂只好在寂寞中憔悴地死去……这又让我们想到托翁的《安娜·卡列尼娜》来，不过元阴嫂没有安娜幸运，安娜虽也是个悲剧，但她毕竟热烈而真实地爱过，中国旧式女子的元阴嫂却只能毫无反抗地死掉了事。作者在流畅抒情的笔调中透露出难以消除的沉重。

《取火者的逮捕》是借希腊的神话传说影射中国当时的现实，以对宙斯——众神之父的荒淫残暴的描写来揭露统治者的真面，以人类的胜利和众神的灭亡来表达作者对人民胜利的信心。《桂公塘》属历史题材的小说，作者借文天祥、黄公俊等历史人物在国家民族危难之际的大义凛然、视死如归来表达自己的追求，同时起到了对现实斗争的激励作用；《毁灭》中塑造了反面人物、明末的阮大铖和马士英的丑恶嘴脸，对他们进行了鞭挞。

总之，"血和泪的文学"是郑振铎的创作主旨，这使他的作品至今仍闪耀着不可磨灭的光辉。

此外，郑振铎还是一位治学有成的学者，给我们留下了《插图本中国文学史》、《文学大纲》等学术专著。

10. 大海的女儿：作家冰心
dà hǎi de nǚ ér zuò jiā：bīng xīn

时间的脚步刚刚跨进 20 世纪，正值中国多灾多难、风云变幻的时候，冰心于 1900 年 10 月 5 日降生在山清水秀、人杰地灵的福建。然而她在福建只生长了七个月，便随着当海军的父亲，被父母抱着，登上了北去的轮船，到上海去了。这是冰心第一次见到她日后十分眷恋的大海。她虽然只是个不懂事的婴儿，但海上的颠簸，使她似乎听懂了大海的涛声，在海风的吹拂下，偎在妈妈怀中的冰心，第一次呼唤了"妈妈"，也许这是对海的呼唤。

《冰心全集》封面。一个纯洁、可爱的女孩在专心读书，似乎在读冰心的书。

在上海居住了几年之后，到了冰心三四岁的时候，也就是 1903 年到 1904 年之间，她的父亲谢葆璋奉命到山东烟台去创办海军军官学校，冰心跟随父母来到烟台，她的童年是在烟台的大海边度过的。海以自己博大的胸怀，千姿百态、美丽奇妙的容颜和深邃的内涵，陶冶了童年冰心的性灵与情感，为她播种了爱国的思想，也赋予了她诗人的气质。在一个世纪的生命长河中，冰心热爱大海、书写大海，她时刻不能忘记海给她带来的生命情趣。

冰心的家是一个充满爱的家庭，她的父母所给予她的爱使她一生说不尽道不完。不仅如此，冰心的父亲是一位极具爱国思想的军官，他时刻不忘把这种思想灌输给小冰心。

在一个夏天的黄昏，父女俩在海边散步，然后"面海坐下"（冰心《童年杂忆》），冰心被眼前的海天景色所陶醉，她情不自禁地对父亲说："爹……烟台海滨就是美，不是吗？"父亲感慨万千地说："中国北方海岸好看的港湾多的是，何止一个烟台？""比如威海，大连湾，青岛，都是很美很美的……""但是你看……大连是日本的，青岛是德国的，秦皇岛是英国的，都被他们强占去了。现在只有……只有烟台是我们自己的了！"父亲的话深深地刺痛了冰心幼小的心灵，她为祖国感到悲伤。从此她更热爱烟台的大海了。

冰心对海情有独钟，以至于后来随父亲到北京去居住时产生了一种茫然的心绪。大海的色彩、大海的味道、大海的"脾气"时刻吸引着冰心，她常常一个人抱膝坐在门口的石阶上，沉默地注视着大海，驰骋着一个小姑娘的天真幻想。冰心五岁的时候，一天午后妈妈醒来到处找不到冰心，后来找到大门口，见她正呆呆地一个人坐在石阶上，对着大海。妈妈睡了三个小时，冰心坐了三个小时。她在《往事·十》中这样写道："母亲的爱，和寂寞的悲哀，以及海的深远，都在我心中又起了一回不可言说的惆怅！"

冰心自己，把大海看做是她童年的舞台，而这舞台从不更换布景。"我是这个阔大舞台上的'独角'，有时在徘徊独白，有时在抱膝沉思。我张着惊奇探讨的眼睛，注视着一切。在清晨，我看见金盆似的朝日，从深黑色、浅灰色、鱼肚白色的云层里，忽然涌了上来；这时，太空轰鸣，浓金泼满了海面，泼满了诸天……在黄昏，我看见银盘似的月亮，颤巍巍地捧出了水平，海面变成一道道一层层的，由浓墨而银灰，渐渐地漾成闪烁光明的一片……这个舞台，绝顶静寂，无边辽阔，我既是演员，又是剧作者。我虽然单身独白，我却感到无限的欢畅与自由。"（冰心《海恋》）这种自幼就无意识地积淀起来的对于大海的爱恋，后来终于形成了有意识的对于大海的颂扬和膜拜。她把自己在大海旁驰骋的幻想，以及在这些幻想之中蕴藏的哲理的因子，逐渐地凝聚成为对于生活内蕴的探求。

冰心对大海的钟爱之情伴随着她的一生。当五四的一声惊雷把冰心震上了写作道路时，她的脑海中常常涌现出大海的壮丽景象，她思潮汹涌，把对祖国的爱、对父母的爱，都借助于大海而表露出来。在她一生的创作中，关于写海的散文、诗和小说俯拾皆是，"每次拿起笔，头一件事忆起的就是海"（冰心《往事·十四》）。海像乳母一样，哺育她成长为一位"海化"的诗人。在许多篇小说中，冰心都有对海的描写。《海上》详细地描写了海景给予一个小女孩的难忘的美感；《遗书》则刻画了晚霞中的大海的五彩缤纷。即使到了后来，她仍然"执迷不悟"地爱着大海，并在对大海的冥想中寻求一种内心的宁静。"当我忧从中来，无可告语的时候，

我一想到大海，我的心胸就开阔了起来，宁静了下去！"（冰心：《我的童年》）

冰心不仅自己执著地爱海，还影响着她身边的亲人以及她的读者。在一个夏日的傍晚，冰心与三个弟弟亲密地坐在一起乘凉，他们谈话的话题很自然地集中在大海上。后来，他们想了一个好办法：以大海为题，比赛词汇和想象力，看谁把大海形容得最准确。三个弟弟争先恐后地抢着说。轮到冰心说时，"我道，'好的都让你们说尽了——我只希望我们都像海"！（冰心《往事·十四》）由于冰心对大海的痴迷，所以疼爱她的父亲也经常与女儿在一起议论海；而冰心对大海的热爱，同对海有直接关系的父亲的热爱紧紧地联系在一起，是父亲让她懂得了爱海与爱国的关系，又是父亲在对海的诠释中教会了她人生的道理。

冰心的散文和诗文直接抒发了她对大海的挚爱、对大海的畅想。她纯真而朴实的笔法使她笔下的大海永远地那么深沉、那么幽远、那么宁静，海在冰心的字里行间变得异常地慈祥，像伟大的母亲一般。正因为如此，冰心作品吸引了很多青少年读者，也许是冰心把每一个读者心里想要说而未能准确说出的话写出来的缘故吧，冰心的海令人神往、令人感动。

冰心于1923年初夏，以优异的成绩，毕业于燕京大学。还意外地得到一把荣誉奖的金钥匙，并接受了燕京女大的姊妹学校——美国威尔斯利女子大学的奖学金。在那里，在美丽的慰冰湖畔，冰心愉快地度过了三年留美生活。

威尔斯利女子大学，位于波士顿的慰冰湖畔，慰冰湖景色怡人，给冰心以无限的慰安。到美国后，她先住在大学时期英文教师鲍女士的"娘家"，得到无微不至的照顾，而她住校后，逢年过节，总要被他们接回"家"。有几位美国教授先前曾到过燕大，这时也对冰心等人非常关心，陪她们游玩，邀请到家中做客。

和冰心在这里一同攻读硕士的还有其他三位研究生。他们常常在周末，从各自的宿舍聚到一起，一面谈话，一面一同洗衣，一同在特定的有电炉的餐室里做中国饭，尤其每逢中国的年节，他们就相聚饱餐一顿。但是在国庆节，他们就到波士顿去，和那里的"中国留学生会"的男女同学们一同过节。波士顿的男同学，往往是十几个人一拨来威校参观访问，冰心等人尽力招待、解说。以致在1925年的圣诞节前夕，在宿舍的联欢会上，舍监U夫人送给冰心一个小本子，上面写着："送上这个小本子，作为你记录来访的一连队一连队的男朋友之用。"惹得女同学们都大笑不止。

当时冰心的确有一个很要好的男朋友，他就是后来与冰心相濡以沫五十六年的吴文藻。

每个人的一生都会经历过一件甚至几件异乎寻常的事，而这样的事往往会影响一个人一生的生活取向。冰心的一生与海结下了不解之缘，大海融进了冰心的生命，大海也是她作品的生命。她的一生都与大海不可分割。她为海而生，为海而写，她实实在在是海的女儿。

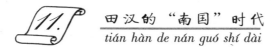

11. 田汉的"南国"时代

tián hàn de nán guó shí dài

五四以来以毕生精力倡导和尝试中国革命戏剧运动，对于我国戏剧艺术特别是现代话剧的萌生与发展有着巨大贡献和影响的第一大家，则无疑当属田汉。

田汉本名田寿昌，1898年3月12日出生于湖南长沙。和现代文学史上大多数作家所不同的是他的家庭是地道的农民家庭，生活窘困艰辛。但他的母亲易克勤则是一位"意坚识卓，百苦不回"、颇富见地的劳动妇女，在她的坚持下，幼小的寿昌被送入私塾开蒙，学习了中国传统古籍诗词，打下了较为深厚的文化基础。后来在舅父易梅臣的资助下，继续学业。辛亥革命前夕，十三岁的寿昌与三位学友一同改名报考中学预科，四人之名联为"英、雄、怀、汉"，这也便是启用田汉一名的开始。1912年，田汉考上了由著名教育家徐特立任校长的长沙师范学校；1916年又随舅父一起东渡日本。在日本，他先习海军，后学教育，最终因酷爱文学、戏剧而投身于文学艺术事业。

从幼年时代起，田汉就与戏剧结下了不解之缘，农村的"皮影戏"、"木偶戏"、"花鼓戏"，省城上演的"湘戏"、"京剧"，都使他产生了惊异与羡慕，在丰富多彩的戏剧艺术吸引下，田汉萌发了对戏剧事业强烈追求的欲望。从十四岁开始，他就动笔练习写剧。留学期间，田汉通过日本剧坛，"认识了欧洲现实主义近代剧"。他废寝忘食地研读文艺书刊，参加日本戏剧家菊池宽等举办的文艺报告会，经常亲身观摩体验剧场上演的现代戏剧。同时，苏联的十月革命、日本早期的进步文艺运动，特别是国内蓬勃兴起的五四新文化运动，都给他以无尽的启发和影响。

20 年代初，经宗白华介绍，田汉开始与郭沫若通信，探讨交流他们最为关注的文艺问题和社会问题，"凭着尺素书，精神往来，契然无间"，在田汉的一封长信中，集中讨论现代戏剧问题，并热诚地表示了要做一个戏剧家的理想与志向，以"一个中国未来之易卜生"自许，企望通过戏剧创作表达对邪恶势力的不满和忧国忧民的思虑。"你的诗，我的诗，便是我们的铜像，便是宇宙的写真师。"（郭沫若）这两位未来的文化巨人，并肩挽手合拍了一张模仿歌德、席勒铜像的照片，以世界文学大师相期许，开始了他们半个世纪之久的友好情谊和战斗生涯。

1920 年，田汉完成了他的"出世之作"《咖啡店之一夜》，这是他戏剧创作发轫的标志，初步显露了田汉剧作的浪漫主义特色。自此为始，田汉以大量凝结着革命激情和艺术精血的优秀作品，为中国现代文学的戏剧发展，树立起一面光辉的旗帜。

1922 年，田汉与情深意笃、志同道合的妻子易漱谕一起自日本回国，任上海中华书局编辑，并译书、撰文，在大学兼课以谋生计。同时，他与妻子创办了《南国半月刊》，立意"要在沉闷的中国新文坛鼓动一种清新芳烈的艺术空气"（《南国宣言》），这便是中国现代剧坛上轰轰烈烈的"南国"运动的开始。在极艰苦的条件下，二人凭着自己的力量撰文写稿、跑印刷、搞校对，甚至亲自折页、发行，刊物出至四期，二人已心力交瘁，漱谕亦因肺痨而卧床不起，最终为中国的戏剧事业献出了年轻的生命。田汉发表于《南国》的剧作《获虎之夜》被誉为中国早期话剧的奠基之作，确立了田汉在剧坛上杰出的地位，也开创了"南国"独有的感伤、抒情而又深刻、尖锐的艺术风格。

1927 年，田汉被推选为上海艺术大学的校长，从此开始了为中国进步戏剧运动开拓新道路的奋斗，呕心沥血、赤手空拳地开创了中国新兴话剧事业——"南国戏剧运动"。"南国"运动的初创时期（"南国"运动，是因田汉创建的南国剧社和南国艺术学院而得名），田汉面临的困难十分严重，几乎是一无所有，"缺乏了五样要紧的东西：一没有剧本，二没有演员，三没有金钱，四没有剧场，五没有观众"（洪深《南国社与田汉先生》）。但他身上却有一团燃烧着的烈焰，有众多在黑夜中迷茫寻路的文艺青年。他身无分文而胸怀坦荡、热情豪放，感召团结了大批艺术才人，与艺坛名流建立了亲密友好的情谊，享有"倾囊待客，空手创业的勇健者"的美誉。在当时的话剧界，流行着这样一句歇后语："田汉请客——得自己带钱。"缘由是因为田汉是性情中人，有了灵感或情致便邀许多人去菜馆调侃畅饮，结果经常忘记自己身无分文，只得由大家东寻西凑。然而这更说明他自己从不考虑钱的问题，一旦一本书出版了，拿到了一点版税，他便和大伙一起用，一起花，过着"原始共产主义"的生活。

为了解决"南国"因无经济来源而濒临"夭折"的绝境，田汉想出了妙策：举办为期一周的"艺术鱼龙会"的戏剧演出，一时轰动了上海戏剧界，被称为"艺坛盛举"。为这次演出，他以诗人的敏捷，戏剧家的气魄，创作了《江村小景》、《苏州夜话》、《生之意志》、《名优之死》等数部剧作；1928 年，南国艺术剧社被迫停办，学生同志相依不去，田汉遂率南国社组织了两期公演，创作了《湖上的悲剧》、《古潭的声音》、《颤栗》、《南归》、《孙中山之死》、《第五号病房》等大量作品，一时间"南国"绽放异彩，声名大振，整个沪、宁、穗地区充满着戏剧的空气，这是南国运动的鼎盛时期，也是田汉在"南国"时代的辉煌壮举。

历经十年，田汉发起并领导的南国运动在坎坷不平的道路上行进，经历了艰难的选择和曲折的行程。他为中国革命戏剧开辟了新的道路，营建了阵地，培养了大批戏剧人才，确实成为名副其实的中国戏剧界的一代宗

师。在这场运动的斗争过程中，在革命浪潮的推动下，田汉的思想也发生了急剧的转变。1930 年 4 月，田汉在《南国月刊》上，以整本的篇幅发表了洋洋洒洒十万余言长文《我们自己的批判》，严肃总结了南国运动的十年，公开清算自己和南国艺术中浪漫主义和感伤主义倾向，公然宣告向无产阶级文学的转向。他作为中国左翼作家联盟的发起人之一，领导组织了以南国剧社为骨干的剧团联合会，进而成立了左翼戏剧家联盟，田汉从此开始了他戏剧道路更为辉煌和飞跃的时代。翦伯赞先生曾以史学家深邃的目光，对田汉的创作和精神，做了这样一句充满深意的概括："你的戏剧，不是戏剧，而是近三十年来中国社会之缩写，你的诗歌，不是诗歌，而是近三十年来中国人民的哭叫。你不是戏剧家，不是诗人，而是时代的速记，是人民的代言人。"

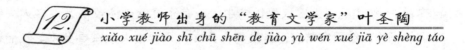

12. 小学教师出身的"教育文学家"叶圣陶
xiǎo xué jiào shī chū shēn de jiào yù wén xué jiā yè shèng táo

叶圣陶（1894—1988 年）是我国现代著名的文学家、教育家、语言学家和编辑出版家。仅就其在文学领域中的活动而言，他才情横溢，成就卓著。在以新文学巨匠鲁迅、郭沫若和茅盾为代表的一代开拓者中间，叶圣陶也是屈指可数的佼佼者之一。可是，又有多少人知道，他长期从事的职业竟是当时很不被人重视的小学教员呢？

叶圣陶，1894 年 10 月 28 日生于江苏省苏州市城内悬桥巷一个平民家庭。原名绍钧，圣陶是他的字。父亲叶仁伯，职业是账房先生，为一家姓潘的地主经管田租。母亲朱氏，管理家务。

1900 年，叶圣陶六岁时进入私塾读书。1906 年，叶圣陶十二岁由私塾转入小学读书。由于成绩优异，他读了一年，便考入苏州新创办的草桥中学，1911 年冬季毕业于该校。就在这一年的 10 月 10 日，中国爆发了辛亥革命。叶圣陶密切注视着革命事态的发展。他几乎天天去车站、茶馆等候新到的报纸，急欲得知全国各地起事的情况。在革命形势的推动下，10 月

15 日，苏州也光复了。苏州光复的第二天，叶圣陶找到他的先生，说："清廷已覆没，皇帝被打倒了，我不能再做'臣'了（原字'秉臣'），请先生改一个字吧。"先生说："你名绍钧，有诗曰'圣人陶钧万物'，就取'圣陶'为号吧。"从此，他改字圣陶。

辛亥革命后不久，因家里没有钱，叶圣陶放弃了升学的想法。经一位中学校长介绍，当了一名小学教员。从 1912 年起将近十年时间，叶圣陶一直在小学任教。以后，又在中学、大学任过教。他热爱教育事业，后来他从事文学编辑工作时，还做了很长一段时间的兼职教师。

叶圣陶对文学写作，很早就有浓厚的兴趣，这主要来源于其自幼对中外文艺作品的广泛接触。小时候他常和父亲去"听书"，有的不止听一遍。有了阅读能力以后，他开始阅读中外名著。上中学时曾和同学发起组织"放社"。由于很会作诗又极爱帮助别人，被同学推为盟主。以后，为修身和备忘的需要，叶圣陶写了二十多本日记。这些都锻炼了他观察、思考社会人生和文字表达的能力。他还有这样一种喜好：逢人便观察他们的外相、分析他们的心理，并代他们设想。这又为他以后小说创作中的丰富想象和具体描绘打下了基础。

1914 年，叶圣陶的父亲因年老失业。同年秋天，叶圣陶所在的小学由原来的四个班缩减为三个班。学校即以此为借口把叶圣陶排挤出校。一方面受经济的压迫，另一方面又有了写作时间。于是他就开始撰写文言小说，投寄到当时销行很广的《礼拜六》上。共写了十几篇，篇篇都被采用。他曾说："这是我卖稿的开始。"当时的《礼拜六》杂志刊出的作品多是言情、武打之类，宣扬趣味主义，迎合小市民读者口味。叶圣陶的文言小说竟一反趣味主义。他自定宗旨："不作言情体，不打诨语。"他的同乡同学顾颉刚的父亲顾柏年很爱看他的小说，"深喜他笔墨干净，描写深刻"，并自愿帮助叶圣陶到北京上大学。但是他因家庭负担过重，没有接受。

从 1917 年起，叶圣陶就不再为《礼拜六》等刊物写稿了。原因是作家看清了《礼拜六》的政治思想性。从此以后，具有进步思想倾向的叶圣

陶与《礼拜六》及其类似刊物彻底决裂。

1921 年初，叶圣陶和沈雁冰、郑振铎等十余人，发起成立了文学研究会。他从"为人生"的现实主义出发创作了大量作品，有小说、散文、诗歌、话剧等多种形式，成为文学研究会的主力作家之一。他是《小说月报》、《晨报副刊》的长期撰稿人，还在《文学旬刊》和《文学周报》上发表文章，并担任了这两个刊物的义务编辑。1923 年叶圣陶到商务印书馆国文部当编辑，1930 年他从商务印书馆转到开明书店当编辑。此后二十年，除在抗战期间一度就任武汉大学教职和四川省立教育科学院专门委员外，叶圣陶一直在开明书店负责编辑工作。任编辑期间他发现和扶植了一大批创作人才。沈雁冰在中国新文坛上，虽早有盛名，但他主要从事理论著作和翻译工作，未有创作。他开始文学创作，是受了叶圣陶的鼓励和推动。当他讲到一些人物和事件时，叶圣陶鼓动他不妨写成小说。这样，他就写出了第一部小说《幻灭》。他交给叶圣陶准备在《小说月报》上发表时，署名为"矛盾"，叶圣陶在"矛"字上加了个草字头，沈雁冰欣然同意。这就是中国一代文学巨匠茅盾名字的来源。巴金的处女作《灭亡》、丁玲的处女作《梦珂》以及施蛰存的处女作《绢子》、戴望舒的代表作《雨巷》等都是经叶圣陶之手发表的。叶圣陶对这些正在登上文坛的青年作家给予了热情的奖掖和悉心的指点。他说巴金的《灭亡》，"是一位青年作家的处女作"，写了一个"蕴蓄着伟大精神的少年的活动与灭亡"。叶圣陶十分细心地帮助丁玲修改并发表了她的第一篇作品。丁玲后来回忆说："要不是您发表我的小说，我也许就不走这条路。"在发表戴望舒的《雨巷》时，叶圣陶则大力称许这首诗"替新诗的音节开了一个新纪元"。从此戴望舒便有了"雨巷诗人"的美称。

叶圣陶长期从事小学教育，对旧中国的教育十分熟悉。因此，描写旧教育的内幕，表现少年儿童的生活就成为他创作中最重要的题材。如早期发表的短篇《饭》、《校长》、《潘先生在难中》以及长篇小说《倪焕之》，童话集《稻草人》，都是这方面的代表作。据估计，在他写的近百个短篇中与教育有关的就在三分之二以上。这就构成了现代文学史上叶圣陶创作的独特领域——教育文学。他也因此被称为"教育文学家"。

客观、冷静地描写小市民卑琐灰色的人生，是叶圣陶早期创作的一大特色，而《潘先生在难中》也正是这一特色的重要代表作。

此篇小说创作于1924年11月。当时中国正处于军阀混战的黑暗时期，小说中潘先生的"难"就是指由于军阀混战，广大人民纷纷逃难的愁苦境地。

潘先生是一个乡镇小学的校长。正当暑假即将结束，学校就要开学之际，忽然传来了地方上战事吃紧的消息（这里战事指军阀混战），百里之外的兵祸有可能要蔓延到小镇上来。潘先生惊慌失措，赶紧收拾东西，携带妻子及两

丁聪所作《潘先生在难中》插图。潘先生一家匆匆逃难。

个儿子不辞而别地登上了逃往上海的快车。

就在他们到达上海的当天，潘先生在小报上看到了教育局长要求各校按时开学的消息。声言，不按时开学者，被革职。他只好留下妻子和孩子住在上海的客店里，自己赶回小镇。

二十几天以后，战争停止了。

明知道教育局里一定要提到开学的事情，潘先生便前去打听。一进门正看见几个职员在写牌坊。由于"这边"的"杜大统帅"打败了"那边的""朱大统帅"，镇上组织人们去欢迎杜大统帅凯旋归来。因潘先生写得

一手好字，就被职员们拉过去为杜大统帅写凯旋牌坊。潘先生此时兴味颇浓地提笔写了"功高岳牧"、"威镇东南"、"德隆恩溥"三句，正当那歌功颂德的第四句还没有写出来的时候，潘先生突然想到了自己东逃西走的奔波，眼前出现了一个个战火纷飞、烧杀淫掠、遍地横尸的镜头。小说也到此结束。

《潘先生在难中》艺术上最突出的特点是通过准确而细致入微的心理描写来刻画人物性格，具有冷峻的风格和讽刺的色彩。语言简洁自然而又含蓄。

《潘先生在难中》以它突出的思想艺术成就，成为现代文学史上反映小资产阶级灰色人生的代表作。潘先生也早已成为自私、卑琐的小资产阶级知识分子的代表人物。

长篇小说《倪焕之》是叶圣陶的"扛鼎"之作。通过主人公倪焕之几多希望破灭的故事，反映出理想主义的悲剧事实。

《倪焕之》的故事线索是小学教员倪焕之和校长蒋冰如在乡间试验新的理想教育方案。穿插其间的是倪焕之和金佩璋的恋爱及家庭生活。

倪焕之、蒋冰如曾希望通过试办农场，不仅实行新教育，还要把学校所在地改造成一个新型的乡镇。这对一向独霸本镇大权的土豪劣绅蒋老虎而言是不能容忍的事。他从中作梗，硬说正在开辟的学校农场占了他家祖传的地皮，扬言要经过司法渠道争回地权。这使蒋冰如不得不委曲求全，迁就让步。

而一班由倪焕之、蒋冰如用新法教成的学生，实在也看不出与以前或其他学校的毕业生有多大明显的差异。这一切给倪焕之以沉重的打击，宣布他"教育救国"理想的破产。他的心里充满了悲凉与孤寂。整日借酒浇愁，最后患病而亡，结束了不到三十五岁的生命。

叶圣陶是一位忠实于生活的现实主义作家。他 1922 年创作的《稻草人》，看似童话，实际上是通过稻草人夜里的所见所闻，描写了现实生活中最残酷的场面。

在这篇童话中我们看到，稻草人是多么关心穷人的不幸遭遇，多么想助他们一臂之力啊！可是，"不能自由地移动半步"的它，又有什么法子呢？它只是个"柔弱无能的人"罢了！而实际上，在整个社会都处于一片黑暗的状况下，稻草人即使能走善跑，作为单个的"人"又能起到多大的作用呢？

叶圣陶是我国最早创作童话的作者，被公认为中国现代儿童文学的发轫者和开路先锋。

这位小学教师出身的"教育文学家"，一生大都从事教育工作和编辑出版工作。新中国成立后曾任中央人民政府出版署副署长、人民教育出版社社长及教育部副部长等职。他辛勤笔耕了七十年，为中国文化事业奉献了一生的精力，他将永远值得我们尊敬和怀念。

13. 康桥之恋：风流诗人徐志摩
kāng qiáo zhī liàn: fēng liú shī rén xú zhì mó

徐志摩是中国现代文学史上著名的诗人。他的原名叫徐章垿，1918 年赴美留学后又改名叫徐志摩。1897 年 1 月 15 日，徐志摩出生在浙江省海宁县硖石镇一个富商的家中。四岁就开始入家塾读书，"初学聪明超侪辈"，人称神童，有过目不忘的本领，而且很是顽皮。他的同学郁达夫曾风趣地回忆道："而尤其使我惊异的，是那个头大尾巴小，戴着金边近视眼镜的顽皮小孩，平时那样的不用功，那样的爱看小说——他平时拿在手里的总是一卷在有光纸上印着石印细字的小本子——而考起来或作起文来却总是分数得的最多的一个。"

1913 年，徐志摩发表了他的第一篇论文《论小说与社会关系》。这表明，徐志摩已开始关心社会和文坛的动向了，同时也可看出他已受梁启超的影响。果然，五年之后即 1918 年，他便拜梁启超为师。同年的夏天，徐志摩离开北京大学赴美国克拉克大学社会系学习。与此同时，又写下了那篇掷地有声的《启行赴美文》的文章，表明他此去美国是为了寻求救国救民道路。

在美国，徐志摩和同室的同学过着充满爱国激情的生活。每天六时起身，七时朝会，晚唱国歌，十时半入睡。这其中除学习外，他仍关心国内情势，研究各种政治学说，企求从中找出解救中国的上乘方案。无政府主义、社会主义、个人主义、集体主义，尼采、克鲁泡特金和马克思，在当时同样都吸引着他，但最终他还是被伯特兰、罗素吸引住了。甚至眼看就要到手的哥伦比亚大学的博士学位也不要了，跑到英国去追随罗素，师从罗素。这一年是 1920 年 10 月。1921 年春又经狄更斯的介绍入康桥大学读书，

诗人的情感，哲人的气质——英俊的徐志摩

"接受康桥文化的洗礼"。康桥的两年生活在他的一生中占有很重要的位置。

"康桥"，也就是现在通译的"剑桥"。徐志摩的康桥之恋，是指他对剑桥大学生活的留恋、依恋，也是指他在此读书时对林徽因女士的爱意。

1920 年 10 月，徐志摩满怀热望来英国"从罗素"，但谁知却扑了个空，因为罗素已经去中国讲学了。失望之余，徐志摩只好就读于伦敦大学政治经济学院，攻读博士学位。在伦敦经济学院待了半年，正感着烦闷想另谋出路的时候，他结识了英国著名的作家狄更斯。当时狄更斯是王家学院的院友，与徐志摩相交的过程中发现了徐志摩的苦闷，就劝徐志摩换换环境到康桥去，并亲自为他联系了一个特别生的资格，可以随意听讲。既有书读，又没有考试和作论文的压力，正合徐志摩的心意，于是徐志摩如鱼得水，在康桥开始了新生活。

崇尚灵性，以温馨清丽的浪漫情绪从诗人笔下
流淌出来的《翡冷翠的一夜》。

康桥的两年生活，徐志摩结识了不少英国的朋友。其中，有的尊为师长，有的成了忘年交，有的亲如兄弟，有的虽见面很少，却留下了永恒的情意。在这些交往里，首推是罗素。

罗素回英国之后，徐志摩就打听他的地址，并于1921年10月18日给他写信，迫切要求见面。一个星期以后，徐志摩见到了他崇拜的这位20世纪的福禄泰尔。从此，徐志摩常去伦敦，成了罗素家中的座上宾。当罗素第一个孩子满月的时候，徐志摩等一群中国留学生，按照中国的习俗，祝贺罗素夫妇喜得贵子，吃红皮鸡蛋和寿面。同时，徐志摩也常去康桥的邪学会听罗素那激动人心的演说以及滔滔不绝的高谈阔论，如饥似渴地阅读罗素的著作，全部接受了罗素的言人道崇和平，尊创作抑恶塞的思想，这在他后来的生活中始终恪守着。自然，罗素也十分珍惜和徐志摩的友谊，称他是"一个有很高文化修养的中国籍大学肄业生，也是能用中英两种文写作的诗人"。

罗素之外，康桥生活中，与徐志摩交往最深的是狄更斯。1922年，徐志摩在与友人傅来义的信中也承认，他一生最大的机缘是得遇狄更斯先生。因着他，自己才能进康桥享受这些快乐的日子，而自己对文学艺术的兴趣也就这样固定形成了。而没有狄更斯的介绍，徐志摩能否与英国20世纪20年代颇有名气的新派画家傅来义成为终生挚友还很难说呢！徐志摩每次去伦敦，一定拜访傅家，二人不是谈中国就是谈艺术，十分投机。是傅来义把徐志摩引起西欧当时新派画家的艺术之宫。徐志摩后来热情地宣传新派画家塞尚、马蒂斯、毕加索等艺术成就，就是受傅来义的影响。

在狄更斯、傅来义等人的介绍下，徐志摩这时还结识了英国作家嘉本特、女作家曼斯菲尔德及《世界史纲》的作者威尔斯和研究中国文学的魏雷等。特别是与曼斯菲尔德的友谊是十分特别的。

徐志摩接受康桥文化的洗礼除了他游学于康桥及其周围的思想文化和文艺界的师友，从中汲取英国式资产阶级民主政治的乳汁外，还在于他忘情于康桥的自然美景，从中受到大自然的陶冶，发现了人的性灵。而徐志摩放情于康桥的自然美景，是与他所经历的爱情折磨分不开的。

原来，转进康桥大学之后，1920 年 6 月徐志摩曾给家里写信，请求父母允许张幼仪带儿子来伦敦伴学。不久，张幼仪来到了伦敦。这时的徐志摩在康桥只是个陌生的人，谁都不认识他，可以说不曾尝到康桥生活的快乐。1920 年他认识了陈源，接着认识了前民国临时参议院和众议院的秘书长，北洋军阀政府司法总长林长民和他的十六岁的女儿林徽因。1921 年夏，当阳光普照康桥时，他爱上了林徽因，开始苦苦地追求这位才貌双全的女子。据说林徽因那时提出，徐志摩必须先离婚，才能与她相爱。这年秋，在现实环境的压力下，张幼仪怀孕在身，却毅然赴德国求学。徐志摩却始终未得到林徽因肯定的答复。于是他向张幼仪提出离婚。1922 年，张幼仪在柏林生下次子，取名德生，3 月徐志摩正式与张幼仪离婚。

婚变之后，家庭不容他，社会不理解他，更惨的是，离了婚的徐志摩却没有得到林徽因的爱。且"林"随父回国了！这使徐志摩陷入了更大更深沉的痛苦之中。于是徐志摩主动而自觉地到自然万景中找安慰去了。

1922 年 8 月，徐志摩辞别康桥大学起程回国，去寻求林徽因的足迹，但终未成功。

"康桥之恋"已深入徐志摩的骨髓，化为其血肉和精神。

从 1922 年 8 月告别康桥回国到 1931 年，徐志摩先后出任北京大学、上海光华大学、东吴大学法学院、南京中央大学教授，主办和主编的《创月社》、《晨报副刊》，相识相交泰戈尔，与陆小曼恋爱、结婚、离婚，从事文学创作，成为著名的诗人以及其他的一些社会活动。1931 年 11 月 19 日，徐志摩由南京搭机飞北平，天降大雾，能见度极差，飞机在济南党家庄附近撞山坠毁遇难，终年三十五岁。

徐志摩的诗集有《志摩的诗》、《翡冷翠的一夜》、《猛虎集》、《云游》以及集外诗作，集外译作。作为一个诗人，徐志摩无论是在艺术上还是思想内容上都有自己独到的追求。1933 年 2 月，茅盾写《徐志摩论》时说："我觉得新诗人中间的志摩最可以注意。因为他的作品最足供我们研究。他是布尔乔亚的代表诗人，他最初唱布尔乔亚政权的预言诗，可是最后他的作品却成为布尔乔亚的 'swan－song'（挽歌）！他是一个诗人，但是他的政治意识非常浓烈。"正因如此，茅盾说："徐志摩是中国布尔乔亚开山的同时，又是末代的诗人"，即徐志摩是中国第一个也是最后一个资产阶级代表诗人。

事实上也如此。徐志摩绝不是那种侈谈风花雪月的诗人，即使是爱情诗，多数篇章也是以恋爱为外衣，抒发了他的政治理想、追求以及追求幻灭之后的苦闷、彷徨甚至颓废的消极遁世的思想。

朱自清曾认定，徐志摩的诗犹如他的人，"是跳着溅着不舍昼夜的一道生命水"，是活泼的，更是鲜明的，既传递了思想，又给人以美的享受，是真正的上乘的艺术品。他的评价是相当公允的。

14. 陆小曼的"爱眉小札"
lù xiǎo màn de ài méi xiǎo zhá

《爱眉小札》，陆小曼编，1935 年，由良友图书公司出版。此书共有三部分：《志摩日记》二十六篇，是徐志摩以信札形式写成的日记体散文，还有《志摩书信》、《小曼日记》。可以说这本《爱眉小札》是写尽了徐志摩与陆小曼结婚前的种种痴情和喜怒哀乐的感想。

陆小曼，名眉，生于 1901 年江苏常州一个世代书香的望族家中。陆小

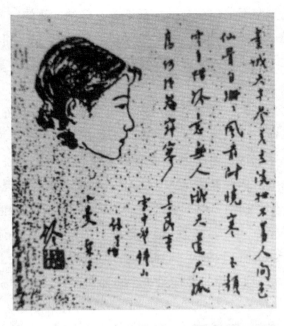

杨杏佛所画的陆小曼多了几分清丽和素朴

曼自小就受琴棋书画的熏陶。八岁随母亲到北京，之后曾就读北京法国圣心学堂。陆小曼法语的基础很好，而英语更佳，已相当流利，用其写论文、信札都达到意到笔随的境界。她结婚前已是北京交际界的名花。舞跳得美，京戏也唱得亮。有人形容，如果外交部举行交际舞会，假如哪一天舞池里没有陆小曼的倩影，"必使阖座为之不欢"。中外男宾为之倾倒，甚至女宾见了她，也好像目眩神迷似的，必欲与之一言而后快。为什么呢？这是因为陆小曼虽身怀绝技，但不轻佻，不张狂，举手投足都很得体，发言又极温柔，仪态万方，无与伦比。对于这样一个才貌双全的女子，青年男子求之者云集。1920年，十九岁的陆小曼嫁给了比自己大七岁的无锡人氏王赓。

王赓能娶到陆小曼，就可见其不是等闲之辈。他确实是很有才华的，毕业于清华大学，后又在美国普林斯顿大学攻读哲学，又转到西点军校攻军事，与美国名将艾森豪威尔是同学。1918年回国。1919年，顾维钧被北洋政府任命为我国出席巴黎和会的代表，王赓任武官。王赓和陆小曼订婚不到一个月，就在海军联欢社举行了婚礼。仪式之隆重与阔气，轰动了京师。

王赓事业上很进取，勤勤恳恳工作，绝少玩乐。家庭生活上，对小曼虽也十分的亲爱，但更多的是大哥哥对小妹妹似的疼爱，当然是无法令陆小曼满意愉快了。诚如小曼所说：两性的结合不是可以随便听凭别人安排的，在性情与思想上不能相谋而勉强结合是人世间最痛苦的一件事。于是陆小曼就改变了常态，用投身于热闹的社交生活的办法来忘记自己内心的痛苦。就在小曼感情处于饥渴、苦闷之际，命运之神便把徐志摩推到了她的眼前。

徐志摩原是王赓的好朋友，他们经常在一起。每当星期日，他常同王赓夫妇到西山看红叶，或一起喝茶、跳舞、看戏。陆小曼爱好文艺，对徐志摩这样一位才华横溢的诗人自然是十分敬仰的，常常同他谈论、探讨一些文艺问题。有时王赓因忙不能陪陆小曼出游的话，也常请徐志摩代劳。起初徐志摩是出于友情，再加上陆小曼也讨人喜欢。但是随着接触机会的增多，两人的感情就发生了变化，特别是王赓到东北哈尔滨任警察局长之后，留在上海的陆小曼与徐志摩单独相处的日子越来越多，于是二人便认真地恋爱起来。1925 年 8 月 9 日，徐志摩在日记中写道："眉，你真玲珑，你真活泼，你真像一条小龙。我爱你朴素，不爱你奢华。你穿上一件蓝布袍，你的眉目间就有一种特异的光彩，我看了心里就觉着不可名状的欢喜。朴素是真的高贵。你穿戴齐整的时候当然是好看，但那好看是寻常，人人都认得，当你素服时，有我独到的领略。"

1925 年 3 月 11 日，陆小曼在日记中写道："最知我者当然是摩！他知道我，他简直能真正地了解我，我也明白他，我也认识他是一个纯洁天真的人，他给我那一片纯洁的爱，使我不能不还给他一个整个的圆满的永没有给过别人的爱的。"由此可见，徐志摩遇到陆小曼觉得是真的找到了自己理想中的美人，而陆小曼也认为是遇到了知音。他们的爱是纯真的。不过，在那样的社会环境中，特别是陆小曼身为有夫之妇还与他人热恋，他们的行为怎能被人接纳，于是流言飞语便纷至沓来。两人几度商讨之后，徐志摩决定于 1925 年春夏之际去欧洲旅行，以避风头。

1925 年 3 月 11 日，也就是徐志摩起程欧游的第二天，陆小曼应徐志摩的请求开始写日记，倾诉自己心中的不平与痛苦，孤寂与困境。丢掉徐志摩不忍心，接受他又办不到。接不到徐志摩的来信，就无法寝食，再加上王赓和父母亲戚带来的烦恼，真是令陆小曼无法忍受。特别是听到朋友

谣传徐志摩在巴黎和一个胖女人同住，更是气不从一处来，百般的折磨中，陆小曼想到了与徐志摩"永别"。

与陆小曼相比，分开后徐志摩的处境要比她好一些，自由一些，坚强一些。当他不得不暂时避走欧洲时，徐志摩便用他手中的笔大肆诅咒现实，后来又以诗人最强烈的激情鼓励陆小曼做"娜拉"，为自己的人格与性灵的尊严，投入到渺茫的世界中去。到他起程返回，共写了十二封信给陆小曼。6月26日，徐志摩决定不再逃避，日夜兼程赶回北京，并表明了斗争到底：

> 这是什么时代，我们再不能让社会拿我们的血肉去祭迷信……退步让步，也没有个止境；来，我的爱，我们手里有刀，斩断了这把乱丝才说话。——要不然，我们怎对得起给我们灵魂的上帝！是的，曼，我已经决定了，跳入油锅，上火焰山，我也得把我爱你洁净的灵魂与洁净的身子拉出来。我不敢说，我有力量救你，救你就是救我自己，力量是在爱里了再不容迟疑，"爱，动手吧"。

由此可见，诗人追求爱的决心和力量了。可这时的徐志摩，当然不知道远在北京的陆小曼因为抵不住外部的压力要和他"永别"了！徐志摩仅是凭着自己纯真的爱才回到她的身边的，到京之后，立刻去看他日思夜盼的小曼。陆小曼看到风尘仆仆赶回的徐志摩后，那"永别"的想法也就逃遁得无影无踪了。

1925年8月9日，徐志摩和陆小曼见面，度过了一个"甜极了"的早上之后，徐志摩便看了陆小曼的日记，很是感动，便相约撰写一种信札式的日记，相互交换看。于是，在徐志摩这里，便有了记载他们相爱经历的《爱眉小札》。

从《爱眉小札》看，徐志摩极力赞美陆小曼之美，感激她滋养了自己的诗魂，表白自己对陆小曼无限钟爱的相思之苦和恨不得以死殉情的决心，也写出了他对封建家长和社会势力的专横淫蛮的诅咒等等。激情四溢，文采飞扬。

后经过努力，二人终在 1926 年 8 月 14 日，阴历七月初七，传说牛郎织女会面的日子订婚了。这年 10 月 3 日，他们在北海结婚，由梁启超证婚。但婚后的生活并非如徐志摩所想的那般浪漫，由于种种原因，痛苦极了的徐志摩与陆小曼不得不分手，宣告了他们婚姻的失败，留给后人无尽的遐思。

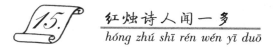

15. 红烛诗人闻一多
hóng zhú shī rén wén yī duō

"春蚕到死丝方尽，蜡炬成灰泪始干。"这是唐代诗人李商隐《无题》诗中的诗句，流露出他的至死不渝的追求信念。而现代著名诗人闻一多，也正是以这种热烈而无悔的精神创作了他的第一本诗集——《红烛》，在中国新文学的诗坛上发出了自己独特的声音。

闻一多本名家骅，号一多，1899 年 11 月 24 日生于湖北省浠水县巴河镇乡下一位乡绅的家中。他的家族是书香世家，曾出过不少举人秀才。他的父亲闻固臣是清末的秀才，受梁启超改良主义思想影响，头脑比较开明，因而诗人从小就在一种比较自由的氛围中学习、成长。而在这个家族中流传的关于"闻"这一姓氏的传奇，也给诗人以很大影响。据说宋代文天祥英勇抗敌、保家卫国，后被奸人陷害，将要满门抄斩，在这危急时刻文家便有人改姓文为"闻"，在江西隐蔽下来，后移居浠水。虽然这个传说很难考定，但文天祥"人生自古谁无死，留取丹心照汗青"的精神却深深地在诗人幼小的心灵中扎下了根。

1909 年，十一岁的闻一多考入两湖师范附属高等小学，1912 年又考入北京的清华学校。在读书期间，他亲历了五四运动，并成为积极的领导者。1922 年，他登上了开赴美国的客轮，去大洋彼岸留学。在留学期间，他目睹了美国的工业文明给自然环境带来的巨大损害，同时也饱尝了作为一个来自弱国的留学生所能遇到的种种歧视。虽然他主修的是绘画，并且

闻一多用严峻的目光审视着一切，用严谨的审美标准规范着诗歌。

在这方面也很刻苦，进步很快，但漂泊异乡的孤寂、对家乡亲人的强烈思念都使他不满足于用色彩和线条来表达情感，使他不能不将之诉之于文字，诉之于诗。加之想到将来回国后用以谋生的出路大致在教授文学，也迫使他在学画的同时抽出很多的时间和精力去学习文学。诗人是敏感而具有激情的。当他想念家乡的妻子时，那种强烈的情绪化为《红豆》组诗，至今仍让我们感动："爱人啊！将我作经线，你作纬线，命运织就了我们的婚姻之锦；但是一帧回文锦哦！横看是相思，直看是相思，顺看是相思，倒看是相思，斜看正看都是相思，怎样也看不出团圆二字。"诗人用巧妙的比喻，复沓的叠唱，倾吐了在心中涌起的强烈思念和这种思念得不到慰藉时的深深的痛苦与怅惘。而家乡的风景与氛围，家乡的哪怕是极细微的一个细节，都深深拨动着诗人思乡的心："今天是大暑节，我要回家了！今天的日历他劝我回家了。他说家乡的大暑节是斑鸠唤雨的时候。大暑到了，湖上飘满紫鸡头。大暑到正是我回家的时候。""我要回家了，今天是大暑；我们园里的丝瓜爬上了树，几多银丝的小葫芦，吊在藤须上微微战，初结实的黄瓜儿小得像橄榄……啊，今年不回家，更待哪一年？"这里展示的画面是中国乡村中极平凡极普通的景象，是诗人也许从小就熟得不能再熟、如果他身置其间已不会再予以注意的景象，而当他身处他乡异国时，这一切却都由于时空的间隔而变得明晰而亲切起来，化成了一股浓得化不开了的乡愁，化作了由大暑这一特定的时间而引起的"不如归去"的强烈冲动。是的，身在他乡的诗人感到自己就像一只失群的孤雁，他所面对的是充满了不平的丑恶的资本主义的现实，他怎能不向往回返祖国，与亲人聚首，为祖国效力呢！诗人曾这样描绘他见到的美国："啊！那里是苍鹰底领土——那鸷悍的霸王啊！他的锐利的指爪，已撕破自然底面目，建筑起财力底富巢。那里只有铜筋铁骨的机械，喝醉了弱者底鲜血，吐出些罪恶底黑烟，涂污我太空，闭息了日月，教你飞来不知方向，息去又没地藏身啊！"

在这样一个被污浊了的社会中，诗人的孤独不仅仅是个人的，诗人更感受到了中华古老文明在当时世界上的衰落。诗人作为一个具有强烈爱国情绪的青年，一个五四以后觉醒了的知识分子，他既痛苦地感受着美国的现实，也发现当时的中国依然黑暗如漆，似乎找不到改变的方法，也找不到出路。

1923年9月，诗人筹划了一年多的第一本诗集《红烛》终于在国内出版了。这部书由郭沫若、成仿吾介绍，泰东书局出版发行。关于诗集的格式，闻一多明确指出："纸张、字体我都想照《女神》底样子。"这也可看出郭沫若对诗人的影响。

《红烛》现收一百零三首新诗。闻一多发表第一首新诗《西岸》，是在1920年7月，最晚的为《红豆》，写于1922年寒假。全书分为《李白篇》、《雨夜篇》、《青春篇》、《孤雁篇》、《红豆篇》。其中《李白篇》、《雨夜篇》、《青春篇》是在清华学校时写的，其余为留学以后的作品。印刷过程中，闻一多考虑过署笔名"屠龙居士"或T. L.（是"屠龙"二字英译音的第一个字母）。

诗人以《红烛》作为诗集的名称，并以序诗《红烛》作为诗集的总纲，表现出诗人强烈的爱国激情和无私的献身精神。托尔斯泰曾这样评论过诗的作用："诗是心灵之火，这火能点燃、温暖、照亮人心。"而闻一多也正是掏出这样一颗诗心，燃烧着自己、照亮了别人。"红烛啊！既制了，便烧着！烧罢！烧罢！烧破世人底梦，烧沸世人底血——也救出他们的灵魂，也捣破他们的监狱！""红烛啊！你心火发光之期，正是泪流开始之

日。""红烛啊！你流一滴泪，灰一分心。灰心流泪，你的果，创造光明，你的因。""红烛啊！'莫问收获，只问耕耘'！"这是五四时期热血沸腾的爱国青年的誓言，也是年轻的诗人人格的写照。

《红烛》在内容上，有对爱情细腻深婉而又真挚强烈的揭示，这种揭示不同于拘于实际的对爱情生活琐屑的描摹，不拘于经验，而具有鲜明的哲理色彩，是关于爱情的颂歌；有的揭示了资本主义社会的黑暗（如《孤雁》）；有的则流露出对祖国强烈的思念和热爱之情。这种发自深心的激情显示着诗人身在异乡、心向祖国的人格美，如《太阳吟》："太阳啊，这不像我的山川，太阳！这里的风云另带一般惨色，这里鸟儿唱的调子格外凄凉。太阳啊，生命之火底太阳！但是谁不知你是球东半底热情，同时又是球西半底智光？太阳啊，也是我家乡底太阳！此刻我回不了我往日的家乡，便以你为家乡也还得失相偿。太阳啊，慈光普照的太阳！往后我看见你时，就当回家一次；我的家乡不在地下乃在天上！"这诗也许让人想到李白的"举头望明月，低头思故乡"，但李白的诗给人的更多是一种冷清中的寥落与无奈，而《太阳吟》却让读者感受到那如火焰一样跳动的诗人的赤心。

正是这样一种激情，这样一种基于现实基础上的对祖国、对生活的热爱，才使诗人的一生始终如红烛一样为祖国而燃烧；正是这样一种红烛精神，使诗人从诗人到学者，最终成为一个为了正义不怕倒在敌人枪口下的战士。"蜡炬成灰泪始干"，正是红烛诗人闻一多一生的写照。

16. "中国最为杰出的抒情诗人"冯至

zhōng guó zuì wéi jié chū de shū qíng shī rén féng zhì

　　1905 年 9 月 17 日，在河北省涿县一个小知识分子的家中，一名男婴呱呱坠地了。望着这初生的婴孩，家人们亦喜亦忧——喜的是香火得继，忧的是由于添了人口，生计将更为艰难，因为婴儿的父亲是在机关或学校中做些文牍之类的工作，而这类工作往往不稳定，常有失业的危险。婴儿嘹亮的啼哭终于使家人振作起来，因为这新生的小生命毕竟是希望之所在——而且后来这位婴儿的确不负众望，成了被鲁迅先生誉为"中国最为杰出的抒情诗人"的才子。这位婴儿就是今后的著名诗人、学者和翻译家冯至先生，他的原名叫冯承植。

小承植的童年是在生活的艰难和亲情的温暖氛围中度过的。父亲收入微薄而又经常失业的境遇，无疑使家中的经济状况飘荡不定，大人们为生计发出的忧虑和叹息给他幼小的心灵蒙上了艰辛的阴影，使他过早地感受到生活的压力，敏感的心灵不免愤懑和忧郁。而小承植九岁时，生母由于积劳成疾，又撒手而去了，这无疑给刚刚懂事的承植又一次沉重的打击。幸运的是，承植有一位非常善良、品德高尚的继母，这位继母不但对他视如己出，在亲情上百般慈爱，而且在生计的艰辛中为小承植的前途考虑，积极支持他读书。这童年时代的一切，都蓄积在冯至的心中，对他后来成为"最杰出的抒情诗人"产生着巨大影响。

1917年秋，冯至在家人的支持下考入北京第四中学，1921年考入北京大学预科。读书期间，冯至和新文化运动的参加者、领导者先后有了接触，并大量阅读了宣传新思潮的杂志和书籍，《新青年》、《新潮》、《少年中国》、《晨报副刊》等，在他的面前展现了一个全新的世界，成了他的引路者。时代风雨的冲击，他对中国古典文学尤其是晚唐诗和宋词的兴趣，加上他自己的身世之感，这些都使他年轻的心跳动起来，于是善良、正直、深情、敏感、沉思的青年冯至迎来了诗神，开始用他动人的歌喉，唱出幽婉的歌。

诗人1921年进入北大后就开始了新诗创作，1922年下半年，他将自己的诗送去请讲授文学概论的张定璜教授评阅，张定璜从中选出一部分介绍给创造社。1923年初夏，《创造季刊》向读者介绍了这位新诗人，二卷一期一次发了他二十多首诗。1923年暑假，诗人参加了创立在上海的文艺团体"浅草社"，并在《浅草季刊》上发表作品。浅草社解散后，他又于1925年和友人杨晦及原浅草社成员陈翔鹤、陈炜漠在北京成立沉钟社，先后编印《沉钟周刊》、《沉钟半月刊》。沉钟社被鲁迅先生誉为"是中国的最坚韧，最诚实，挣扎得最久的团体"。

1927年冯至在北大德文系毕业，先后在哈尔滨第一中学、北京孔德学校教过国文，并创作了许多优秀的诗篇。1930年10月至1935年6月，到德国留学，埋头于阅读，创作较少。回国后于1936年10月参加在戴望舒家里成立的诗社，创刊《新诗》，与戴望舒、卞之琳、孙大雨、梁宗岱同为编委。1937年抗战爆发，诗人随同济大学辗转至云南昆明，在西南联大外文系教德语，抗战胜利后回北大任教。这期间曾于1941年写了一本《十四行诗集》，寄给在桂林的陈占之，由他以"明日社"的名义出版。这是冯至写诗停笔十年后的又一果实。此后冯至写写停停，停停写写，诗作虽然不多，但在学术研究和翻译上却硕果颇丰，终使他集诗人、学者、翻译家三者于一身。

考察这位被鲁迅誉为"中国最杰出的抒情诗人"的作品，他的诗风整体给人的感受是"幽婉"的，诗人擅长于体味生活中细腻绵密的情绪，而出之以奇特的意象、细致的叙事与委婉的造境，使情绪的抒发既独特别致而又与情与事交融一体，深得古典诗词情、事、景融为一体的高妙，又不乏时代的新鲜与独特。

如果说这首《蛇》写的只是诗人个人的情感的话，那么他的《吹箫人的故事》、《蚕马》、《帷幔》、《寺门之前》等诗，则是借吟咏传说中缠绵悱恻的故事来传达时代的声音了。《蚕马》取材于《搜神记》中人马之恋的怪异故事，来揭露控诉在现实中由于阶级地位和等级观念所造成的爱情悲剧，而诗整体上又采用抒情框架内套叙事框架的方式——一个流浪歌手在希图用这悲剧性的爱情故事去感动自己的心上人。这里面既包含着诗人在时代潮流洗礼之下新的平等的爱情观念，又有独创的富于意境的巧妙抒情技巧，使情的抒写与事的叙述水乳交融，令人叹为观止。

此外，诗人还有很多由现实所引发的抒情名作，如《绿衣人》、《瞽者的暗示》、《晚报》等。

由此，我们只能说，冯至的确不愧为"中国第一抒情诗人"。

17. 乡土作家王鲁彦
xiāng tǔ zuò jiā wáng lǔ yàn

1944 年 8 月，桂林七星岩前树立起一块并不显眼的墓碑。群山如黛，云驻雾凝，王鲁彦——这位中国现代文学史上的著名作家、翻译家，正在有为之年，却匆匆忙忙走完了他生命之路，颇为孤寂地长眠在这里。

王鲁彦原名王衡，又名忘我，1901 年生于浙江省镇海县农村的一个小有产者的家庭。他的童年和少年时代都是在农村度过的，他和农家朴实的孩子结成亲密的伙伴，在雪天里他们一道堆雪人，在清明时节结伴上山扫墓；在盛夏他们一起钓鱼捕虾，一起拉琴唱歌。农村的广阔天地任鲁彦自由驰骋，十几年的乡村生活给他留下了充满诗意的印象，也为他日后创作积累了许多珍贵的素材。

1919 年的春天，也就是王鲁彦十八岁那年，他背负着生活的重担，离家漂泊到了上海。母亲为他的离去伤心流泪，但王鲁彦并不难过，他觉得，他是去探寻另一个憧憬着的世界，肩起了人所应负的担子。然而不久，充当学徒的生活现实，就让他感受到了残酷的压迫和剥削，呼吸到民族矛盾和阶级矛盾的气息。鲁彦不安于现状，更不想走父辈已走过的老路（其父王宗海从学徒做到店员，长年在外奔波），在工作之余进入了环球补习夜校，和夜校的学员一起，感受着五四的震动，在潮流的推动下，他要飞腾，热切地向往着五四运动的发祥地北京。

1920 年 1 月，不满二十岁的王鲁彦孤身来到北京，加入了由李大钊、陈独秀、胡适等著名人士创建的勤工俭学组织"工读互助团"。在团里，他一面为洗衣店、饭店做杂役以维持生活，一面去北京大学当旁听生。他旁听了鲁迅讲授的《中国小说史》，觉得鲁迅的讲述在他"眼前赤裸裸地显示出美与丑，善与恶，真实与虚伪，光明与黑暗，过去与未来"。他眼前仿佛"浮露出来了一盏光耀的明灯，灯光下映出了一条宽阔无边的大道"（《活在人类的心里》），从此，他和鲁迅有了较多的交往，受到鲁迅巨大的影响。然而，好景不长，命运开始了对他的捉弄。工读互助团解散了，他不能继续在北大旁听，为了谋生和创业，王鲁彦不得不四处漂泊。自从离开家乡之后，从没在一个地方居住过三年以上。他既不是寻找动乱中的世外桃源，也不是为遨游山水，主要是生活迫使他漂荡不定，同时也是为了探索人生和了解社会。

生活的动荡不安，使他饱尝了军阀混战的惊乱和恐怖，对现实的不满，使他深深地怀念童年和故乡，同时更激起了他创作的欲望。1922年8月，鲁彦由世界语转译的俄国民间故事《好与坏》、《投降者》先后在《晨报副镌》和《民国日报》副刊《赏悟》上发表。这是他奉献给读者的最早的作品，并首次使用"鲁彦"这个笔名。从此，他登上五四以后的新文坛。

1925年王鲁彦回到阔别六年的家乡，目睹了凋敝的农村和农民的痛苦挣扎，这一切，震撼着、刺激着他，更加重了他创作中的乡土气息。

《菊英的出嫁》是王鲁彦的短篇小说集《柚子》中的代表作。它实写了浙东乡间的冷酷习俗——"冥婚"。茅盾说："《菊英的出嫁》无疑的也是一篇好小说"（《王鲁彦论》）。

菊英是一个好看、聪明又听话的孩子。她六岁时自己学磨纸，七岁绣花，学做小脚娘子的衣裤，八岁便能帮娘磨纸、挑花边了。她不同别的孩子去玩耍，只是整天地坐在房子里做工。她离不开娘，娘也离不开她。八年来，娘没有打过她一下，骂过她半句，她实在也无须娘用指尖轻轻地触一触！娘觉得她太可怜、太苦了，遂让她去表兄弟那里吃喜酒，不幸竟使她受了寒，患了白喉而夭折。十年后，菊英娘心中依然怀着死后生存的原始信仰，唯恐女儿在那个世界寂寞、孤单，为了将菊英从悲观绝望的地方拖到乐观、希望的地方，菊英娘开始认真地关心起这个"十八岁"女儿的阴亲和出嫁。她终于找到了一个"女婿"。这个"女婿"也是早死了的。菊英娘只能看到他在七八岁时照的一张相片，于是，菊英娘尽她所有的力量给女儿预备嫁妆，并和她的"亲家"择吉日为他们死去的儿女举行了"冥婚"仪式。

小说里，王鲁彦的描写是认真的，也是高明的。"死后生存"，死后的鬼能和活时一样成长这样的原始信仰，到了现代文明社会居然还有这样的支配力量！它支配菊英的母亲十二分认真地留心女儿的阴亲和出嫁，她的意念中有个真实的菊英存在着。在这里，人们也几乎看见真实的菊英躲躲闪闪在纸面上等候出嫁。像这样的描写真与幻的混一，不能不令人惊叹和佩服。人们自然会想到，统治中国的封建伦理道德，对乡间人民的生活竟然渗透到了这种程度！这样原始，这样落后的生活不变怎么行呢？

王鲁彦的作品大部分取材于故乡的风土人情，表现了他对故乡的深切怀念以及对农民命运的深切关怀。其小说中最可爱的也是最成功的人物当是一些乡村的小资产阶级。

《黄金》是王鲁彦另一部短篇小说集《黄金》中的代表作。故事发生在一个偏僻宁静的乡村陈四桥，主人公如使伯伯是该地的一个小有产者，他一生劳碌挣得一份家产——几间屋子，十几亩地，他感到安慰，当他头发脱光衰老不堪时，决定将家庭的担子搁在儿子伊明的肩上。伊明是如使伯伯在惨淡经营中培养出来的。可是，尽管伊明也是个"勤苦的孩子"，他还是被生活压弯了，出门一年多，也不曾有多少钱寄回来，于是这个可怜的老人便受到陈四桥人许多意外的——或许正是有意的揶揄和侮蔑，甚至是欺凌，这个小康之家开始不幸而摇摇欲坠了。"时日在如使伯伯夫妻是这样的艰苦，这样的沉重，他们俩都消瘦了，尤其是如使伯伯，他觉得自己仿佛是一匹拖重载的驴子，挨着饿、耐着苦，忍着叱咤的鞭子，颠踬着在雨后泥途中行走，但这前途又是这样渺茫，没有一线光明，没有一点希望。"最后他只好点一炷香，对着灶神跪下了。

如使伯伯的遭遇，是旧中国小有产者的典型境遇。小资产阶级的产业观念和乡村原始的冷酷，酿成了如使伯伯一家平凡的悲剧。王鲁彦从这些小有产者趋向破产的角度，为农村的衰败发出了他自己的一声悲叹。

作为一名乡土作家，王鲁彦继承了鲁迅开创的以浓郁的浙东地方色彩、乡土生活气息显示民族风格的优良传统，以其清新的地方风情丰富了新文学的民族特色。然而这样一位优秀作家却生逢乱世、难逃贫困的魔

影，王鲁彦一生贫病征逐，跑遍大半个中国，备尝颠沛流离之苦。最后，死于贫病交加。

18. 普度众生："真人"许地山
pǔ dù zhòng shēng：zhēn rén xǔ dì shān

许地山（1893—1941 年），1893 年 2 月 14 日出生于台湾省台南府城，名赞堃，字以行，笔名落花生。在许地山的成长过程中，受到来自家庭和社会多方面的影响。这种影响，直接渗透于他的文学作品中。

许地山的父亲许南英能诗擅文，是一个立身严谨、操守特严、具有强烈爱国意识的官吏，在日本侵占台湾之际，许南英与台湾的爱国者奋起抵抗，虽终因势单力孤而败，但他已把这种不甘当亡国奴的爱国思想以实际行动灌输给了幼小的许地山。许地山的大哥许赞书曾任厦门同盟会会长。二哥许赞元曾参加 1911 年 3 月 29 日黄花岗起义，险些遇难。兄长的行为，毫无疑问更坚定了许地山头脑中的民族民主思想。此外，许家又是一个恪守传统道德、崇尚佛教的家庭。许南英别署"留发头陀"、"毗舍耶客"，对佛学极有研究；许地山的母亲笃信佛教，视佛教为最高精神境界；许地山有个舅舅是禅宗和尚，曾辅导他读过不少佛经。许地山的佛教思想以及后来衍生的基督教博爱主义和萌发的人道主义思想除了家庭的渊源外，主要还是来自于社会的丰富而驳杂的赠与。

许地山的父亲许南英自台湾回到大陆后，先后在广东各地做小官，许地山随家多次迁徙，在动荡颠沛中读完了初、中级课程。辛亥革命后不久，由于父亲赋闲在家，家道中落，十九岁的许地山便开始自谋生路。先在福建任教，后又分别到仰光华侨所办的中学、漳州华英中学、福建二师等地任教。1915 年，许地山加入基督教，1917 年秋由教会津贴入燕京大学文学院学习，前往伟大的五四新文化运动方兴未艾的北京，开始了一种崭新的生活。从 1912 年至 1917 年间，许地山辗转几地，"屡遭变难，四方流离，未尝宽怀就枕"（《空山灵雨·弁言》）。这段经历，在他的一生中打下深刻的烙印，"有生以来几经淹溺在变乱底渊海中，悲哀的胸襟蕴怀着无尽情与无尽意"（《解放者·弁言》）。这种漂泊无定的生活一方面加深了他"一切皆苦"、"人生无常"的佛教思想，另一方面却使他从小接近社会底层，目睹了祖国人民的灾难，萌发了怜贫悲苦的人道主义思想。这种诚挚的人道主义精神，是他一生思想发展的基本出发点。他之所以加入基督会，并非是相信基督的神话和教义，而是被基督教的博爱主义所吸引。从某种意义上说，这同佛教有相似之处。许地山的一生始终没有脱离教会，直到晚年，还常去香港教堂礼拜、布道、捐款。

许地山初到燕京大学读书时，被同学们看做是怪人，戏称他为"许真人"、"莎士比亚"。因为他身着自己设计的布衫，手指上带着白玉戒指，喜欢谈讲佛经佛理，好写梵文，又留着长头发和山羊胡子，看上去很像莎翁。接触时间长了，同学们才知道，他学习刻苦，能文善诗，才华横溢，待人和气。1918 年，他同台中人林月森结婚，两人感情极好。1920 年秋，他接林氏入京，途经上海时林氏病故。许地山悲痛万分，时常手持鲜花，静默坟头，缅怀妻子。这段哀情后来被他写成感人至深的小说《黄昏后》，获得海内外评论家的好评，被茅盾收入《中国新文学大系·小说集》。

1919 年初，亦即五四运动前夕，许地山经常与瞿秋白、郑振铎、瞿世英、耿济之等人一起活动。他曾用古体翻译泰戈尔的《吉檀迦利》，又鼓励郑振铎翻译泰戈尔的《新月集》，成为五四文坛上"小诗运动"的一大推动者。在轰轰烈烈的五四运动中，许地山是个积极分子，他不仅参加了游行示威，而且还担任学校代表，经常组织会议，表现出高度的爱国热忱。但他对帝国主义的认识还不够清醒，他的爱国思想仍然深受人道主义、基督博爱主义乃至佛教思想的束缚。

1920 年秋，许地山毕业于燕大文学院，随即转入燕大神学院学习。这一年年底，他和周作人、郑振铎、沈雁冰等人发起了著名的文学研究会，并于次年 1 月 4 日正式成立。1 月 10 日，许地山在革新后的《小说月报》上发表了他的处女作《命命鸟》，引起文坛的注意，从此开始了文学创作生涯。

《命命鸟》的主人公敏明与加陵是一对青年恋人。但他们的爱情受到家长的阻拦和反对，不得已双双自杀殉情。小说的背景是在佛国缅甸的仰光展开的。许地山对这对恋人所处的环境和仰光风光的细致描写，加之对金光彩云和月色萤火的刻画，使通篇都笼罩在迷蒙而又感伤的氛围里。作者以婉转动人、细腻缠绵的笔调，描绘了两人的纯洁爱情，对这对恋人的悲惨遭遇寄予了深切的同情，同时也表现了作者对封建礼教的无比愤慨。但是小说也有消极的一面，如对敏明与加陵自杀心态的描写，就是从根本上否定了人生的意义，宣扬了佛教"涅磐归真"的思想。

自 1921 年到 1926 年的五年间，是许地山创作的高潮时期，他先后发表了十二个短篇小说，后结集出版为《缀网劳蛛》，其中《缀网劳蛛》一篇是他前期的代表作。在此期间，他还发表了四十四则散文小品，后结集为《空山灵雨》，另外还有七八首短诗和十来篇杂记。

贯穿于许地山前期小说中的基本线索是人道主义与佛教思想的矛盾。他同情被侮辱与被损害的弱者，痛恨封建礼教与黑暗的社会，但又笃信佛教的多苦观，使他把社会现实中的一切都归诸天意与命运，掩盖了弱者苦难的根源。在革命热潮面前，许地山受个人生活和阶级地位的限制，未能将他的行为与反帝反封建的革命民主主义结合起来，他在希望和情感破灭后，没有勇气、也没有武器、更没有有效的方法去战斗，在这种绝望的境地里，自幼所接受的佛教思想在他的头脑中壮大起来，他把这种思想当做解放众生的钥匙，直接影响了他的人生观和创作观。

1922 年夏，许地山毕业于燕大神学院，获神学士。1923 年夏，他与冰心、梁实秋一同赴美国留学，获文学硕士，后转入英国牛津大学曼斯菲尔学院学习，于 1926 年获文学硕士。在英国期间，许地山结识了老舍，俩人交往密切。他鼓励老舍写作。在许地山的鼓励和推荐下，老舍的小说《老张的哲学》问世，并由《小说月报》刊载。1927 年春，许地山回到北平，任燕大助教，后升为教授。在燕大读书和执教计十几年，后因与司徒雷登意见不合而被解聘。离开燕大后许地山任香港大学中文学院教授。

许地山在 30 年代除从事教育外，主要致力于道教和佛教研究。在这一时期的创作不多，但同五四时期相比有了很大变化：一是写作背景有所变化，由国外转到国内；二是人物已扩大到革命家、交际花等；三是主题也由单一的人生观变得极为复杂。此外，其思想深处的变化则更为令人振奋：佛教思想越来越淡薄，人道主义思想越来越明显。

1937 年 7 月 7 日全面抗战开始后，爱国文艺家一致要求团结抗日。1938 年 3 月 27 日中华全国文艺界抗敌协会成立，许地山为理事之一。1938 年中国共产党派楼适夷去香港组织文协香港分会。楼在许地山的保护下开展活动。香港文协成立后，许地山作为其主要负责人，从小郁积在他心底里的爱国炽情终于像火山一样爆发了。他来往奔走于香港、九龙闹市，在群众大会上演讲，偷偷地给流亡青年补课。不幸的是，当许地山真正意识到正确方向时，他却由于心脏病突发而逝世，年仅四十九岁。

许地山的一生虽然较为短暂，但是他一直在探索人生，探索真理，他试图用佛家的济世思想来普度众生，他得到的只能是失败。不过"借用佛学意象，使许地山作品光怪陆离，充满神秘感和异域情调，而化用佛家思想，则大大加强许地山作品的哲理成分，显得丰富深邃"（《走向世界文学》）。

19. 《老张的哲学》：老舍首部长篇小说
lǎo zhāng de zhé xué: lǎo shě shǒu bù cháng piān xiǎo shuō

《老张的哲学》是老舍的第一部长篇小说，成稿于老舍在英国伦敦东方学院任华语教员时期，1926 年 7 月最初由《小说月报》连载，1928 年 1 月由商务印书馆出版单行本。这部长篇是老舍走上漫长文学创作之路的起点，这个起点出自一个偶然的机缘。

老舍是 1924 年夏天来到伦敦的。远渡重洋，子然一身的老舍，思乡的情绪渐渐弥漫了全身，国内生活的情与景便成了一幅幅脑中过电影般的断想画，他很想把这些画面连缀成章，变成铅字发表，借以排遣自己的忧郁之情，正巧和老舍常在一起的许地山就是一位很有名望的小说家，他发表的小说《命命鸟》已经蜚声文坛，而且他还是文学研究会的成员。老舍把自己写的文字读给许地山听，许地山被小说中滑稽的情节逗乐了，觉得不错，就对老舍说"写下去吧"。受到文学名家的热情鼓励，老舍信心大增，随便一写，便有了长篇小说《老张的哲学》。

老张是北京城北的一号人物，年纪四五十岁，长得粗眉短鼻，他的正式职业是小学教师，同时还兼任杂货铺的老板和衙门里的挂名巡击，同时还是个放高利贷者。他的杂货铺一应俱全，上至鸦片，下至葱蒜，无所不有。学生一切用品都不准到外边去买，名义上是为了"增加学生的爱校之心"。他卖鸦片，不准学生说出去，据他说卖鸦片是因为附近烟馆被官厅封禁，暂时接济一下，不敢永远售卖烟土。为了抠钱，他让大点的学生当学监，既能帮杂货店算账，又能帮学堂管束学生，最主要的是省下了雇用伙计的费用。

老张放高利贷，老婆就是十几年前抵高利贷押过来的，老婆要穿衣吃饭，老张想起这笔花销就窝火，窝了火就拿老婆练拳脚出气。

老张是老师，他教学生根本不用新课本，只用《三字经》、《百家姓》敷衍学生，学务大人来"察学"时，他就现炒现卖，高谈教育事业，每一次都能顺利通过。

老张的哲学就是市侩哲学。"营商，为钱，当兵，为钱，办学堂也为钱，同时教书营商又当兵，则财通四海利达三江矣！"老张管这叫"钱本位而三位一体"。

有了钱以后，老张对"哲学"又有了一层新认识："有钱无势力，是三条腿的牛。"为了不做"三条腿的牛"，他开始往政界爬，居然还真爬上了北郊自治会长的位置。得到这个差事来之不易，连哄带骗，请客送礼，拉山头，搞歪门邪道老张都尝试过，因此老张自然知道如何让这一名分发挥更大的作用。搂钱，抢钱，用钱和权逼迫小门小户的姑娘就犯，是他的拿手好戏。

李静、李应姐弟俩是北京城里穷苦人家的儿女，从小没了爹娘，和叔父一起长大，因为叔父欠了老张三百块钱的债，老张就想把李静弄到手里做小老婆。老张用计与李静立成了婚书，拜堂成亲那天，由于李静的心上人王德大闹婚堂和孙守备的出面干涉，李静才逃脱了老张的魔掌。可结果还是李静的叔父抑郁而死，王德精神失了常，李静在悲伤中夭亡。

李静的弟弟李应本与龙凤姑娘恋爱，老张从中暗算，龙凤姑娘只好随父亲为逃债远走他乡，最后龙凤姑娘嫁给了一个富家子弟，老张就这样活活拆开了一对鸳鸯。

干尽坏事的老张最后被做师长的盟兄保举，到南方某省做教育厅长去了，这一回没费劲就娶了两个小老婆，而且还没花一分钱，这是老张平生最得意的事了。

小说《老张的哲学》通过老张恶贯满盈的生活描写，特别是他逼散两对青年男女爱情婚姻的事件描写，有力地鞭挞了旧社会的黑暗，反映了20年代前后北京普通市民在黑暗势力压迫与威逼下生活的痛苦和他们的悲惨命运，并对下层百姓和弱者寄予了极大的同情和关注。

作品以讽刺幽默的笔法刻画了老张这个学界人士。老张名义上是传道授业解惑的圣人，暗地里是男盗女娼的痞子。痞子办教育，必定不学无术，认为"念外国字只要把平仄念调了，准保没错"，他不教新课本，只念《三字经》、《百家姓》，原因是"别的书有很多生字不认得呢"。这样贻误学生，误人子弟的痞子居然还能当上校长。

这样的校长位置怎样保住？老张的办法就是欺上压下，营私舞弊，遇上学务大人下来检查，就让衙门里的把兄弟早把消息送过来，他临时装模作样给学务大人戴高帽子，肉麻地吹捧一气，每一次竟也都能蒙混过关。其实也非蒙混过关，学务大人本身遇到老张就一拍即合，英雄所见略同，比如学务大人也认为"哪个入过学堂的人不晓得中西文是一理"，"教室的讲台不能砌在西边，西边是'白虎台'，主妨克学生家长"。

这个老张办学堂是名，经商才是实，经商的目的是为了钱，有钱能使鬼推磨，他让学生当伙计，卖鸦片，五十多个学生只准买他杂货铺的东西，连老婆都是钱换回的物，不是人。

老张又是衙门里的挂名巡击，二郎镇里的重要人物，有三重身份，使人对他的称呼很不一致，穷人称他为"先生"，富人称他"掌柜的"，求他到衙门里办事的毕恭毕敬称他为"老张"。

这样一个学界"名流"、重任一身、日理万机的老张，哪有时间去抓教育。发财了以后他还要升官，有了钱有了权，就不能没女人，女人是他干事业的一个撅子，可以用她报拉选票时的一箭之仇，可以挎在胳膊上显示自己的权势身价，为此他拆散了两对本该美满幸福的青年男女，他不光不认为有损自己的德行，反倒认为自己是积德行善，这样的人本应下地狱，可老张却一路通行无阻，吉星高照，当了会长不算，还交流到了外省去当省级的教育厅长。作品通过老张这个无赖、恶棍、高利贷者、市侩青云直上的发迹历史，概括了旧中国20年代教育界的乌烟瘴气，揭露了北洋军阀统治下政治的黑暗和旧衙门里的腐朽，上梁不正下梁歪，上边有老张的老张，下边才会有老张式的老王、老李、老刘，有无数个具有老张一样灵魂和品性的人。

除了老张外，作品还广泛触及了市民社会中的其他阶层，有车夫、听差、小商人、底层受迫害的妇女等，写得最感人的是贫苦人家女儿李静。李静柔弱贤淑，看到叔父为三百块钱的债务被逼得走投无路，心情是矛盾的，她向往未来的幸福，希望与王德结为夫妻，另一方面却又不忍看相依为命、养大自己成人的叔父白白送掉性命；她哀叹过，也抗争过，作品细致地描述了李静的这种企图逃脱厄运而最终失败的过程。李静失败走向死亡来自两方面因素，老张索债讹人是直接原因，再有就是传统的封建势力，是黑暗势力与封建传统观念这一对无形杀手共同扼杀了充满青春活力的李静。

《老张的哲学》中描写的下层贫苦百姓命运大都像李静一样，悲惨、忧伤，都是悲剧人物。而老张这样的恶势力却飞黄腾达，不可一世，这种小说结局既反映了老舍创作时对生活现实的清醒认识，也反映了老舍创作初期的悲观情绪，是老舍思想的局限在作品中的反映。

小说在艺术上也很有特色。

一个是在题材上。《老张的哲学》发表在现代文学的第一个十年，那时短篇多，长篇少，尤其是思想艺术上都有成绩的长篇更少，老舍的这部作品非常先锋地把底层普通市民生活纳入到了小说创作之中，新鲜的题材与精练俗白的北方方言相结合，让读者耳目一新，洞开了眼界，获得了好评。

小说在结构的处理上中西合璧，既用中国传统小说的表现技法，如"楔子"的运用，有头有尾的情节，有故事的耐读性等，同时还运用了欧洲现代小说的表现技法，诸如扩充情节线索，有人物的内心自省等。多种矛盾齐头并进，有得有失，不失为老舍小说创作初期的一种尝试。

小说的主要风格特色是幽默与讽刺。是"讽刺的情调，轻松的文笔"。但在讽刺与幽默的处理上，一些地方夸张过火，幽默中带有油滑，结果让人只有笑意而少使人深思，这是《老张的哲学》在幽默风格中的不足之处。

20. 信奉无政府主义的青年巴金
xìn fèng wú zhèng fǔ zhǔ yì de qīng nián bā jīn

1923年春天一个烟雨蒙蒙的早晨，巴金和他的三哥李尧林在大哥送行的眼泪中登上了木船，离开了生育抚养他长大的家乡，扬帆驶向他憧憬的新生活。望着滚滚东去的长江水，他感到激动和快乐，也感到悲哀和伤感，"这水，这可祝福的水啊，它会把他从住了十八年的家带到未知的城市和未知的人群中间去。前面的幻景迷了他的眼睛，使他再没有时间去悲惜被他抛在后面的过去十八年的生活了。他最后一次把眼睛掉向后面看，他轻轻地说了一声'再见'，仍旧回过头去看永远向前流去没有一刻停留的绿水了"（巴金《家》结尾）。

巴金原名李尧棠，字芾甘，1904年11月25日生于山明水秀、文物昌盛的四川成都，他的祖辈父辈，数代做官，父亲李道河曾在川北广元做知县，1911年辞官回成都。巴金是在一个官宦的旧式大家庭中成长起来的。他的童年生活是温馨的，尤其是在五岁时随父母在广元知县府生活的两年多，在这里每个人都爱他，大哥李尧枚、三哥李尧林和巴金从小友爱，居息相随，情谊笃厚。特别是母亲不仅对幼小的巴金予以无尽的慈爱，而且使巴金从小就体验到一种宽容厚道的爱的精神，"她教我爱一切的人，不管他们贫或富；她教我帮助那些在困苦中需要扶持的人；她教我同情那些境遇不好的婢仆，怜恤他们，不要把自己看得比他们高，动辄将他们打骂"。正是这种爱的教育使巴金能够较自由地走入到"下人"中去，切实地体会下层劳苦人民的艰辛和苦难，并在这些没有知识，缺乏教养的人们中汲取生活的哲理、精神的力量。他在一个年老瘦弱、身世惨痛的轿夫老周那里，明晓了为人的原则："要好好地做人，对人要真实，不管别人待你怎样，自己总不要走错脚步。自己不要骗人、不要亏待人，不要占别人的便宜。"这近乎原始正直的信仰，深深地铭刻进巴金幼小心灵的深处。母亲和老周成为巴金漫漫人生道路最初的两位启蒙"先生"。

在爱、平等、正直的人生理想和愿望中，巴金慢慢地长大，他不断地接触社会、思考生活。然而他处处看到的却是社会的另一面：冷酷、悲惨、虚伪、不公正、不合理、不平等……他"愿意揩干每张脸上的眼泪"，看到的却是"下人"们悲惨无助的境况；他"希望看见幸福的微笑挂在每个人的嘴边"，耳闻目睹的却是在封建礼教摧残中的青春生命的呻吟和亲人们相继在病痛中死去。大家庭中长辈们的虚伪堕落、卑鄙丑恶使他感到厌烦和憎恶，理想和现实的对照使他的爱和恨的界限渐渐分明起来，爱和恨的情感强烈地交织在一起，他要探索这不合理制度的根源，他要寻找摧毁这不平等社会的武器。

就在这时五四运动爆发了，它给亿万中国人民敲响了革命的警世洪钟，也为巴金这个爱幻想，渴望平等，憎恨不合理制度的少年的心中投进了一把熊熊燃烧的火炬。巴金和他的兄弟姐妹们如饥似渴地寻找阅读《新青年》、《每周评论》、《少年中国》等宣传反帝反封建的进步书刊，热切急迫地接受着这些书刊中宣传倡导的新思想新主义，幼稚而又大胆地向培养而又窒息他的封建家庭、封建礼教、封建的伦理道德发出了挑战。

在当时的各种思想学说中，给予巴金影响最大，印象最为深刻的是巴枯宁、克鲁泡特金等人的无政府主义学说。这些学说中对人性的肯定，对人的尊严的渴望，对健全的理想社会的要求，对现存制度的反叛精神等无一不在鼓舞激励着这个追求自由平等的少年，虽然那时的巴金还没有系统地阅读和研究无政府主义的著作，不能辨别这些学说中的空幻性和荒谬性，但他却在朦胧中将自己在童年时代就蕴蓄的泛爱思想、人道主义和当时报刊宣传的各种各样的民主主义、爱国主义与无政府主义糅合在一起，树立了他自称为"无政府主义者"的人生信仰，这个信仰虽不健全，但却是他立志为推翻旧制度，为人类幸福而交出自己一切的精神动力，他以法国资产阶级革命家乔治·丹东的豪言"大胆，大胆，永远大胆"为一生的座右铭，勇敢地投入五四精神的激流中，开始了对旧时代义无反顾的战斗。他写文章、编刊物、搞印刷、参加会议、发表演说、散发传单，在这种斗争的激情中生活，他感到幸福而快乐。

但这些年里，家中的情况更加使他感到憎恶和不满，顽固、专横的家长祖父死后，家族内部的互相倾轧和诡诈阴谋愈演愈烈，这个世代官宦的封建大家庭摇摇欲坠，濒临解体，而许多年轻的生命继续在封建道德和传统观念的迫害下死去，接受了新思潮洗礼的青年巴金再也无法忍受这样的精神折磨，他要冲破这个让人窒息的樊笼，做自己生活的主人，做别人不许他做的事。他终于在自己十八岁那年，永别了过去的生活，"摔掉了一个可怕的阴影"，奔向自己神往已久的更广阔的世界。

巴金兄弟是在中国共产党领导的工人运动达到巅峰状态时来到上海的，但是，这两个幼稚的青年在这个人地生疏的大都会中就像淹没在汪洋大海之中，他们没有，也不可能找到革命的力量和中国社会根本的出路，为了学习和发展，他们考入了南京的东南大学附中，清苦地生活，勤奋地学习。毕业后，巴金进北京、回上海，艰难地寻求施展自己才华，实现自己抱负的人生之路。此时的巴金仍然被无政府主义所描绘的美丽的理想所吸引，渴望一个新社会能够早日出现，他译介了许多无政府主义者的论著，介绍了俄国和法国安那其党人的战斗事迹，热情歌颂革命者的献身精神，坚持反帝反封建的立场，但同时，他也坚持着克鲁泡特金等人的历史

唯心主义，反对一切专政，反对任何情况下的权力集中，在复杂残酷的社会现实和斗争形势面前，他无法找到一条正确的出路，深深陷入了惶惑、苦闷之中，思想上经历着一个严重的危机。为了摆脱这种危机，也为了更为系统地研究无政府主义，寻求革命的真理，巴金萌发了到资产阶级革命的圣地法国去的念头。经过较长时间的酝酿和努力，信奉"奋斗就是生活，人生只有前进"的巴金，终于实现了他的愿望。

1927年1月15日，巴金登上了法国邮船"昂热"号离开了上海，如果说四年前他离开成都时怀着更多的勇气和希望，那么，如今怀着更多的是苦恼和眷念，"啊，雄伟的黄河，神秘的扬子江哟，你们的伟大的历史到哪里去了？这里的国土！这样的人民！我的心怎么能够离开你们！再见吧，我不幸的乡土哟！我恨你，我又不得不爱你"。但同时，他又再次坚定了自己的信念："忠实地生活，正直地奋斗，爱那需要爱的，恨那摧残爱的。上帝只有一个，就是人类。为了他，我准备献出我的一切。"为了灭亡旧的时代，为了新生一个"爱"的世界，这个年轻的安那其战士，再次扬帆远征！

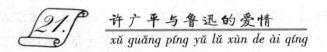

21. 许广平与鲁迅的爱情
xǔ guǎng píng yǔ lǔ xùn de ài qíng

鲁迅一生曾与两个女人发生过感情纠葛。一个是有婚姻而无爱情的结发之妻朱安；一个是有爱情而没名分的伴侣许广平。

对于朱安，鲁迅一直把她当成是母亲送给自己的一件礼物，只负有一种赡养的义务，爱情是根本谈不上的。那是1906年6月，二十五岁的鲁迅忽然接到家里的多封来信，说他母亲病了，催促其回国。等到鲁迅匆忙赶回故乡，才知道这是一场骗局。原来他家里听到一种谣言，说鲁迅跟日本女人结了婚，还领着孩子在东京散步，因此急着逼他回国完婚，新人就是朱安。婚礼完全是按旧的繁琐仪式进行的。完婚的第二天，鲁迅没有按老例去拜祠堂，晚上，他独自睡在了书房。第三天，他从家中出走，重新到日本去了。后来鲁迅在革命的风暴中成为一名斗士，而朱安始终都是一个传统的旧式女人。如此大的思想差距使鲁迅同朱安只是维持着一种形式上的夫妻关系，彼此在精神上是完全隔膜的。因此鲁迅的爱情应属于另一个女人：许广平。

许广平（1898—1968 年），广东番禺人，自号景宋，出身于一个败落的官僚家庭。她出生仅三天，就被喝得烂醉的父亲"碰杯为婚"，许配给了一个姓马的劣绅家。不过，由于时代的进步，许广平有幸在十九岁那年解除了婚约。也许正由于她的幸运，才使她更同情鲁迅的不幸。1922 年，许广平毕业于天津女师。为了继续深造，于第二年考入北京女子高等师范学校，入国文系学习。就在这时，她见到了鲁迅。1923 年 10 月至 1926 年8 月，鲁迅在女师大兼课三年，许广平成为他忠实的学生，她不仅爱看鲁迅的书，爱听鲁迅的课，而且更崇敬鲁迅的为人与品格。1925 年 3 月 11日，许广平给鲁迅写了第一封信，开头是这样的："现在写信给你的，是一个受了你快要两年的教训，是每星期翘盼着听讲'小说史略'的，是当你授课时每每忘形地直率地凭其相同的刚决的言语，好发言的一个小学生。她有许多怀疑而愤懑不平的久蓄于中的话，这时许是按抑不住了罢，所以向先生陈诉。"面对这样一个直率热情、好学勤思的学生，鲁迅立即给了真挚诚恳的答复，他深刻地剖析了现实社会，从传统的文明观照大学校园，提出了自己的看法：坚决战斗的态度和"壕堑战"的战术。这不仅是对许广平的教导，也是对当时热衷于学生运动的青年的告诫，的确是"真切的明白的指引"。从此，两人频繁通信。其中"没有死呀活呀的热情，也没有花呀月呀的佳句"，"所讲的又不外乎学校风潮，本身情况，饭菜好坏，天气阴晴"，更多的是"推测天下大事"。这样的通信，断断续续的有五年之久，不仅记录了两人思想的历程，同时也记录了两人情感的发展，在看似平淡的语言中包藏着两颗火焰一般燃烧的心。这些信件在 1932年末被鲁迅编成书，取名《两地书》，以鲁迅、景宋的共同名义出版。

鲁迅与许广平的爱情关系是 1925 年 10 月确定的。当时，深受鲁迅思想影响的许广平是北京女师大学生会的总干事，因从事学生运动，被推行封建奴化教育的代表人物评为"害群之马",开除了学籍。鲁迅得知学生的无辜受害,义愤填膺,他面对北洋军阀政府的高压政策,挺身而出,为学生仗义执言,而自己却心力交瘁,身患重病。正如许广平所说:"工作的相需相助,压迫的共同感受,时常会增加人们两心共鸣的急速进展。"就这样,鲁迅与许广平之间的爱情终于在感情沃土上播种,在革命理想中孕育,在并肩战斗中绽苞吐蕾。

但是鲁迅与许广平的爱情也并非一帆风顺,他们首先要迎接来自世俗,来自家族,甚至是来自自我的挑战。在鲁迅与许广平的交往中,遭受了不少世人的冷眼。恶语中伤者有,冷嘲热讽者有,威逼下石者也有。但是同样刚毅、坚忍、执著的个性帮助鲁迅和许广平在志同道合的基础上消弭了年龄的差异,冲破了流言飞语的包围,战胜了旧礼教、旧传统的威逼,捍卫了同自己心爱的人结合的神圣权利。面对世俗小人的恶语中伤,鲁迅大胆地自白道:"我先前偶一想到爱,总立刻自己惭愧,怕不配,因而也不敢爱某一个人。但看清了他们的言行思想内幕,便使我自信我绝不是必须自己贬抑到那么样的人了,我可以爱!"许广平更是不畏惧戴着"道德的面具专唱高调的人们给予的猛烈袭击,一心一意向着爱的方向奔驰"。

自从确立了爱情关系,两人不仅在思想上互相帮助,而且在生活上互相关照。分离时用信寄去爱的温暖,在一起时既是亲人,又是战友,尤其是许广平,她对鲁迅情真意切的爱情,给了鲁迅以温暖、鼓舞和力量。

1927年9月,鲁迅辞去中山大学的一切职务,离开广州去上海,许广平与他同行。随后,他们冲破封建礼教束缚,正式在上海同居。从此时起,许广平一直作为鲁迅的助手和战友陪伴在他身边。最初在一起时,许广平也曾想出去工作,回教育界,重操旧业,为此她曾求助于鲁迅的好友许寿棠。

可是有一天吃过午饭,许广平上楼去看看鲁迅起床了没有。走进房间,见他正准备穿衣服,便说:"等等,今天该换衬衣了,衣服在这儿,看到吗?"

"看到了，不想换！"

许广平见他懒洋洋的，忙问："怎么了？不舒服？"

"是的，不舒服。"鲁迅慢吞吞地说。

"哪儿不舒服？快告诉我。"许广平一听挺着急。

"心里"。

"心里？"

鲁迅见妻子一脸的关切，实在于心不忍，叹口气说："你在托许先生找事？你真的想去？"

"想……有点想……"许广平一改平时的爽快作风。她不是故意不和鲁迅商量的，而是想鲁迅肯定会同意的，因为他一直讲要提高妇女地位嘛。没想到，鲁迅很在意她是否出去工作。所以她一时不知该说些什么才好。

鲁迅顺手点了支烟，沉思了一会，缓缓地说："这样，我的生活又要改变了，又要恢复到以前一个人干的生活中去了。"

是啊，许广平不能让他再回到从前那种孤单、寂寞的生活中去了。在这残酷而又艰苦的斗争中，鲁迅不能缺少她的支持和帮助。协同鲁迅进行战斗，也是她服务于社会和人民的一种方式。她看着鲁迅一脸的忧愁，一股柔情涌上心头，情不自禁地说："我不出去工作，就留在家中吧。"

上面这段故事仅仅是家庭生活中的一个小片段，但它表现了许广平自我牺牲、甘为人梯的奉献精神。从此，这个当年的学运领袖，将自己的一切都与鲁迅的事业联系在一起。她不仅料理家务，照顾孩子，而且用更多的时间帮助鲁迅抄稿、寄信、校对。可以说没有许广平，就不会有鲁迅后十年的辉煌业绩。甚至在鲁迅去世之后，她为保卫鲁迅、宣传鲁迅、研究鲁迅都作出了别人不能替代的贡献。

许广平是个普通的女性，同时她也是伟大的女性。她和鲁迅的感情是真挚纯洁的，她为鲁迅可以献出一切，而她本人情愿"忘了自己"。这绝不是夫命妇从的传统观念，而是建立在志同道合基础上的理性认同。许广平劳动的汗水完全融入到了鲁迅后十年所取得的光辉成就中。这正是"待

到山花烂漫时，她在丛中笑"。

还是让我们体味一下鲁迅书赠许广平的一首诗吧，这应是他们十年恩爱生活的真实写照：

> 十年携手共艰危，以沫相濡究可哀。
>
> 聊借画图怡倦眼，此中甘苦两心知。
>
> ——《题〈芥子园画谱〉三集赠许广平》

鲁迅与柔石的师生情
lǔ xùn yǔ róu shí de shī shēng qíng

鲁迅一生帮助过许许多多的青年，因此，年轻人都把鲁迅看成是自己的恩师，是精神的领袖，尊称他为"大先生"。而在众多的青年中，柔石是鲁迅"唯一的不但敢于随便谈笑，而且敢于托他办点私事的人"（见《为了忘却的记念》）。由此可以看出鲁迅和柔石之间非同寻常的师生情谊。

柔石是 1928 年因家乡宁海县农民起义失败而逃到上海的。此时的他立志从事文学创作，但苦无门路，在彷徨求索中经浙东乡友的介绍，认识了鲁迅。实际上，柔石对鲁迅的仰慕应追溯至 1925 年，那年柔石从南方到北京以求深造，开始在北京大学旁听，后来虽因经济无法维持，不得不于 1926 年回到故乡，但一年来，鲁迅主讲的《中国小说史》课给他留下了深刻的印象，这是柔石在北京最爱听、最常听的一门课。如今在上海，柔石能和鲁迅面对面地交谈，真是他一生中最幸福的事情，由此开始了他们两年多的频繁交往。

关于鲁迅和柔石的认识经过，鲁迅在《为了忘却的记念》中回忆说："我和柔石最初的相见，不知道是何时，在哪里。他仿佛说过，曾在北京听过我的讲义，那么，当在八九年之前了。我也忘记了在上海怎么来往起来，总之，他那时住在景云里，离我的寓所不过四五家门面，不知怎么一来，就来往起来了。"可见鲁迅对柔石的第一印象有些模糊，甚至有记不太清的感觉。柔石太平凡了，他的确没有令人一见难忘的本领。但是在短暂的两年时间里，仅据《鲁迅日记》和《柔石日记》记载，彼此的交往就达一百多次。把两人的日记对照看，他们所记的交往次数，是互有遗漏的，可知实际交往的次数，远远不止于一百次。这应该可以肯定地说，柔石是 1928 年到 1930 年间，与鲁迅交往最密切的人。当柔石于 1931 年初牺牲之后，鲁迅写了大量的文章来回忆和悼念柔石，说中国失去了最好的青年，自己失去了最好的朋友。鲁迅哀悼之深切，为此写文章之多，是他一生中对待青年人之最。由此可见柔石在鲁迅心中的地位。从记忆不清的初识到死后的难以忘怀，这短短的两年该包容了他们师生之间多少动人的故事啊。正可谓"疾风知劲草，烈火见真金"。

人们都说志同才能道合。鲁迅和柔石的友谊是建立在共同的事业和共同的人生理想之上的，因此它才牢不可破，经得起任何考验。柔石到上海后就想以文艺为武器参加社会斗争和社会革命，这同鲁迅当年弃医从文的理想是一致的。为了能使英才出于中国，鲁迅以甘当"梯子"的精神，从思想、写作、生活等多方面关怀柔石。

据柔石 1928 年 9 月 13 日给其兄赵平西的信说："福（柔石原名赵平福——编者注）已将小说三册，交与鲁迅先生批阅。"还有"鲁迅先生乃当今有名之文人，如能称誉，代为序刊印行，则福前途之命运，不愁蹇促矣！"可见，柔石是将自己的前途和命运都寄托在了鲁迅的身上。这最初送给鲁迅审阅的三册小说，其中两册就是 1926 年柔石在家乡写的长篇小说《旧时代之死》，由于鲁迅的推荐，此小说于 1929 年由上海北新书局出版。柔石在文坛上真正引人注目的小说是《二月》。小说的成功一方面来自于柔石的"工妙的技术"，一方面得益于鲁迅的校阅和作序。作为大文豪的鲁迅能给普通青年的作品写序言，这无疑给柔石带来了巨大的鼓舞。鲁迅还为柔石所译苏联卢那卡尔斯基的剧本《浮士德与城》作后记，还为此书翻译了《浮士德与城》的作者小传，附于书中，并将此书编入自己主编的《现代文艺丛书》中，对柔石的提携由此可见一斑。1929 年以后，在鲁迅的指导和帮助下，柔石的文学创作发生了重大的转变。"他终于决定地改变了，有一回，曾经明白地告诉我，此后应该转换作品的内容和形式。我说：这怕难罢，譬如使惯了刀的，这回要他耍棍，怎么能行呢？他简洁地答道：只要学起来！"（《为了忘却的记念》）从此柔石接受了鲁迅对自己早期作品"都很有悲观的气息"的批评，重新学起来，于 1930 年 1 月完成了最著名，也是最成熟的小说《为奴隶的母亲》，可谓"转换作品的内容和形式"的新尝试。《为奴隶的母亲》给柔石带来了国际声誉，连法国文豪罗曼·罗兰都为小说中的凄惨故事感动得流泪。小说采用白描手法，记人叙事颇有鲁迅风格。

除了在创作上的指导以外，鲁迅还指导柔石参加了一些编辑工作，这不仅保证了柔石基本生活费用的来源，而且还锻炼了柔石多方面的文艺才能，如翻译、雕刻、木刻、绘画等。柔石参编的刊物是《语丝》和《朝花周刊》、《朝花旬刊》。后两种刊物是鲁迅同柔石等创办的"朝花社"的机关刊物。朝花社在中国现代文学史上对介绍外国的进步美术作品，尤其是输入新兴木刻艺术作品作出了独特的贡献。

作为老师，鲁迅也十分关心柔石在政治思想上的进步。他们虽然是两代人，又是师生，但在革命的洪流之中，他们更是并肩战斗的战友。他们一同在党领导的"中国自由运动大同盟"的成立宣言上签名；一同加入左联，鲁迅是常务委员，柔石是执行委员；一同编辑左联机关刊物《萌芽》。可以说，在共同的战斗中，他们师生之间的友谊得到了进一步的加强和巩固。

鲁迅和柔石是事业上的知己，更是生活中的朋友。由于两人同住景云里，只隔四五间门面，所以彼此见面的机会就特别多。柔石是一个诚实好学，办事认真严谨的青年。他每隔两三天就要到鲁迅房间去一趟，问有什么事可代办的。鲁迅也将柔石看成自家人，忙不过来时就将一些杂务托与柔石，柔石总能认真完成。《鲁迅日记》就有许多记载。柔石曾为鲁迅寄信、寄书、汇款，取版税、取款、购书、退稿等。两人还一同去开会、逛街、看电影。鲁迅曾在《为了忘却的记念》中生动地记叙了两人一同外出的情景："他……终于也敢和女性的同乡或朋友一同去走路了，但那距离，却至少总有三四尺的。……但他和我一同走路的时候，可就走得近了，简直是扶住我，因为怕我被汽车或电车撞死；我这面也为他近视而又要照顾别人担心，大家都仓惶失措的愁一路……"这真是动人的一幕，平常而真实，你给我的是拳拳的心，我予你的是眷眷的情。由于柔石孤身一人在上海，鲁迅也给予他无微不至的关怀，逢年过节，或请客吃饭，或家中有好吃的，鲁迅总要请柔石来，让柔石像在自己家里一样。并且鲁迅还多次借款给柔石，从未主动索要。投桃报李，柔石即使在生命最危险的时候，考虑的也是鲁迅。他在被捕之后，曾想方设法告诉鲁迅尽早搬家，体现出比血肉亲情还要亲的革命友谊。

柔石在 1931 年 2 月 8 日被国民党枪杀，身中十弹。鲁迅闻之，悲痛已极，彻夜未眠。在深夜里，鲁迅写了一首悲壮的悼诗："惯于长夜过春时，挈妇将雏鬓有丝。梦里依稀慈母泪，城头变幻大王旗。忍看朋辈成新鬼，怒向刀丛觅小诗。吟罢低眉无写处，月光如水照缁衣。"次年，鲁迅又写了著名的《为了忘却的记念》，表达了一种无法忘怀的深情和对统治者的愤慨。柔石诚恳、刚毅、朴实的形象不仅让鲁迅难以忘却，也随着鲁迅的文章走进了千千万万个后继者的心中。

23. 洪深："我愿做一个易卜生"
hóng shēn：wǒ yuàn zuò yī gè yì bǔ shēng

1922 年春的一天，在一艘由美国开往中国的轮船上，一位姓蔡的老者正和一位戴圆边眼镜的青年交谈着。海风轻拂过轮船的甲板，海波和云影交织在青年闪烁的镜片上，海浪似正倾听着他们的交谈。从他们谈话的样子看，这二人是在轮船上结识的伙伴，而由于漫长的旅程现在他们已成了无话不谈的友人。老人问青年："这么说你是定要回国从事戏剧事业了？那你从事戏剧的目的是什么？是想做一个红戏子，还是想做一个中国的莎士比亚？"青年回答说："我都不想。如果可能的话，我愿做一个易卜生。"

这位青年人就是中国话剧的开创者之一，刚刚在美国师从著名戏剧家信克教授学习戏剧、学业有成而归国的洪深。

洪深学名洪达，号伯骏，字潜斋，又称浅哉。1894 年 12 月 31 日出生在江苏武进县（今常州市）一个官僚家庭。他于 1900 年入家塾，1911 年前在上海徐汇公学、南洋公学（中院）和天津铃铛阁公学就读，1912 年至 1916 年在清华学校实科求学。他自幼就对文学有浓厚的兴趣，在清华读书期间，清华学校活跃的戏剧活动更迎合了他的口味，使他如鱼得水。学校每学期都举行戏剧比赛，在《没字碑》、《五陵侠》、《古华镜》等新戏中，洪深都扮演角色，十分出色。他还擅长编剧，在清华期间曾改译演出过英国名剧《侠盗罗宾汉》，并创作了反映下层人民苦难生活的《卖梨人》和《贫民惨剧》，均取得一定程度的成功。

1916 年夏，洪深清华学校毕业。8 月公费赴美留学，先入俄亥俄州立大学学烧磁工程，1919 年秋考入哈佛大学师从美国戏剧宗师信克教授学习戏剧编撰。在俄亥俄大学时，他用英文创作了反映中国传统道德、具有东方情调的《为之有室》、《回去》和以欧战史实为题材表现反帝主题的英文剧《虹》。他之所以考入哈佛师从信克教授，就是以《为之有室》和《回去》为敲门砖的。信克教授在哈佛主讲的课程学程号数为英文第四十七，每年只收取十一人，而每年报考的人数均在三百左右，选中极难，而洪深作为一个留学生能够入选，亦可看出其才华的超卓。在哈佛，洪深全面地进行了戏剧理论的学习和舞台艺术各方面的锻炼，在他回国前，已深得信克教授的赏识，获得了硕士学位，成为一个有着全面才能的戏剧艺术家了。

1922 年春洪深回国后，先后在复旦大学、暨南大学、山东大学、中山大学、厦门大学、北京师范大学任英文教授及外文系主任，从事教学工作达三十年之久。这期间，他并未忘记自己"我愿做一个易卜生"的志愿，时时把戏剧事业放在自己生活中的重要位置，积极从事戏剧、电影的编导工作。1922 年他写了反军阀混战的成名作《赵阎王》，1923 年秋经欧阳予倩、汪仲贤介绍参加了上海戏剧协社，任排演主任。先后导演了《终身大事》、《泼妇》、《回家以后》、《好儿子》、《月下》等剧，革除了文明戏中男扮女角、演员随意性强的恶习，建立了新的表演导演体制，并通过改译和导演王尔德的《少奶奶的扇子》奠定了我国话剧演出的一套体制。1926年，改译、导演了《黑蝙蝠》、《第二个梦》，对当时学校戏剧运动起了很大推动作用；并组织了复旦剧社，把所学的理论付诸实施，导演了《女店主》、《寄生草》、《西哈诺》等。大革命失败后，与好友田汉一起参加南国社，导演了《莎乐美》、《卡门》，并参加《名优之死》的演出。1930年辱华影片《不怕死》在上海放映，洪深挺身而出进行斗争，使美国派拉蒙影片公司被迫收回影片并公开道歉，显示了洪深强烈的爱国主义感情。1929年认识了夏衍，与党有了联系，随后参加了党领导的左联，在党的领导下从事戏剧活动。与党的接触使洪深对社会生活的认识更加深刻，使他由原来简单的对下层人民的同情上升到了阶级分析的高度。1930年到1931年，他相继写成了《五奎桥》和《香稻米》，1932年又写成《青龙潭》，合称"农村三部曲"，成为洪深的代表作。在农村三部曲中，他真实地反映了当时江南农民与官僚地主、买办豪绅间的激烈的阶级斗争，成为左联文学的显著成果之一。此后到抗战爆发前，他又创作了一大批为国防戏剧服务的独幕话剧，并与夏衍、周扬等创办《光明》半月刊，倡导国防文学。同时洪深还参加了电影界的工作，编写了电影文学剧本《申屠氏》，改变了中国电影没有剧本的情况，还担任了明星公司的编导，编导过《四月里的蔷薇处处开》、《早生贵子》、《冯大少爷》、《爱情与黄金》、《夜长梦多》等十多部影片。他编导的《歌女红牡丹》是中国第一部有声影片。此外还编导过许多反帝影片，撰写大量电影评论，创办并领导中华电影学校，为中国电影事业的发展作出了不可磨灭的贡献。

抗战爆发后，洪深毅然辞去大学教授职务，投身到抗日洪流中去，参加上海救亡话剧队，赴内地演出《放下你的鞭子》、《东北之家》、《日军暴行》、《九·一八以来》等剧，参加了《保卫卢沟桥》的编导工作，而后又到周恩来领导下的军委会政治部第三厅任艺术处戏剧科科长，筹组演剧队宣传抗日，加强了抗战宣传工作，并培养了大批的戏剧人才。同时，

他又写了大量抗战剧。

1941 年皖南事变后他到桂林导演了《再见吧，香港》，到昆明等地导演了《法西斯细菌》、《祖国在呼唤》等剧，主编《戏剧时代》，写了许多戏剧论文，对推动国统区戏剧演出和质量提高起了积极作用。

抗战胜利后，洪深重任复旦教授，因反对特务暴行而遭特务殴打和国民党政府迫害，后被变相解聘，由厦门而香港，辗转进入解放区，终于找到了真正能安心工作、献身事业的所在。新中国成立后，他积极参与国家的文化艺术和文化交流事业。不幸的是，他身患肺癌，于 1955 年就过早地离开了人世。不过他并没有辜负自己的志愿，用行动、用自己的作品实现了"我愿做个中国的易卜生"的誓言。

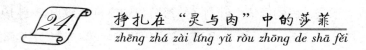

24. 挣扎在"灵与肉"中的莎菲
zhēng zhá zài líng yǔ ròu zhōng de shā fěi

在现代文学的人物画廊中，有一位名叫莎菲的女士，她很是引人注意，耀人眼目。这个人物出自著名的女作家丁玲的笔下，诞生在 1928 年 2 月发表的短篇小说《莎菲女士日记》中。

《莎菲女士日记》讲述的是一个令人深思的爱情故事。主人公莎菲远离家乡，身患肺病，居住在北京一个狭小潮霉的公寓里。每天都在百无聊赖中"混"日子，养病。所以她苦闷，心烦。特别是面对那挡住她视线的四堵粉墨的墙，更让她透不过气来。总之，"真是找不出一样令人不生嫌厌心的事物"。即便是想到那个热恋着她的名叫"苇弟"的男孩，也一样提不起精神来。因为他只会用眼泪表示他的真挚，常常蜷在椅角边老老实实无声地去流那不知从哪里得来的那么多的眼泪，流得莎菲心里发烦。有时她真忍不住地提醒他："即使爱，你不可以换个方法吗？如若不能懂得我，我要那些爱，那些体贴做什么？"莎菲对苇弟的态度是十分明朗的：如果做朋友，她会举双手欢迎，但让苇弟做她的恋人、丈夫是万万不可以的。就在莎菲的追求处于彷徨、苦闷之际，一个名叫凌吉士的男人闯入她的视野之中，莎菲的心顿时激活起来。"他的颀长的身躯，白嫩的面庞，薄薄的小嘴唇，柔软的头发，都足以耀你眼"，更何况，"他还有另外一种说不出，捉不到的丰仪来煽动你的心。"

起初，莎菲是"怀着一种小儿要糖果的心情渴望着他的爱"。但是随着时间的推移，接触次数的增多，莎菲发现，这个凌吉士徒有一个"高贵的美型"，而他的灵魂是那么可怜。"他需要什么呢？是金钱，是在室厅中能够应酬他买卖中朋友们的年轻太太，是几个穿得很标致的白胖儿子。他的爱情是什么呢？是拿金钱在妓院中，去挥霍而得来的一时肉感的享受，和坐在软软的沙发上，拥着香喷喷的肉体……"而他的"志趣"则离不开升官发财、吃喝玩乐八个大字。

这一发现，可是给莎菲带来了极大的悔恨、伤心、矛盾。一方面莎菲真的无力拒绝凌吉士的"美型"的诱惑；另一方面她又不可能接受他卑劣的灵魂。就这样，莎菲陷入了"灵与肉"的苦苦挣扎中。"睡的时候，莎菲看不起那美人，但刚从梦里醒来，一揉开睡眼，便又思念那市侩了。"她想："他今天会来吗？什么时候呢？早晨、过午、晚上？于是我跳下床去，急忙忙的洗脸，铺床，还把昨夜丢在地下的一本大书捡起，不住的在边缘处摩挲着，这可是凌吉士昨夜遗忘在这儿的一本《威尔逊演讲录》。"而一当莎菲单独与凌吉士在一起的时候，她又"受理智，受另一种自尊的情感所裁制住，控制了肉欲的冲突"。就这样经过几番"爱与恨"，"灵与肉"的冲突、挣扎以后，莎菲女士终于冲出了凌吉士的"美型"的诱惑，控制了自己肉欲的冲动，并决心惩罚一下这个徒有美型的"市侩"，"让那高个儿小子来尝一尝我的不柔顺、不近情理的倔傲和侮弄"。于是她一度吻了他的"富于诱惑性的红唇"以后，就一脚踢开了这位不值得恋爱的卑琐的青年。经过这一番恋爱的追求之后，莎菲就陷到更深的悲境里去。北京不想留下去了，西山更不愿去了，决计搭车南下，在无人认识的地方，浪费她生命的余剩。

丁玲把这样一位在情爱上如此大胆而又矛盾的女士展现在文坛上之后，很快就引起了众人的瞩目。人们分析她、评论她；褒之，贬之，众说

纷纭，莫衷一是。

莎菲女士的"绝叫""好似在死寂的文坛上，抛下一颗炸弹一样"，大家不由得不对她的塑造者的天才所震惊。即使鲁迅、茅盾、叶圣陶等老一辈作家，也无不为这个文坛新秀的出现而高兴。于是"莎菲"使丁玲异军突起，一鸣惊人。不仅带给丁玲以巨大的成功，也因之奠定了她在现代文学史上的地位。

不过那时中国文坛上需求比《莎菲女士日记》更富有深刻社会意义的创作，中国的普罗革命文学运动正在勃发。如果丁玲不改变创作的方向，而长久站在社会之外，那么她创作的危机是越来越大的。值得庆幸的是丁玲在1930年迈出了新的步伐，成了无产阶级领导的革命文学战士，并陆续写了《韦护》、《水》等更富时代特色的革命文学作品。而且在后来的岁月里，还写出了《太阳照在桑干河上》的长篇名著。

挣扎在灵与肉中的莎菲女士，以她自身的经历昭示人们：个人的恋爱追求需要拥有时代的前进的力量，否则就不会得到光和力。

25. 来自湘西的"乡下人"
lái zì xiāng xī de xiāng xià rén

湘西，一个神奇、美丽而又落后的地方，世代生息着土家族和苗族，孕育了千百个传说和故事。就是这片贫瘠的土地，却造就了一个文化名人，他就是沈从文。从湘西走出来的沈从文，是湘西的骄傲，也是凤凰的骄傲。

1902年12月28日，沈从文（1902—1988年）出生于湖南西北角的凤凰县，虽然这里的文化非常落后，但沈家所处的优越地位却为沈从文提供了学习文化的条件。他的启蒙教育是从认字读书的母亲那里开始的。六岁那年，沈从文进私塾念书，照例习读《论语》、《尚书》一类的古典作品。这种教育方式和教育内容根本不能满足沈从文强烈的求知欲望，好动天性与过剩的精力使他经常逃学，到外面去看风景、看别人的生活。湘西那原始而又秀丽的自然风光和别具一格的人文环境使沈从文获得了最初的生活积累。尽管家里为他转过学校，但对他仍然无法管束，他学会了爬树、斗鸡、捉蟋蟀、撒谎、赌博、骂野话和打架斗殴。家里对管教沈从文束手无策。就在这个时候，沈从文的家庭发生了重大变故，从而影响了他生命的航向。父亲在大沽战争中把带在身边的值钱"宝贝"丢失了。后来为了给父亲偿债，家里的大部分不动产被卖掉，沈家开始败落。

沈从文十五岁那年，即1917年8月的一天，一个姓杨的军官带兵回到凤凰。沈从文的母亲认为，与其让他在家堕入下流，不如让他到外面学习生存。于是母亲与杨姓军官商谈，让沈从文从军去了。他的"生命开始进入了一个崭新世界"（《从文自传·辰州》）。在军队里，他凭着写一手好字升为司书。一个叫肖选青的司法长，第一次见面时问他："小师爷，叫什么名字？""沈岳焕。""哈，'焕乎其有文章。'你就叫从文吧。"从这以后，沈从文就成为他一直使用的名字。

有一段时间，沈从文成了湘西自治政府军政首脑陈渠珍身边的书记。在一般人眼里，沈从文前途有望了。然而也就在此时，一种来自精神上的苦闷和冲击使他决定放弃眼前的既得利益，走别样的路。在怀化，他见到一本《辞源》，被吓了一跳；在保靖报馆，他认识了一个受五四新思潮影响的进步工人，借阅了《新潮》、《改造》等新刊物。凡此种种使他的苦闷越来越严重，内心的不安情绪也愈来愈强烈，他面临着人生的抉择：是继续在湘西待下去，还是离开湘西去接触更广阔的人生世界？经过苦心思索，他决定要挣脱世俗的约束，摆脱无知与愚昧，去学习知识、获得知识。他决定去北京，独立支配自己的命运。当他把自己的打算说出来后，没有想到陈渠珍很高兴地同意了，并让沈从文预支了三个月的薪水。1922年夏天，沈从文经长沙、汉口、郑州、徐州、天津，终于来到现代新思潮的发源地北京。就这样，沈从文终于从"乡下人"里脱离出来，带着家乡——湘西的特殊文化传统和人文环境的潜在影响，以及他对新生活的希冀和想象，走进了新文化运动的行列。

初到北京的沈从文，经历了生活的困顿和求学的艰辛。他本可以利用自己与湘西上层社会的关系而摆脱贫穷、过上舒服的日子，但他举起利刃，割断了自己与湘西上层社会的联系，不接受别人的"施恩"，凭着自己的执著和当时文坛名人郁达夫、徐志摩、胡适之、林宰平等人的帮助与支持，创造了令人难以置信的奇迹。从1922年夏天到1931年秋，沈从文的创作与他同胡也频结识到胡也频牺牲相始终，属于初学用笔阶段。创作的小说着意表现的是偏处一隅的湘西特有的自然风光和动人的社会风情，将人带入一个奇特而又清新的世界。《柏子》、《渔》为此阶段具有一定代表性的作品。

然而，以后的一段时间内，沈从文在朋友被害，自己的理想无法实施之后，又不得不继续走他的孤独的人生之路。他常常一个人坐在青岛的海边，对人生进行思索，这种静思并未排解他内心的孤寂，直到他在爱情与婚姻上获得成功，他的孤独与苦闷才稍稍减轻了一些。

沈从文与张兆和是在上海公学相识并相爱的。1932年夏天，张兆和毕业。冬天沈从文从青岛到苏州去看她，并一同去上海征求张兆和父亲的意见。在去上海之前，沈从文写信请张兆和的姐姐张允和探询张父的意见，并向张兆和说："如果爸爸同意，就早点让我知道，让我这个乡下人喝杯甜酒吧。"等到征询的结果出来后，张允和给他拍发一个电报，简单地用了自己的名字"允"，而张兆和在电报中却写道："乡下人，喝杯甜酒吧。"沈从文欣喜若狂，这桩婚事对他这个"乡下人"而言是一种难得的幸运。从此之后事业也向他打开了大门。他应聘主编《大公报》副刊，并极受读者喜爱。他的创作也达到了一个新的层次。

从1931年至1938年间，他写出并出版了二十多部小说、散文和文论集。他的小说由沉沦的都市与充满生命活力的乡村世界两个主要内容构成。但其作品的主旋律却回荡在他的乡土抒情作品中。沈从文依据湘西社会的历史发展，再现了多种类型的生命形态。《阿黑小史》、《龙朱》等，是对原始生命形态的真实写照。这些作品所展示的社会环境，没有任何现代社会的因素与内容，它们是由一幅幅原始的、充满野性活力的画卷构成的。自由的爱情、放纵的两性关系，表面看来是野蛮、粗俗的，实际上沈从文是有意从湘西苗族社会遗留的某些习俗中，去探视人类之初的生命形式。《萧萧》、《丈夫》、《贵生》等作品则描绘了湘西进入文明社会以后的生命形式。小说中的主人公萧萧、丈夫、贵生等人勤劳、朴实、善良、忠厚，但他们却任人摆布，无法选择也不想选择自己的命运，凡事听天由命，在平凡与凄凉的生活里打发日子。沈从文不是直白地去描写和暴露湘西，从他的作品所渗透出的感伤情调中，我们可以感受到沈从文对乡村朴素人情美在时代巨压下几乎消失殆尽的巨大内心痛苦与忧虑。他渴望湘西儿女们摆脱生命的自在状态，去追寻一种合理自主的人生。《边城》、《长河》两部作品则又集中反映出沈从文对一种合理生命形式的追求，小说的主人公摆脱了先辈们生命的自在状态，自主地把握生活、把握生命。

《边城》上海生活书店 1934 年版封面。淳朴的自然和淳朴的生民，沈从文用《边城》唱出一曲优美的歌。

《边城》是小说，但读起来的感觉却像令人回肠荡气的音乐。《边城》讲述了一个哀婉动人的爱情故事。

在边城小镇的一条溪水旁，住着摆渡的祖孙二人。孙女叫翠翠，从呱呱落地时起就没有了爹娘，她是在爷爷的渡船上沐浴着湘西的风雨，奇迹般地长大成人的。大自然赋予了她健康、美丽，祥和简单的生活环境给了她活泼、天真。翠翠成熟了，她也像情窦初开的少女一样在心里爱上了掌水码头顺顺的二儿子傩送，但又羞于表露。而傩送也深深地爱上了她。这段美好的爱情却并未结出美好的果子，接踵而来的事情令他们在悲哀中分别了。顺顺的大儿子天保也爱上了翠翠，他的爱得到了翠翠

爷爷的认可。天保知道了弟弟的恋情，便主动逃脱了这场竞争，把幸福留给了傩送，他自己在行船时溺水而死。顺顺希望傩送娶团总的女儿，因为团总给了丰厚的嫁妆——碾坊，傩送严词拒绝了，并离家出走。老船夫日夜为孙女的幸福思虑，但他不理解翠翠的心思，他的过分呵护反而断送了翠翠自己追求的幸福，他在极度担心和忧郁中死去。翠翠埋葬了亲人，依然在渡口边生活着，她在孤寂地等待着傩送的归来……

沈从文生于湘西，长于湘西，他与湘西有割不断的血肉亲情。湘西这块古老的土地给予沈从文以太多的养分，使他在逃离湘西之后，又把湘西的人和事、湘西的风俗人情、湘西的社会环境等都用笔描绘出来，带到都市，成为一个独特的生活画廊。湘西养育了沈从文，湘西也成全、造就了沈从文。

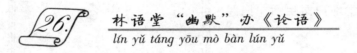

26. 林语堂"幽默"办《论语》

lín yǔ táng yōu mò bàn lún yǔ

"幽默"这个词语在今天人人都懂、人人会用，但恐怕有不少人并不清楚它最初的来历和创造是出自于林语堂的提倡。早在 1924 年，林语堂就在《晨报副刊》上先后发表了《征译散文并提倡"幽默"》与《幽默杂语》，主张把英语中的"humour"直译为"幽默"，后来在《论幽默的译名》中，又解释了这个译名的意义："Humour 本不可译，唯有音译办法。华语中言滑稽辞字曰滑稽突梯，曰诙谐，曰嘲，曰谑，曰谑浪、曰嘲弄，曰风，曰讽，曰诮，曰讥，曰奚落，曰调侃，曰取笑，曰开玩笑，曰戏言，曰孟浪，曰荒唐，曰挖苦，曰揶揄，曰俏皮，曰恶作谑，曰旁敲侧击等。然皆成指尖刻，或流于放诞，未能表现宽宏恬静的'幽默'意义。"正是由于林语堂的发明和大力提倡实践，特别是创办了《论语》、《人世间》等刊物，于是乎"轰的一声，天下无不幽默"（鲁迅语），一时间，幽默成风，为文必谈幽默，大小幽默，一哄而上。1933 年在现代文学史上被人称之为"幽默年"。"幽默"这一术语也便广泛沿用至今。

林语堂（1895—1976 年）的祖籍是福建漳州北乡五里沙，父亲林至诚是一位基督教牧师，因传教迁至漳州平和县坂仔村，林语堂心中的故乡就是这"令人敬、令人怕、令人感动，能够诱惑人，峰外有峰，重重叠叠，神秘难测，庞大之至，简直无法捉摸"的东"湖"坂仔（"湖"在当地是指四面高山围起的平原）。林语堂的幽默基因恐怕是来自于他的父亲，林至诚是一位无可救药的乐观派，虽是牧师，但锐敏热心、富于想象，说话快爽有味，在家庭中，他既是严父，又是慈兄，他亲自为他的每个孩子开蒙（林语堂排

图为《论语》杂志封面。也许当时的"论语"就是"幽默"的代名词，读《论语》是最时尚的。

行老七），又经常和孩子们一起编造故事，东拉西扯、谐谑胡闹。林语堂很早就有了当作家的愿望，在八岁的时候，他就以文以画"创作"了一本教科书："人自高 终必败 持战甲 靠弓矢 而不知 他人强 他人力千百倍"，文字说教颇有趣味。上小学时，老师在他的作文上批语"如巨蟒行小径"言他行文笨拙、生涩不畅，他便以"似小蚓过荒原"回敬先生，到老年还为这儿时之巧妙的趣联怡然自得。再稍大一些，林语堂创作的兴致更为浓厚，他常和二姐一起客串，编造一些有趣的情节，绘声绘色讲述给母亲兄姐们听，在他们的如痴如醉的笑乐中，感到极大的愉快。

受传教士父亲的影响和教育，林语堂对西方文明有着深深的迷恋，这位"山里的孩子"从小对科学发生了兴趣，最初的志向就是："一、做个英文教员；二、做一个物理教员；三、开一个'辩论商店'"。果然，他后来终于以优异成绩毕业于上海著名的圣约翰大学，被推荐到全国最高学府

清华大学当了一名英文教员，并主编了曾风靡全国的《开明英文文法》等系列课本和极具权威性的《当代汉英辞典》；虽然他最终弃理从文，没有当上一名物理教师，但他却终身倾心于科学，热衷于试验，为发明中文打字机，倾家荡产、至终不悔；至于"辩论商店"虽没有正式挂名"营业"，可是他的文章和演讲中显示出的机敏雄健、淋漓酣畅的论辩风格，在中国现代文学的论坛上，确也是首屈一指。

1919年7月，林语堂携新婚燕尔的妻子廖翠凤赴美国哈佛大学留学深造，其间四年，他克服了种种窘迫，终于在1923年的初夏，带着一个博士头衔、一个女儿回到了祖国，应惜才如渴、鼎力相助的胡适教授之约，来到北京大学英文系和北京女子师范大学英文系任教。很快，他便投入到鲁迅、周作人等率情真挚、嘲人讽世、尖锐刻薄的文人阵营中，成为"语丝"派的急先锋，无论冲杀打骂，他都站在营垒的前线，无所顾忌地写"骂人"文章，骂得及时而深刻，骂得一针见血、痛快淋漓，最后"骂"进了政府的通缉名单之中，"骂"得和鲁迅、周作人、郁达夫、徐志摩等人成为了挚交（鲁迅曾写过许多批评嘲讽林语堂的文章，使人以为两人积怨深厚，其实两人虽思想政见不同，但无个人恩仇，相反，互相在学识和才华上极为尊重。在鲁迅病逝之后，语堂在《悼鲁迅》一文中真诚地说："我始终敬鲁迅；鲁迅顾我，我喜其相知，鲁迅弃我，我亦无悔……鲁迅不乐，我亦无可如何。"）。

林语堂对幽默情有独钟，他以为"幽默是人生之一部分，所以，一国的文化到了相当的程度，必有幽默文学出现，……因为幽默只是一种从容不迫的态度。"1932年的夏天，天气格外闷热，林语堂、邵洵美、潘光旦、章克标等人志趣相投，经常聚在一起海阔天空，率性而言。忽然说起办刊物的事，便想创办一个阵地，用来消闲、发牢骚、解闷气。大家一拍即合，但却想不出好的题名。尤其是林语堂十分挑剔，刊名集了几百个，凡是别人提的，他都认为不好，而自己又始终提不出一个大家都满意的名字，最后还是章克标在一气之下，想刺激一下林语堂，脱口而说："干脆就叫'论语'（'林语'的谐音）算了！"没想到，这个提议得到了大家的喝彩和林语堂的默认。林语堂在《论语》创刊号《编辑后记》中用"幽他一默"的方式解释了这个刊名的含义："诸位都知道《论语》是孔子门人所作的一部大书，我们当然是冒牌的，但是，我们并不是这个意思，我们并不存心冒孔家店的招牌。我们同人，时常聚首谈论，论到国家大事，男女私情，又好品论人物，又好评论新著，这是我们论字的来源。至于语字，就是说话的意思，便是指我们的谈天，因为除了可以归入论字的话题以外，我们还有不少的谈话，这些全都可以归入这语字去的，这是语字的来源，这样的二个字拼凑起来，便成了论语。……所以如果有人责备我们假冒了孔家店的招牌，我们也不敢极口呼冤，而且是可以发出一种会心的微笑的。"

林语堂创办《论语》，独倡幽默，使幽默文章的追求成为当时的一种时尚，这个杂志也成为当时最受欢迎的刊物之一。中央大学校长罗家伦对林语堂说："我若有要在公告栏内公布的事，只须登在你的《论语》里就可以了。"可见其盛极一时。林语堂也因"在我们这个假道学充斥而幽默则极为缺乏的国都里"是"第一个招呼大家注意幽默的重要的人"而被冠以"幽默大师"的称号。

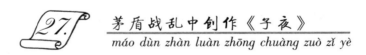

27. 茅盾战乱中创作《子夜》

máo dùn zhàn luàn zhōng chuàng zuò zǐ yè

《子夜》，无论是在茅盾的文学创作道路上，还是在我国现代文学发展史上都是一部具有里程碑意义的作品。

这部作品正式动笔写作的时间是1930年10月，1932年12月5日脱稿。其中除去作者因病因事，因上海战事，因天热作而复辍的时间外，正式写作的时间总计只有八个月。但是这部作品酝酿和构思的时间却是比较长的。

茅盾创作《子夜》，就是试图通过艺术的形式，分析当时的社会性质，大规模地反映1930年那一时期中国的社会现象，一方面回答托派：中国并

图为《子夜》初版封面。《子夜》以文学巨匠的气魄感受时代的风云变幻，把社会画卷奉献给读者。

没有走向资本主义发展的道路，中国在帝国主义的压迫下，是更加殖民化了。另一方面显示1930年中国革命的历史特点，暗示中国革命正处在一个新的高潮面前。子夜，是黎明前最黑暗的时候，但是不久黎明就要来临。作者把他的小说题名为《子夜》，正是有这样一个用意：中国人民即将经过子夜的黑暗走向黎明。

《子夜》的全部故事，都是围绕民族工业资本家吴荪甫为了发展民族工业而进行斗争这条主线展开的。他反对共产党，反对工农革命，在与金融买办拼搏中破产，这一过程形象地说明了那一时期中国的社会现象及其本质特征和革命发展方向。

吴荪甫是茅盾的长篇小说《子夜》的主人公，是一位野心勃勃、精明强干，而又拥有雄厚财力、物力的民族工业资本家的典型。这一人物从他诞生的那天起就一直为现代文学的人物画廊增光添色。

作为民族工业资本家，吴荪甫是有着自己的远大理想、宏伟抱负和执著追求的。

他游学过欧美，学到了一套较为先进的资本主义企业的经营管理方法。回国后，凭着自己的学识、手腕、能力，努力实现着自己的雄心壮志——发展民族工业，并已取得了很大的成绩。他不仅在上海开设了一家规模庞大的裕华丝厂，同时又在自己的家乡双桥镇开设了电厂、米厂、油坊、布店、当铺、钱庄，建立了"双桥王国"，成为上海工业界的巨子，十里洋场的大亨。但是，吴荪甫并未到此止步，而是在此基础上又升腾起更高的憧憬和希望。他盼望着自己生产的"灯泡、热水瓶、阳伞、肥皂、橡胶套鞋走遍全国的穷乡僻壤"，给那些新从日本移植到上海来的同部门的小工厂以致命的打击！幻想有朝一日"高大的烟囱如林，在吐着黑烟，轮船在乘风破浪，汽车驰过原野"。而他就是这20世纪机械工业时代的"英雄"、"骑士"和"王子"。在这雄心和意欲的支配下，他"一只眼睛瞅着政治，另一只眼睛却总是朝着企业的利害关系"，以便抓住机遇大展宏图，实现他发展民族工业的大志。

只可惜，这位骑士和王子生不逢时。因为他不是生活在资本主义上升时代，也不是活动在西方资本主义国家，而是生活在资本主义已经发展到帝国主义的时代，活动在半封建半殖民地的中国。帝国主义和官僚资产阶级都不允许中国的民族资产阶级自由发展，而是阻挠它，控制它的发展乃至最后吃掉它。另外，就吴荪甫个人的阶级属性来说，他又仇恨工农，敌视中国共产党，反对中国共产党所领导的反帝反封建的革命。这样一来，吴荪甫要实现自己的宏伟抱负就不能不面临来自"三条火线"（农民暴动、工人罢工、赵伯韬卡他的脖子）的进攻。

在对付工人罢工这条火线上，由于他的"铁腕"和阴谋，由于反动军警的残酷打击，也由于工人运动本身的指导路线的错误，吴荪甫是获得了胜利。可是面对攻占他"双桥王国"的农民"暴动"，他虽十分愤怒，大骂当政者的无能，却不能不感到鞭长莫及、无能为力。这两条火线上的拼斗，虽然浪费了他不少的精力，损失了为数不小的资本，但吴荪甫还是挺过来了，而真正把这位工业界"巨子"置于死地的，还是赵伯韬卡他的脖子。

赵伯韬，四十多岁，三角脸，眼睛深陷，炯炯有光，被人称为金融巨头，公债魔王，覆雨翻云，神通广大。他有美国资本家撑腰，又和国民党的军政界勾结。为了在公债市场上兴风作浪，他能通过高仲礼用三十万两银子买通西北军故意后退三十里，他能使做过县太爷的何慎庵"十年宦囊"，尽付东流；使地主冯云卿半世的积累一旦就化为乌有，还要赔上女儿冯眉卿给他当掌上的玩物。特别厉害的是他要使美国的金融资本控制中国的民族工业，要把吴荪甫这样的民族资本家变成美国金融资本家支配下的管家。所以，吴荪甫欲发展民族工业的愿望、计划、行为，一开始就受到了赵伯韬的阻挠、破坏。但是吴荪甫面对赵伯韬的威胁并未退缩，而是和他展开了一次次的较量和斗争。斗争中显示了吴荪甫的才干、魄力、勇气，充分体现了作为一个民族工业资本家所具有的一定的民族观念、爱国思想，也暴露了资产阶级的贪婪成性，唯利是图，以及残酷镇压工农运动的反动本质。小说主要是通过吴荪甫和赵伯韬之间的矛盾、冲突展开情节，完成对主人公的塑造的。

吴荪甫和赵伯韬之间的第一次交手还是在吴老太爷去世的时候。赵伯韬为了能够支配和吞并吴荪甫，就设置圈套，让吴荪甫与他联合组织什么秘密公债公司，说能贿赂西北军打败仗，使公债上涨，获得大利。对于这种联合，"机警"的吴荪甫当然是存有戒心的。不过在"利"的驱使下，他还是加入了，结果损失了八万元。对此，吴荪甫并未太放在心上，"只当是充军饷"了。

吴荪甫和赵伯韬真正交手还是体现在筹办益中信托公司上。当他从帮闲教授李玉亭那里得知赵伯韬"大计划的主动者中间，没有你，可是大计划的对象中间，你在内时"，吴荪甫就飞速地旋转自己的思想，考虑应当建立怎样的"反攻阵势"以主动出击。于是他就联合孙吉人、王和甫、杜竹斋等组织益中信托公司，施展铁腕，以五六万元收买了价值三十多万元的八个生产日用品的小厂，并准备加以扩充。吴荪甫认为，这是他与"老赵"相斗的一大胜利，是他得意的"手笔"。

对此，赵伯韬却不以为然，他说："瞧着罢，吴荪甫的场面愈大，困难就愈多！中国人办工业没有外国人帮助都是虎头蛇尾。……哈，哈！吴荪甫会打算，就只可惜还有我赵伯韬故意同他开玩笑，等他爬到半路我就扯住他的腿"并"一直逼到吴老三坍台，益中公司倒闭"！于是，赵伯韬就动起手来。吴荪甫要吞并朱吟秋的丝厂，赵伯韬从中破坏，阻挠；吴荪甫等组织益中信托公司，赵伯韬就推荐国民党政客尚仲礼当经理，以便控制它。当吴荪甫事业失利，需要资金周转时候，他又要吴荪甫接受美国借款三百万，先交五十万元。当他这种种"条件"和"要求"遭到吴荪甫的拒绝之后，便凭借他雄厚的资金对吴荪甫实行经济封锁。吴荪甫决心与"老赵"斗争到底，于是抵押了自己的丝厂、住宅，并把益中公司所属八个小厂出售给日商和英商，到公债市场孤注一掷，结果惨败在赵伯韬手里。他紫酱色的方脸，突然苍白，魁梧的身材，顿时瘫软，气得几乎自杀。他终于宣告破产，带着老婆到牯岭去避暑。

吴荪甫的奋斗和追求失败了。这说明，中国的民族资产阶级是不可能在既反对共产党所领导的民族、民主革命运动，也反对官僚买办资产阶级的夹缝中取得生存和发展的。中国在帝国主义和国民党反动派统治下更加殖民化了。

《子夜》这部作品发表之后，引起了文坛上和社会上的广泛关注。1933 年 2 月《子夜》由开明书店初版印出。

《子夜》的发表深得左翼作家的欢迎，而国民党却以"鼓吹阶级斗争为名"加以查禁。

《子夜》的成功，绝不是偶然的。如前所述，它的构思时间长，取得的第一手材料多，更重要的是作家能够运用马克思主义的观点分析社会，抓住社会的本质，并通过艺术化的典型形象予以深刻的表现。《子夜》是一部杰出的社会分析小说，是第一部描写民族资产阶级和交易所生活的作品，是第一部深刻揭示 20 世纪 30 年代中国社会矛盾的作品，是第一部成熟的革命现实主义的作品，它成功地塑造了一批典型环境中的典型人物，为现代文学提供了第一代买办资产阶级、民族资产阶级的形象。

茅盾就是在这一次震动中赢得了现代小说巨匠的历史殊荣。

28. 早春二月中的彷徨者
zǎo chūn èr yuè zhōng de páng huáng zhě

柔石是左联时期的重要作家。他是在五四运动落潮后开始小说创作的，与当时大多数文学青年一样，他最初的作品多以青年的爱情生活为题材，写青年的个性解放，写知识青年的苦闷、彷徨。1928年柔石到了上海以后，由于鲁迅的影响，他的创作开始冲破前期知识分子狭小的圈子，在广阔的社会生活中寻找题材，尤其是开始展示社会底层劳动人民的悲惨命运，这一时期，他写了长篇小说《二月》。

《二月》写于1929年初，同年11月由上海春潮书局出版，它是柔石写得最好、最有影响的小说，也是中国现代文学史上比较优秀的革命现实主义作品。

故事发生在1926年的江南，一个叫芙蓉镇的地方。芙蓉镇山清水秀，桃花盛开，是一个风景秀丽、景色宜人的江南水乡。大革命时期一直在外奔波劳作的主人公萧涧秋感到身心疲惫，想找一处可以修养身心的地方栖息，他选择了芙蓉镇。在来芙蓉镇的小客轮上，他发现了船上一脸悲凄的母女俩。旅途的邂逅不足为惜，他在这所镇子的中学落下了脚，职业是教师。这时他才知道船上那贫苦的母女俩也生活在芙蓉镇，妇女叫文嫂，女儿叫彩莲，而且文嫂又是自己同班同学的遗孀。萧涧秋出于同情，开始帮助她们，他送给文嫂钱，让彩莲上学，关心辅导孩子的学习。"寡妇门前是非多"，萧涧秋出于好意同情弱者的行为，在闭塞的小镇上引起了风风雨雨，怪话最多的是与萧涧秋共事的青年教师方谋。原来学校中有一个叫陶岚的女教师，她是校长陶慕侃的妹妹。陶岚漂亮，有个性，早已是方谋的追逐对象，谁知陶岚对酸腐、心胸狭窄的方谋并没兴趣，而对刚到此地的萧涧秋产生了爱情。萧涧秋矛盾了，一方面要爱情，选择陶岚，另一方面出于同情要救助文嫂。他拿出全部钱为文嫂的小儿子治病，又感到这不是长久救助的办法，于是下决心要娶文嫂，让这个濒临绝境的家庭重新复活。文嫂听到萧涧秋要与自己结婚的话后，感激、绝望与压力使她承受不住自杀了。萧涧秋觉得自己掉进了万丈深渊，自己的一切努力都失败了，芙蓉镇两个多月的救助行动竟是这样的结果，他徘徊苦闷，最后离开了芙蓉镇到上海女佛山游山去了。

小说的内容有爱情，爱情还是三角恋爱的悲剧，萧涧秋、陶岚、文嫂各构成了三角恋爱中的一角。但认真分析这部作品，我们就可以看到，《二月》绝非单纯描写爱情，也无意趋从当时创作中革命加恋爱的浪漫表现的套子。作者避开了政治斗争中的重大事件，把笔触投向远离革命风暴的闭塞的江南水乡，是有自己独特表现意图的。

作品的意义就在于它真实地描写了大革命之后的社会现实，描写了各种人物特别是萧涧秋这样的青年典型，提出了青年的前途问题，并通过艺术形象告诉人们，五四时期产生的各式资产阶级的思想武器，已经不能适应中国社会革命的需要，致力于社会改革的进步知识分子思想探索的历程是艰难的，只有投身于社会革命的洪流之中，与大时代融为一体，才是青年人唯一的出路和前途。

29. 被典卖的女人

bèi diǎn mài de nǚ rén

写旧中国劳动妇女的悲惨处境，一直是现代小说创作中的一个重要题材，《为奴隶的母亲》和《生人妻》是表现这一题材中最重要的两篇代表性作品。

《为奴隶的母亲》作者柔石。这篇作品写于1930年1月，是柔石参加左联后发表的第一篇作品，也是柔石小说创作中最优秀的一个短篇。小说写的是旧中国江浙一带盛行的"典妻"风俗。"典妻"就是把妻子典当给需要生儿育女的人家，作传宗接代的工具。任务完成，到了字据规定的年限，再回到自己本家去。柔石的家乡就盛行典妻风俗，他的乡邻故里中就有好几个被典的妇女，从小柔石就对这种不人道的旧风俗深恶痛绝，他把自己从童年起听到的看到的典妻事件和社会内容加以综合概括，写就了《为奴隶的母亲》。

《生人妻》的作者罗淑是名女作家，原名罗世弥，生在四川成都，二十多岁就到法国留学，回国后在上海先当中学教师，后来辞退职业，专门从事外国作品的翻译工作。有过不少译作。翻译文学作品提高了她的文学素养，一次她向她的朋友黎烈文谈到，要以自己小时候的家乡生活为素材，写一部长篇小说。朋友就建议她不妨先写短篇试试，练练笔，再写长篇也不迟。罗淑听从了朋友的劝说，埋头写作，不久《生人妻》就写成了。稿子送到《文学季刊》，被编辑巴金发现，在巴金的鼓励和帮助下，小说在1936年9月号上发表，罗淑的这一笔名还是巴金亲手替她写在稿子上的。

《生人妻》写的是四川偏僻山区农民由于贫穷而卖妻的故事。四川沱江上游山村里的一对夫妇，因贫困被迫卖了赖以维生的几亩地，无力生活就以打草为生，每天割青草挑到集市上去出卖，但还是到了活不下去的地步。丈夫山穷水尽，没办法就把妻子卖给了酗酒成性的流氓大湖。在新婚的筵席上女人不慎打掉了一只碗，大湖就破口大骂，大打出手。这还不算，新丈夫喝醉了，小叔子小湖又来调戏她，女人忍无可忍，夺路而逃。由于紧张与气愤，女人掉进了山沟，当她第二天早上带着伤回到自家时，丈夫已经因为她的逃走被抓走了。

《为奴隶的母亲》的故事情节是：以卖皮货为生的农民，由于贫病交加，欠下了高利贷，不得已把妻子春宝娘典当给了一个急于要生儿子接续香火的秀才。春宝娘到了秀才家忍受着思念儿子的痛苦和新家主妇所给予的精神折磨，生下了秋宝。秋宝长大了，却不能叫妈妈，只能以"婶婶"相称。三年以后春宝娘回家了，看到的是残败的家和瘦小枯干的春宝，两个儿子都是自己身上掉下的肉，一个带着牵挂远去了，一个变得不认识妈妈，春宝娘的心都碎了。

这两篇小说通过一卖一典，把旧中国底层妇女的悲惨境遇刻画得淋漓尽致，使一个个被损害的女性形象跃然纸上，不能不引起别人的同情。两篇作品有许多共同之处，也有各自的特点。作品中所写的女主人公遭遇相似，她们都是下层最穷苦的劳动妇女，都具有忍贫受屈、忍辱负重的个性品格，在家庭无法继续维持下去的时候，她们离开丈夫，或是被卖，或是典掉，她们的内心都有着无限的悲哀与酸楚。春宝娘离家的时候，儿子春宝才五岁，新生的孩子又刚刚被粗暴的丈夫扔进了尿桶，她一步三回头地到了秀才家，心却还拴在那个穷家儿子的身上。生下秋宝，本是母亲，却只能让儿子叫自己"婶婶"，虽是"婶婶"身份，却有着"亲娘"的牵挂，最后被迫离开。"为奴隶的母亲"——春宝娘，连想做奴隶都成了一份奢望，那种情感上的悲凄是用语言无法形容的。

"生人妻"的丈夫是个卖草的农民，与妻子感情很好，妻子也很爱她的丈夫，但感情代替不了肚子，妻子只好离开了丈夫走进了大湖家。到了大湖家让她到猪圈中洗澡，冲"晦气"，忍受着湖家人对自己的轻谩和非人的待遇。新婚之夜还没到就遭"丈夫"的毒打和辱骂，这还不够，小叔子又乘机非礼她，欺负她，使她的精神到了崩溃的地步，其悲惨的程度不亚于春宝娘。

命运和境遇的相同是社会和时代所"赠与"的，而她们的个性却有着明显差异。春宝娘个性柔顺，逆来顺受，出典前她对丈夫的粗暴和生活的磨难总是默默地忍受着，无声无息，有所哀怨，也只活动在心里，没有抵抗，招之即来，挥之即去，任凭命运的小船把她载向任何一方。出典后，她忍受着秀才婆娘的尖刻、嫉妒与惩罚，也没想过自己应该维护点做人的尊严。《生人妻》中的女人却是个性鲜明、性格泼辣的农村妇女，具有了初步的反抗精神。丈夫骂她，打她，她忍受不了这种待遇，就大声咆哮，以牙还牙。到了大湖家，新丈夫打骂她，小叔子调戏她，她能忍受，但到了忍无可忍时，她便反抗逃跑了，虽然方法简单，且不能彻底改变命运，但表现出了有血性的农村妇女朦胧而初步的反抗意识。

在写作上，两篇作品有同也有异。作品的相同之处主要表现在思想内容方面和某些艺术特点上。同样描写妇女的悲惨境遇，描写病态社会的"典妻"风俗对妇女的残害；控诉了封建夫权和政权的罪恶。贩皮货的丈夫能把妻子像一件家什似的出典，这本身就说明旧社会妇女在家庭生活中地位极其低下，没有自我保护的能力，也没有自我保护的权利。秀才能有优裕的生活，也是依靠了封建社会的一种特殊权利。生人妻一家的贫苦生活具有更大的普遍性，她是被社会和经济逼得无法生存之后的自动出卖，压迫她的除了夫权和政权之外，还有神权（如到猪圈中洗晦气的迷信活

动）、族权（如小叔子调戏与非礼），从这点来说，《生人妻》比《为奴隶的母亲》主题更具有深刻性。

两篇作品在艺术上的共同点较为明显，都尊重现实，是现实主义的作品，都利用了我国传统小说叙事、陈述故事的方法，按着时间先后，故事发生的前后顺序，有条有理地讲述，明了、平实，让人一看就懂。表达方法上，《为奴隶的母亲》写得深沉细腻，叙事中包含了作者的感情，这种深情与沉痛感染了读者，让读者与作品中人物同悲同愤。和《为奴隶的母亲》低沉的调子相比，《生人妻》更沉重、更痛苦，但沉重之中给人以一种向上的勇气与感情。在人物心理描写上，《为奴隶的母亲》写得更加细腻深长，像春宝娘离开春宝的心理回顾，离开秋宝的心理状态，都写得充满了矛盾，是一位母亲最好的内心独白。而《生人妻》的作者描写内心世界较少，主要用对话、行动来刻画人物。在情节的安排上，《为奴隶的母亲》情节曲折、连贯、自然，像生活一样厚重详实；《生人妻》的情节大起大落，其发展好像在意料之外，实际又在情理之中。《为奴隶的母亲》与《生人妻》是 30 年代连续出现的、内容题材相近、风格手法相类似的作品。两部作品像对姐妹花，共同描述了旧社会下层妇女的命运，共同成为现代文学史上短篇创作中的名篇佳作。

瞿秋白的俄乡之旅
jù qiū bái de é xiāng zhī lǚ

1920 年冬天，二十一岁的瞿秋白只身一人踏上了北行俄国的旅途，奔赴红光闪耀的赤都。在颠簸轰鸣的列车上，秋白的心潮像黑龙江翻滚的流水，难抑起伏。他为自己将能"要求改变环境，发展个性，求一个'中国问题'的相当解决——略尽一分引导中国社会新生路的责任"而激动兴奋，也为自己远离祖国亲人，远离战友、同志后的寄旅生活而感伤惆怅。

瞿秋白（1899—1935 年）出生在江苏常州的仕宦书香之家。他生下来头上有两个发旋，疼爱他的母亲为他起名"阿双"，稍大后将"双"字改为"爽"、"霜"。霜雪是银白色的，在南方只到深秋季节才有，他便最后将霜字改为秋白。少年时家境发生了重大变故，秋白因生活困顿，被迫辍学，母亲因债主逼门，服毒自尽，从此一家人"有的在南，有的在北，劳燕分飞，寄人篱下"。少年瞿秋白就体验到人生的分外悲凄，感受到社会的"寒风刺骨"。

为了求学，寻找新生活，瞿秋白离开了故乡，在武昌寻到了堂兄纯白，又随兄嫂来到北京。他欲进北大深造，但因缴纳不起学费，只好投考了外交部办的公费学校——俄文专修馆。俄专学习的三年是瞿秋白"最孤寂的生活"，而"厌世观的哲学思想，随着这三年的研究哲学程度而增高"。正在这时五四运动爆发了，惊醒了古老沉睡的中国，也惊醒了苦闷彷徨中正在寻求新的人生道路的瞿秋白。年仅二十岁的他挺身投入了这一伟大的反帝爱国运动。在斗争中，他英勇、坚强、果敢。初露锋芒，便显示出他政治家的领导才能，很快成为青年学生的领袖。经过战斗的洗礼，瞿秋白的思想发生了重大的转折，对黑暗社会的实质有了更清醒的认识，对改造旧世界，建设新社会有了更强烈的要求。1920 年 3 月，他参加了李大钊创办的"马克思学术研究会"，他如饥似渴地学习研究马克思主义，"略略领会得唯实主义的人生观及宇宙观"，成为一位"初步的唯物主义"者，从而对研究十月革命和十月革命后的新俄国发生了浓厚的兴趣。他觉得"阴沉，黑黝黝的天地间，忽然放出一线微薄的光明来"。为了寻求救国的道路，为了看看社会主义的故乡新俄国到底是什么样子，他决意以北京《晨报》记者的身份亲赴俄国进行实地考察。

"驱使我，有'宇宙的意志'。欢迎我，有'自然的和谐'。若是说采花酿蜜；蜂蜜成时百花谢，再回头，灿烂云华。"带着炽烈的理想和愿望，带着祖国同志的热切期望，1921 年 1 月 25 日，瞿秋白历经途中种种艰辛磨难，终于来到了他日夜向往的赤都——莫斯科。

在正式踏上苏联的土地之前，由于战争，交通遭到破坏，瞿秋白被迫滞留在哈尔滨五十多天，这时，他开始起草《俄乡纪程》，记叙家庭的变化，五四前后思想发展的历程，对黑暗社会的解剖；同时他还走访在哈尔滨的俄国人，广泛收集俄文资料，参加庆祝十月革命的大会，接触莫斯科来的共产党人，开始了研究新俄国社会的"绪言"。他万里迢迢来到苏联的目的是想为大家开辟一条光明的路，想通过传播新兴政权的文化，启迪中国人民的觉醒，引导人们走向社会主义，所以他把自己"编入世界文化运动先锋队里"。到达莫斯科后，便马上着手对俄国的新旧文化进行对比考察，一方面深切体验到了俄罗斯传统文化的灿烂、辉煌，另一方面更看到了无产阶级文化的生根发芽，发展壮大。在全面研究苏联政治、经济、文化、社会生活的同时，瞿秋白还经常参加"无产文化"的活动，和留苏的中国共产党人保持密切联系，并从一个激进的民主主义者，成长为一名坚定的共产主义战士。1922 年春天，由张太雷同志介绍，瞿秋白在莫斯科加入了中国共产党。

瞿秋白在苏联整整生活了两年，两年里，他接受了生活的考验，在种种困难面前，没有后退，没有虚度青春年华。在圆满完成对新俄国考察任务的同时，他还写成了中国现代文学史上早期散文创作的重要作品：《俄乡纪程》（又名《新俄国游记》）和《赤都心史》。特别值得一提的是，这两部散文大都是瞿秋白在苏联物质条件极端困难，个人身体状况极为恶劣的情况下，以惊人的毅力，忘我的精神，在病榻上完成的。

《俄乡纪程》前半部分犹如作者的自传，叙述其所处的时代，生活的社会，破灭的家庭，人生观的变化等；后半部分记叙了到莫斯科途中的一路风光、见闻及对新俄国的初步印象。这本散文起草于赴俄途中的哈尔滨，1921 年 10 月完稿于莫斯科，1922 年作为文学研究会丛书，由商务印书馆出版。

《赤都心史》写在莫斯科，它采用了杂记、随感录、读书录、访谈录等形式。这是他"心里记灵的底稿"。写作中他坦白突出自己的个性，要"写出较实的情事"，"愿意读者得着深切的感想"。所以，这部散文内容丰富，文字优美，犹如百科全书似的抒情诗。它也作为文学研究会的丛书之一，于 1924 年 6 月由商务印书馆出版。

两部散文虽然产生于苏联，但它却是中国五四新文化运动的产物，瞿秋白完全是站在批判旧社会、旧道德、旧家庭和旧的"我"的立场，赞扬新的事物、新的道德和新的思想。它们"是中国最早的记叙世界第一个社会主义国家在初期的政治和社会生活情况的作品，同时又非常真挚地刻画了作者自己如何成为一个共产主义者的思想发展过程"（《瞿秋白文集·序》）。这两部散文，不论是对国内情况的分析、解剖，还是对苏联社会生活的反映，都表现了作者鲜明的阶级观点和实事求是的精神。这两部散文，不是一般地反映现实和批判现实，而是以一个马克思主义者的唯物主义态度，客观地、深刻地、历史地反映了现实，表现了作者对社会发展的必然趋势和前途的正确观点，字里行间，洋溢着共产主义理想。这是在中国新文学史上最早达到社会主义现实主义高度的作品。散文文笔清新优美，艺术表现丰富生动，形式格调灵活多样，代表了瞿秋白早期散文的独有特色，是中国现代文学史第一个十年中最优秀的散文和报告文学作品之一。

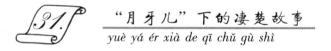

31. "月牙儿"下的凄楚故事
yuè yá ér xià de qī chǔ gù shì

1935 年 5 月，老舍出版了《樱海集》，集中的作品都是他在青岛期间写的中短篇小说。老舍在《樱海集》中用简洁明了的语言叙述了自己这期间生活和创作上的感想，讲了自己新近艺术风格的变动。以前老舍的作品多倾向幽默，而到《樱海集》，"这里的幽默成分，同以前的作品相较少多了，笑是不能勉强的"，这就是说老舍在民族危机日益深重，国民党反动派的黑暗统治和政治压迫日益残酷下，已经无法幽默了。收在《樱海集》中的作品，大都是幽默不出来的作品，《月牙儿》就是其中具有代表性的一篇。

《月牙儿》是老舍中篇小说的代表代，全篇四十三节，讲述了一个母女两代人迫于生计相继沦为娼妓的故事。

作品中的"我"是个城市贫民的女儿，穷困加上父亲的病，让我感受不到童年的欢乐。七岁时，在我第一次看见天上的月牙儿时父亲去了，带着一个到处是缝子的木匣，成了城外的一撮泥土。我和妈妈相依为命，生活没有着落，妈妈曾带着我到城外的新坟旁恸哭过，荒郊外我又看见了天上那弯清月。刚八岁，我就会当东西了，家里"没用"的东西都当掉了，最后只剩下妈妈头上的那根银簪，这银簪是妈妈过门时的嫁妆，当铺关了门，拿着它，我哭到了天黑，我又看见了天上的月牙儿。

为了活命，妈妈开始给人洗衣裳，不分白天黑夜，妈瘦了，臭袜子熏得她吃不下饭，手上起了一层鳞，可是生活还是没保障，妈妈改嫁了，新父拉着我的手跟在轿子后面走，我看见了天上的月牙儿。

有了新家，生活起了变化，我上学了。我想不起曾见过月牙儿。小学毕业了，妈妈又让我去当铺。因为新爸走了，妈妈绝望了，她做了暗娼，我爱妈妈，又恨妈妈，由爱与恨生出了保护自己的想法，我对妈妈忽冷忽热，像无常的风，我心中的苦就像我梦中的月牙在黑暗中悬在我的心头。终于有一天，妈妈对我说，她老了，让我选择生活出路，或是我像她那样张罗两张嘴，或是她嫁人。我选择了后者，妈去了那家馒头店，我的心冷冷的，天上的月牙儿没出来。我开始找事做，不依赖任何人，我要自己挣饭吃，可是我的希望总被尘土和眼泪卷走，这时我才理解了妈妈，原谅了妈妈，妈妈所走的路是唯一的。我又看见了月牙儿，月牙能懂我的心事。

心底的堤防稍一松弛，那个他就来了，我觉得我沐在春风里，终于有一天，"那个他"的女人来了，那是她的男人，她要丈夫，我就像云飘走了，我不后悔。妈妈说得对，妇人只有一条路，我知道那条道就是我的道，但是我还要挣扎，为了让那条道离我再远一些。我费了好大的劲，终于成了小饭馆的女招待，过了几天我就被解职了，因为我不肯卖脸卖色。

我和妈妈一样了，我二十岁，以前还想把自己卖给一个男人，自从碰上"那个他"的女人，我就决定卖给所有的男人了。我又和妈妈一起生活了，馒头店的走了，扔下了老得不像样的她，日子倒着过，先前妈养我，现在我养妈，我们活得像牲口，我知道我所做的并不是我的过错。

　　城里来了讲道德的新官，要扫清暗娼，但正式妓女还能做生意，因为他们交税。我被抓到了感化院，学女红。我藐视感化院，因此我唾了大官一脸的唾沫，为了这些唾沫，我到了狱中，在狱中我想起了妈妈，又看见了天上那弯月牙儿。

　　《月牙儿》这篇小说以第一人称"我"的口吻，凄楚地叙述了母女两代人的生活辛酸史。作品不仅描述了她们生活的悲惨处境，而且深刻地揭示了母女二人沦为娼妓的社会根源，把批判的触角直接指向了造成这种悲剧的社会制度。

　　作品里的女孩是个心地纯洁、善良的好人家的女孩，穷困的生活使她感受不到家庭的欢乐，父母为了生活疏于对她的照顾，使她从小就形成了孤寂的个性和自我排遣忧郁的习惯。她喜欢一个人对着天上寒冷的月牙儿，独自表白自己的心迹。爸爸死后，是妈妈用她柔弱的双肩担起了生活的重担。她知道妈妈爱她，为了她妈妈当掉了所有东西，为了她妈妈成天吃力地洗衣服。妈妈是慈善的，温柔的，为了生活妈妈改嫁了。妈妈用各种方法奋斗过，哪种方法都不能解救她，最后还是不要了尊严，做了娼妓。

　　她也同妈妈一样奋斗过。初始她不肯走妈妈走的那条路，为此她曾憎恨做娼妓的妈妈；自己偷偷攒钱；与妈妈决裂，自己一个人到社会上闯荡。为了找口饭吃，她给母校的学生织过毛活，为母校做过书记员，她尽心尽力，然而，仍然无路可走。讨生活的过程让她体会到了妈妈的艰辛，理解了妈妈做暗娼的苦衷，她开始想念妈妈了。可妈妈所做的一切像巨大的阴影笼罩着她，为了躲避这一阴影，不谙世事的她，甚至给人当过外室，她认为卖给一个人总比卖给许多个男人好。可是这个办法还是行不通。为了有口饭吃，她还要继续挣扎，这挣扎还真有了结果，她幸运地成了小饭馆的女招待，可她不愿卖色卖相，她被辞退了。她欲哭无泪，在这个世道上，要想活下去实在不易，社会对妇女的歧视，传统的男尊女卑，旧道德中的男盗女娼，都把她挤到了生活的死胡同，"女人只有一条路，那就是妈妈所走的路"。认识到这一点，她就打点行头"上市了"，卖的是人肉。这是怎样一个世界啊，女人不是人，是抽象的"性"，是有钱男人的玩物。抗挣与奋斗的失败，使她明白了"良心"、"尊严"、"道德"这些书本上堂而皇之的空话，是给社会上一部分人粉饰门面用的，社会底层的百姓，靠这些解决不了肚子问题，下层妇女就更是如此。

作品里的她真的"堕落"了，可在"堕落"中却越来越清醒：谁之过错，不是她的，也不是她的妈妈，而是这个社会！认识到这一点，她就有了勇气，她敢在感化院中向巡察的大官吐唾沫，她感而不化进了监狱。这个社会就是座大监狱，大墙里大墙外一样黑暗，不砸烂这个大监狱，她，千千万万受苦受难的穷苦姐妹就不会得到真正的解放。

《月牙儿》在主题、思想内容上极具深刻性，一个良家女孩的遭遇成了时代的缩影，这无异是对一个时代、一个社会的宣判，是一个正义作家为人民发出的呐喊。

小说以散文诗的形式写成，不重故事情节的连贯，而是单一的情节片段，用"月牙儿"来联缀。小说中"月牙儿"是情感性的象征物，也是她悲苦心灵的寄托处。"月牙儿"的情与景为小说营造了一种抒情的艺术氛围：美丽纯洁的贫苦女孩，无处诉说她心中的哀伤，月牙就成了她交心的朋友，她用月牙寄托情感，月牙陪着她唱着无声的痛苦的歌。凄苦的情感与舒缓有致的文字，构成了诗一样的别样情韵，凄苦的月牙陪着"下贱女人"的生活往事，升腾起一种凄惨的悲剧美来，这种美，表现了老舍对受苦妇女的真挚同情，表现了老舍对黑暗社会的愤怒和感喟。

32. 不得不趴下的祥子
bù dé bù pā xià de xiáng zǐ

1936 年，老舍创作了被称为经典之作的长篇小说《骆驼祥子》。

《骆驼祥子》的写作是一气呵成的，这来自于老舍深厚的生活积累，一是他很早就写人力车夫生活遭遇的题材了，像《柳家大院》、《也是三角》等作品都有车夫的生活内容；二是老舍生活圈子广大，三教九流都有朋友，那些打拳的、卖唱的、拉洋车的生活他都熟悉，再加上老舍本身又是寒苦出身，对受苦人较为同情，所以作品写得非常具有真实感。

小说于1936年9月在《宇宙风》上连载，直到1937年10月连载完毕，1939年3月人间书屋初版印行，连老舍自己都说："这是一本最使我自己满意的作品。"

《骆驼祥子》以20世纪二三十年代北京的生活为背景，描写了一个社会底层以拉洋车为生活来源

有理想、有奋斗精神的祥子，在社会的压迫下也只能屈服了。

的青年——祥子，以能有属于自己的一辆车为目标，为过上好日子奋斗，直至幻灭堕落的故事。

祥子是个破产农民，失去了农村中赖以活命的几亩薄田，失去了父母，没了生活出路，孤苦伶仃地十八岁就跑到北京城做了苦力，在北京城他干遍了靠卖力气能挣钱的活，最后选定拉洋车这一行当。二十几岁的祥子有拉车的本钱，长得人高马大，宽肩瘦腰，短眉圆眼，浑身上下透着一股结实劲。祥子拉车卖力，人心地又善良，梦里最高的理想就是买一辆属于自己的车，有了车就不受车行老板的气了，不用敷衍别人，再到乡下娶个年轻力壮，吃得苦，能洗能做的姑娘，这就是祥子的人生理想，他觉得这理想很实在，一点也不好高骛远。

有了理想就有了奋斗的动力，为了这个买车理想，祥子整整三年不抽

烟、不喝酒、不赌钱，从饭食上克扣，有病了也硬挺不买药。坚韧的意志加上吃苦精神，使祥子终于在二十二岁上买到了属于自己的新车，自由车夫的理想实现了，祥子不知怎样表达自己的喜悦心情，他把买车这天算做自己的生日，感到自己获得了新生。祥子是卑微的，有了自己的车他已经很满足了。

好景不长，拉上新车不久的祥子就赶上了1928年蒋桂冯对张作霖的战争，祥子的新车被大兵截去不算，自己也被拉到兵营做了苦力。挨打受骂不算啥，可他心痛那辆三年心血买的车，最后祥子人虽跑出了虎口，车却化成了泡影，祥子不理解自己平白无故地为什么就遭此劫难，悲愤疑惑的祥子冒险拉回了三匹骆驼，卖到汤锅得了三十五块钱，从此就落下了"骆驼祥子"的外号。祥子就像骆驼，坚忍沉静，默默出力，供人使用，而又无可奈何。

第一次丢车的经历让祥子心寒，但并没寒到没了志气，祥子重又回到仁和车厂刘四爷那里，他把卖骆驼的钱存到刘四爷那里，发狠从头做起，倔犟的祥子不信靠自己的力气买不上自己的车，他没等养好在兵营中挨打所受的伤就起来拉上了车。他早出晚归，为了多拉几个钱，本来心慈面软的祥子甚至和那些老弱病残的车夫们争生意，抢地盘，有时不分白天黑夜，像一条饿疯了的狗使出全身的劲在街上奔跑着。

为了挣钱，收入稳定，祥子拉起了包月，可不久包月的主家又把祥子辞了，祥子卷着铺盖又回到了仁和车场，懊丧的心情加上刘四爷女儿虎妞的引诱，祥子成了虎妞的俘虏。有了这层关系，祥子就觉得自己买车的理想涂上了阴影，祥子为此躲瘟神一样地离开了仁和车场，给早以相识的曹先生拉起了包月。曹先生是教授，有新思想，对下人和气讲人情，祥子买车的希望又萌发了。这回他买了一个只进不出的闷葫芦（存钱工具），葫芦就是希望，就是新洋车，葫芦装满了，新车就有了。可装满钱币的葫芦还没等换回一辆新车，却等来了搜查曹先生的孙侦探，孙侦探就是上次抢祥子洋车的孙排长，现在摇身一变成了侦探，又顺手牵羊牵走了祥子的闷葫芦，抢了祥子买车的钱还不算，还威胁祥子"把你杀了像抹个臭虫"。

祥子不解，"我招惹谁了"？其实他谁也没招惹，天外飞来的横祸，好像是偶然，其实是必然，一个苦力连生存的尊严都没有，何谈买车。不管是张作霖统治时期的孙排长们，还是蒋介石统治时期的孙侦探们，对劳动人民的压迫与统治都是一样的，一碗豆腐，豆腐一碗，祥子奋斗失败的结局是注定的。

祥子奋斗的经历让他沮丧、悲观；祥子婚姻的悲剧更令他遭受的打击雪上加霜。一失足成千古恨，又老又丑像男人一样的虎妞诱骗了祥子以后，又假诈"怀孕"和无可奈何的祥子结了婚。虎妞不是祥子要娶的"能洗能做的乡下姑娘"，她那母夜叉式的个性，攫取猎物般的心态，"靠心路吃饭"的剥削阶级生活理想，都与祥子的人生准则和择偶标准发生了尖锐的冲突，拉着虎妞出钱买的洋车，祥子觉得自己的自尊与勇气、生活信念在逐步坍塌，拉着这洋车，祥子感到自己自由车夫的理想更渺茫了。

为了拉车挣钱，为了独立与人格，祥子大毒天拉座让急雨激得大病一场，再起来的时候，已不是壮实硬朗的祥子了。虎妞又难产死了，钱像流水一样花出去，洋车也卖了，祥子这回无牵无挂了。

买车三起三落，买了丢，丢了攒，有了又卖，一次次的打击几乎摧毁了祥子心底的那份骨气，但祥子最后对生活彻底绝望是在打听到小福子被卖到"白房子"自杀的消息以后。小福子是大杂院里的女儿，善良、温顺，对祥子有情有义，祥子也把小福子当成自己生活中唯一的寄托与希望。小福子自杀了，祥子最后的希望彻底没了，万念俱灰的祥子，不得不趴下了。从此祥子堕落了，吃喝嫖赌，刀懒成性，像狗一样活着，如同"走兽"。

《骆驼祥子》具有批判精神，它通过祥子的人生经历反映了旧中国千千万万下层百姓为生而作的追求，为死而作的挣扎，揭露了旧中国统治的黑暗，表达了老舍对生活于水深火热之中的人民的深切同情。

祥子的奋斗历程同时也证明了一个真理，旧中国城市贫民要翻身，做生活和自己命运的主人，单靠个人奋斗是没出路的，个人奋斗只能成为末路鬼，只能把自己推进悲惨的深渊。旧中国不是下层百姓的天堂，而是地

狱，要想苟活，只有趴下。

当年海上惊"雷雨"
dāng nián hǎi shàng jīng léi yǔ

　　1934 年 7 月，《文学季刊》一卷三期上发表了一部洋洋万言的四幕大悲剧《雷雨》。由于受守旧势力的攻击和禁演，直到 1935 年，才被国内的各剧团搬上舞台，随即轰动全国，作者曹禺也一举成名。

　　三十年前，无锡周公馆的少爷周朴园诱骗了家里下人梅妈的女儿侍萍，并生下了两个儿子。就在侍萍生下第二个孩子才三天的时候，也就是大年三十的晚上，周朴园为了要赶紧娶一位有钱有门第的小姐，就硬逼着侍萍留下大儿子抱着刚生下并快要死的老二冒着大雪离开周家的大门。三十年后，周公馆由南方搬到了北方。鲁侍萍为了要看女儿四凤又来到了周公馆，见到了抛弃自己的周朴园。可谁会想到，这位在三十年中一直对死去的侍萍念念不忘的周朴园，看到并没死的侍萍又出现在他眼前时，一反平时对侍萍深深眷念的常态，

幼稚的学生像，谁能看出这就是日后的剧作家曹禺。

立刻翻了脸，并把在他家当佣人的侍萍的丈夫鲁贵和女儿四凤一起辞掉了。他们的大儿子周萍呢？长大了！不但和自己的继母发生过乱伦的关系，而且又和自己同母异父的妹妹，也就是他家的下人四凤搞起了恋爱，

还令四凤有了三个月的身孕。鲁大海，也就是当年被周朴园赶出家门的二儿子，此时成了他矿上的工人，并且是领导工人罢工的找周朴园谈判的代表。在一个大雷雨的夜晚，人物之间的血缘关系与事实真相彻底揭开，被牵扯到这一纠葛中的人们，在经受了最严峻的灵魂拷打之后，这一幕人间悲剧终于降下了帷幕。

曹禺是一位搞戏剧的天才，他的天赋还是在很小的时候就已显露出来。有一次，曹禺被民国大总统黎元洪的幕僚们请去充当"圆光"的童男，来预测他们政治前途的吉凶。所谓"圆光"，是这样一种迷信活动：在墙上贴一块四方形的白纸，"圆光"者手持蜡烛，在白纸上照来照去；由于墙上凹凸不平，烛光投射在白纸上会显出不同的阴影。这时，"圆光"者就问充当童男童女的小孩，看到了什么，接下去便依据童男童女的回答，天花乱坠地"圆"说一番，以满足人们对命运的祈求。在这次"圆光"中，充当童男的曹禺不像充当童女的小女孩那样拘谨，竟然旁若无人地把"圆光"者撂在一边，面对那些命运的祈求者活灵活现地说：黎大元帅骑着马，带兵进京了！这个稚气的恶作剧，表明曹禺很小就会猜度人的内心隐秘，具有幽默的才能。而那些达官显贵们，一听到黎大元帅带兵进京来了，便如同得到了救星似的把曹禺视为命运之神的骄子，高高地举起来，连连赞道：真是神童！真是神童！

曹禺，原名叫万家宝，字小石。1910 年 9 月 24 日出生于天津一个封建官僚的家庭里。他的父亲万德尊留学日本，与阎锡山同学。回国后担任黎元洪的秘书。所以他的命运也就随黎元洪一起沉浮。待黎元洪彻底垮台之后，虽然也有不少可攀的关系，但是他却一概拒绝，赋闲在家，当时才四十岁。因而他苦闷异常，动辄就发脾气、骂大街、摔东西、打仆人，什么人、什么事他都看不顺眼，把家治得像个坟墓一样死寂沉闷。这使曹禺很早就熟悉了"公馆"的生活，从童年开始内心里就蓄满了忧郁和苦闷，这大概也就奠定了《雷雨》的郁闷基调和氛围。

曹禺的父母都是戏迷。小曹禺从三岁就开始坐在继母的怀抱里看戏。天津著名演员的演出以及京剧、昆腔、河北梆子、唐山落子、文明戏等，他都随父母看过。渐渐地他也成了戏迷。1929 年，曹禺转入清华大学西洋文学系读书，此时他对西洋剧的入迷达到了忘我的程度。他钻研了几百本戏剧作品，通读了《莎士比亚全集》，还读了欧尼尔、萧伯纳、高尔基等人的作品，尤其是契诃夫的剧作与艺术手法使他痴迷。而古希腊三大悲剧家的剧作，更使他神魂颠倒。

总之，曹禺开始创作《雷雨》之前，已有了深厚的戏剧创作理论和知识的功底，也掌握了一定的表演艺术。这样，震惊中外的《雷雨》的出台，对于曹禺来说是水到渠成了，而它一旦发表、公演就引起巨大的轰动也就不足为奇了。

写完《雷雨》之后，曹禺走了几个地方，目睹了社会的黑暗、腐败，那些梦魇一般可怖的人与事，化成了许多严重的问题，死命地撞击着曹禺，使他产生一种强烈的创作欲望。正好在此时，靳以和巴金又来邀请曹禺写点东西，这样在巴金、靳以的鼓励、催促之下，就开始了《日出》的创作。

《日出》展现给读者的是上流社会的丑陋与肮脏。一个没有家的交际花陈白露，住在大旅馆里，天天和一些"不三不四的朋友"昼夜地厮混。她的朋友中，有银行家潘月亭、留学生张乔治、富孀顾八奶奶以及她的"面首"胡四等。陈白露受过相当的教育，而且也妥善地生活过，也有遥远的一闪即逝的梦。但是她厌倦了人生，她疲乏了，她缺少勇气离开她那糜烂的生活。在这种矛盾的情况下，她只好讽刺别人也讽刺自己地一天天混下去。

她的旧情人方达生，从家乡赶来寻找她。他不愿让她再这样下去，希望与她一起回故乡。但是陈白露已经对于什么都没有兴趣了，便拒绝了他。不过她并未让方达生立刻回去，而是让他看一看自己周围的人是怎样过日子的。方达生住下来，他看到那群荒淫无耻的人，使他产生了不只要一个女人，还要改变整个社会的想法。他决定离开那个灵魂已僵硬的女人，迈步走出。外面是太阳，是春天，在日出的时节，一群打工的工人洪亮地唱出："日出呀东来呀，满天红……"

《日出》一问世，就立即"给中国文坛以极大的冲击，且博得广大的读者的赞美"。《日出》无论是从内容到形式都取得了巨大的成功。它进一步巩固了曹禺作为一个杰出剧作家的地位，更使他名扬文坛和剧坛了。

 ## 34. "自是人生长恨水长东"

zì shì rén shēng cháng hèn shuǐ cháng dōng

张恨水，这位现代中国通俗文学领域内独树一帜、首屈一指的章回小说家，以他的言情小说而名噪一世。他的小说不知打动了多少痴男怨女，令人洒下了多少同情的热泪。也许在很多人眼里，张恨水应是位风月老手，风流倜傥，或是身处豪门，闲适无忧，或是只问风情，不闻世事，然而，当我们真正走近他的作品，走进他的世界，才发现这一切其实不然。

张恨水（1895—1967年）原名张心远，是安徽省潜山县人。潜山县在安徽省的西部，县的西边有潜山，故名潜山县。山的最高峰突出，峭拔如柱，因此也叫天柱山。所以张恨水所用的笔名中有"我亦潜山人"、"天柱山下人"、"天柱峰旧客"。提起恨水这一笔名，还有一段佳话。

张恨水的笔名很多，可最常用的笔名是"恨水"。这一名字，曾引起很多读者的臆断，种种猜说不胫而走，甚至还传说起"恨水不成冰"的故事。那么，张恨水为什么不恨别的，偏偏要"恨水"呢？原来这是他的自勉。早在苏州读书时，他给自己起了个笔名，叫"愁花恨水生"，其典出自南唐后主李煜之词《乌夜啼》："林花谢了春红，太匆匆。无奈朝来寒雨晚来风。胭脂泪，相留醉，几时重，自是人生长恨水长东。"他读了这词，从中领悟到光阴的可贵，欲勉励自己爱惜光阴，不要让时光像水一样白白流逝过去。于是就截取了"恨水"二字作为自己的笔名，这样就能随时看到、听到，可以时刻告诫自己，不要虚度光阴。从这个名字上可以看出，张恨水律己是多么严格。后来"恨水"二字用多了，本名反而湮没，就连长辈及他的母亲也都叫他"恨水"，同事朋友又都称他"恨老"，他也就听其然，平时也用"恨水"之名了。

作家张恨水。凝重的作家，写出了无数个悲欢离合的故事。

张恨水自小就爱看书，他天资颖慧，悟性过人，又有刻苦精神，小小年纪就博得神童美誉，真个是"少年不识愁滋味"，由着他的性儿，吟风诵雨，其乐陶陶。然而天有不测风云，就在恨水十七岁那年，正当他编织着绚丽灿烂的未来图景时，悲剧骤然降临张家。他的父亲突然患了急病，竟然三天即逝，临终时把作为长子的恨水叫到病榻前，把家庭的重担交给了他。张恨水过早地接过了生活的担子，这副担子沉重地压在他稚嫩的肩上，压得他失学吐血，压得他奔波流浪，压了他大半生。

生活的困顿，使他失掉了上大学的机会，然而在动荡漂泊之中，他却深深感悟到世事的变迁、人情的冷暖，进而在缠绵悱恻、风花雪月的爱情故事中体味人生和社会。

张恨水一生笔耕不辍，既无假日，也从不休息，天天写，日日写，除非是卧床不起的大病，即便是在旅途之中，都不会间断。用他自己的话说则是："我是个推磨的驴子，每日总得工作，除了生病或旅行，我没有工作，就比不吃饭都难受。"在很多时候，他要同时写好几篇小说，每天每篇都要写上六七百字，因此有的小说就要写上几年。《金粉世家》就写作了五十七个月。在写到最后一页时，张家遭到了一件不幸的事：他半岁的女儿康儿，害猩红热死了。张恨水实在不能忍住悲恸，虽然十二分地负责任，但还是无法让书中的人物收场，没有法子，只好让连载的报纸，停登一天。过了二十四小时以后，终究为责任的原因，把最后一页作完了。然而一波未平，一波又起，不及二十日，在张恨水为《金粉世家》作序时，长女慰儿亦随其妹于地下。张恨水触景生情，悲痛难当。即使如此，在长达五十七个月的写作中，他只中断了二十四小时的写作，这种严肃的职业道德真是令人敬佩。

张恨水的小说都离不开爱情故事，但内容上"可作淫声，也不作剑斩人头的事"（《我的创作和生活》）。他的作品多以言情为纬，社会为经，爱情不过是穿针引线的东西，他所要表现的是社会上真真实实存在过发生过的事情，特别是抗日战争爆发后，他的创作思想发生了很大转变，在注意消遣性、娱乐性、趣味性的同时，更多地渗入了时代的气息。

1929年旧历五月的一天，阳光抹上了一层淡云，风中飘着丝丝小雨，吹到人身上，令人感到阵阵凉意。身着一套灰色哔叽便装的张恨水，衣袋里揣着一本袖珍日记本，穿过热闹嘈杂的天桥，向西北方向的南下洼子走去。行至钟楼附近，突然被眼前的一幕惊住了：在这冷清的乱坟堆的地方，居然有人在卖唱。只见一个年纪约十六七岁，衣服陈旧的小姑娘正在击鼓说书，她身旁的钟楼台阶上，坐着一个面容憔悴的中年男子，卖力地弹着三弦。环境如此凄凉，听众稀稀落落，这一切不免使张恨水黯然神伤而感叹谋生之艰难。他在此停留了片刻，记下了这个特写镜头，这就是后来《啼笑因缘》第一章中，描写沈凤喜和她的叔叔沈三叔在天桥一个僻静之处唱大鼓的原始材料。当然，这仅仅是这部小说的开端，接下来沈凤喜将如何活动下去，情节又该怎样发展呢？张恨水脑海里又忆起了一段有趣的社会奇闻。

那是发生在1924年的一则新闻。当时有一个说大鼓书的姑娘叫高翠兰，人长得漂亮，嗓音圆润又好听，只要是有她露面，观众就会爆满全场。正当她走红之时，却突然被一个姓田的旅长抢走了。获悉此事之后，社会上许多人义愤填膺，决心帮着高家打官司。可是几天之后，有人却在像馆里发现了田、高二人结婚的合影。照片上的高翠兰丝毫没有痛苦的表

《啼笑因缘》封面。因缘与哭和笑同时结缘，
悲剧的结局也就不足为奇了。

情，看上去春风满面，容光焕发，仿佛真是情投意合的一对儿。可是将女儿当做摇钱树的高家父母，决不甘心白白地丢掉财源，他们并不要人，只是拼命索取身价银子。纠纷无法解决，最后高家告了姓田的一状。田旅长被判刑一年，高翠兰仍旧回到父母身边说大鼓书。然而，从此之后在书场上就很难看到她活泼的笑容。据说，在家里她经常哭闹，看样子对田旅长倒是有许多情意。

张恨水在高翠兰的身上看到了卖唱女沈凤喜的命运，于是就有了沈凤喜和刘德柱这一主要情节，因而《啼笑因缘》便具有了抨击军阀为非作歹的现实意义。

年轻、潇洒、风度翩翩的阔少爷樊家树在游天桥时，结识了武师关寿峰父女，走进了父女二人的生活之中。后来，他又在先农坊被唱大鼓词的沈凤喜的美丽、纯洁所打动，二人很快便热烈相爱了。可是利欲熏心的表兄嫂却百般撮合樊家树和财政部长的千金何丽娜的姻缘。何丽娜尽管貌似沈凤喜，但却多了时髦女人的风骚和造作，自然不会得到樊家树的喜爱。他一心一意地爱着沈凤喜，出钱给沈家租了一处独门独院的住房，又资助凤喜上学。正当二人处在浓情蜜意之时，却又有不测变幻，在樊家树回杭州探视病重的母亲返京后，却发现沈凤喜的叔父想借凤喜发一笔财，把她献给军阀刘德柱了。沈凤喜虽然割不断对樊家树的感情，却因刘将军的财势而变心，在幽会中，一张四千元的支票便想算清二人的恩怨。没想到却因此遭到刘德柱的毒打而发疯。关寿峰女儿秀姑到刘府当佣人，把刘将军诱到西山极乐寺刺杀；何丽娜由于樊家树系念旧情，不接受她的婚约，就纵情声色，然后隐居西山别墅，学佛吃素；最后，好心的关秀姑和他的父亲将樊家树"骗到"西山，欲要两个历经情感沧桑的人，重新携起手来，于是便将口喜的花束投入了他们相会的雅室……

《啼笑因缘》可谓是张恨水的扛鼎作之一，从这部作品开始，作者便把视线转向了城市的普通民众，对那些受侮辱、被损害的下层人民的疾苦表现出深切的同情。小说正是以樊家树与沈凤喜、何丽娜、关秀姑之间缠绵悱恻、悲悲喜喜、变幻不定的儿女之情，如实地描写当时混乱世界之中形形色色的人物和奇奇怪怪的事件，不但具有认识价值，而且在张恨水创作上也是一种新的开拓。作品的深刻之处在于除了鞭挞军阀和旧世界之外，还揭示了小市民愚昧、自私、软弱、动摇的内在本质。其中世事的沉浮变迁，人情的恩怨冷暖又怎是一个"姻缘"所能包容。所以张恨水强调"啼笑因缘"而非啼笑"姻缘"。是指"各有因缘莫羡人"之意，蕴涵一种哲学味道。

35. "止于苍凉"的张爱玲

zhǐ yú cāng liáng de zhāng ài líng

1995 年 9 月 8 日午间，美国洛杉矶西木区（West Wood）公寓的经理来到一间套房的门前。已经好几天了，他没见屋内的人出来过，便掏出钥匙打开门。这间约二百平方米的套房没有多少家具，洁净的地板上铺着一块精致的地毯，是主人看电视和起居的地方。公寓经理一眼望见平时深居简出、孤高瘦削的老人平静地躺在那里，没有任何挣扎的痕迹。她已去世五六天了。

翌日，《纽约时报》、《洛杉矶时报》及台湾的各大报纸均刊登了她的死讯。这位一生之中充满传奇色彩的中国现代杰出女作家——张爱玲，终以七十四个春秋挥就了她"美丽而苍凉的手势"。

《流言》封面上张爱玲设计的服装款式

一生苍凉的张爱玲为人物设计的服装都与众不同

1921 年 9 月，张爱玲出生于上海公共租界的张公馆。名门贵族的血统（她是李鸿章的曾外孙女）赋予她聪慧、清高和孤傲，她从小便被认为是天才。但童年的张爱玲并未享受到人生的幸福。在父亲鸦片烟云的笼罩下，张公馆暮气沉沉。母亲的被迫出走，继母的飞扬跋扈，弱小弟弟的备受凌辱，父亲对她的残暴殴打和拘禁，都使她过早地成熟，并且形成一种"亮烈难犯"的性格。大家庭的繁乱复杂，使她从小就洞察人间百态，通晓人情世故。她的作品便展示了惊人的细腻的洞察力和深刻的思想。1938

年，张爱玲从父亲的囚房中逃出，在母亲的资助下开始了求学生涯，同年考入伦敦大学，就读于香港大学，从名门闺秀沦为穷学生，开始自食其力的生活，甚至有时以卖文为生。

早在中学时代，十七岁的张爱玲在就读的圣玛利亚学校的校刊上发表了她的第一篇小说《牛》。讲述了一对农民夫妻悲惨的故事。从这篇小说可以看出初涉文坛的张爱玲，在创作上表现出惊人的成熟，而且独具特色。她的文章既有中国古典小说的轻柔、典雅，又具西方现代派深邃、敏锐的风范，而且颇有新感觉派的味道。

1943 年至 1945 年，从上海沦陷到抗战胜利是张爱玲的成名期，沦陷期的上海形成了"张爱玲热"。她的一系列小说和散文在许多重要的刊物上发表，有她的代表作《金锁记》、《倾城之恋》、《封锁》、《心经》、《琉璃瓦》、《红玫瑰与白玫瑰》等。1944 年小说集《传奇》出版。1945 年初，散文集《流言》出版，共收散文三十篇，几乎包括了她 1944 年 12 月前刊出的所有散文。这段时期，张爱玲的名字几乎家喻户晓，由于她的作品多写"小人物"的故事，又多是男女情爱，深得市民阶层的喜爱。但小说中的人物多是苍凉的悲剧结局，这大概源于张爱玲本人对人生的悲观感。她的代表作《金锁记》被傅雷先生称为最成熟、最优秀的一篇，写女主人公曹七巧为了金钱葬送自己至亲至爱的故事。《怨女》中女主人公的变态心理被描绘得入木三分，结局苍凉无比。值得注意的是，这期间张爱玲本人也经历了她的第一次恋爱、结婚，而且结局也"止于苍凉"。

张爱玲的丈夫胡兰成虽出身卑微，但人极聪明，深通处世之道，虽没受过正规教育但颇具文人风范，后来成为汉奸汪精卫的御用文人。一日，胡兰成从杂志上读到张爱玲的一篇文章，顿生欲见之意。费尽周折终得以相见。随着交往的逐渐增多和谈话的逐步深入，他竟对她入迷了。在张爱玲面前他觉得自己语言乏味，毫无机趣，而她的话句句都是"天机"。但胡毕竟是聪明人，是悟性极高的听众，关键处能将张爱玲的意思引申发挥或是一语点破，使张爱玲异常欢喜。张爱玲深喜自己遇到了这么一个聪明、善解人意又会恰到好处赞美自己的才子。不过胡兰成已有妻室，交往一段时间之后，张爱玲便突然提出中断与他的来往，以平静自己的内心。胡兰成对女人很有经验，不顾她的要求径自来到张爱玲处，并且尽情展示自己的才华。他们不似常人那样花前月下，只两人共处一室相对而谈，从文学到艺术、音乐、绘画，不时迸发妙语精句，使张爱玲备感爱情的甜蜜，胡的柔情蜜意竟使她恍惚疑是梦里，她竟痴痴地问："你的人是真的吗？你和我这样在一起是真的吗？"在赠给胡的照片上她写道："见了他，她变得很低很低，低到尘埃里，但她心里是欢喜的，从尘埃里开出花来。"1944 年，胡兰成与妻子离婚，以一纸婚书订下了与张爱玲的婚姻。在这段美好的日子里，张爱玲沉浸在"飞扬"的喜悦之中，产生了巨大的创作动力，这一时期作品的丰盛和质量的上乘便可想而知。但这"飞扬"的美梦终究要跌回到现实的土地上变得粉碎。胡兰成是个自私的男人，他要"功成名就"，他要"身拥数美"。在武汉工作时，他竟勾搭一个护士，并安排她做自己的小妾。日本投降后，他被迫逃亡温州，竟又与一大户人家的姨太太在当地以夫妻的名分同居。待张爱玲来寻找他时，他与张爱玲竟形如宾客，却与姘妇露亲热之态。张爱玲知道，那意气飞扬的美好的爱情已一去不复返了，她独自站在回上海的船上，冒着霏霏细雨，临江哭泣了很久。但在胡兰成逃亡期间，张爱玲还是用钱帮助他，直到他度过危险的日子，才用一封书信斩断了与他的情缘。张爱玲虽然通晓人情世故，但她决不苟且做人，她是一个极具率真性格的人，她追求的是至真、至善、至美，若要她放下清高做一个庸俗龌龊的女人是万万不能的，她不会低下身去俯就一个流于世俗的男人。爱的美好既已消亡，只剩道义，道义已尽，再无人欠我，她终于可以解脱了。

1945 年到 1952 年张爱玲经历了抗战胜利和新中国的成立，她的创作进入平稳期。除小说外还写电影剧本，小说主要有《小艾》、《十八春》，剧本有《太太万岁》、《不了情》等。1952 年赴香港，在美国驻港新闻处工作，主要作品有《秧歌》、《赤地之恋》，但被认为是不甚成功之作。这段时期是她创作的低谷期。1955 年张爱玲移居美国并与作家籁雅结婚，主要整理旧作，从事学术研究和翻译工作，直到离世。

张爱玲最喜爱用"苍凉"二字，她的童年、爱情、小说故事的结局，甚至她的去世都是"苍凉"的，包括她在中国现代文学史上的地位长时期被忽视。由于她的作品多是写男女间的"小事情"，她曾被划入"鸳鸯蝴蝶派"，甚至不被承认是严肃的作家，由于不符合现代文学创作的主流，在教科书上对她也多是一笔带过。但她丰富的作品、成熟的风格、独特的技巧、对人性精深的展现和深刻的思想，最终赢得了她在中国现代文学史上尊贵的地位。她应是这个时期最独特、最优秀的作家之一，从这个意义上来说，张爱玲的一生又绝不"止于苍凉"。

36. 萧红与萧军的悲欢离合
xiāo hóng yǔ xiāo jūn de bēi huān lí hé

　　1932 年夏天，在哈尔滨道外区一个下等旅馆里，住着一位走投无路、即将被店主卖到妓院去的女学生，她抱着病急乱投医的心理给《国际协报》写了一封求救信，没想到这封信真引来了一位救弱女子于水火之中的年轻汉子，因此也引出了一段文坛上具有传奇色彩、以悲剧为结局的爱情故事。这个弱女子就是后来驰名中外文坛的女作家萧红，那个行侠仗义的汉子就是后来的作家萧军。

　　萧红（1911—1942 年）原名张乃莹，生于黑龙江省呼兰县。萧红的童年是不幸的，幼年丧母，继母对她虐待成性，祖母也严厉刻薄，还有个贪婪残暴、让萧红一想就心惊肉跳的父亲；唯有老祖父能疼她爱她，在她受委屈时安慰她。缺少亲情的家庭环境养成了萧红内向、纤细、敏感、渴望温情的个性。她憎恨这个家庭，渴望逃离这个家庭，可是中学刚刚毕业，还没来得及感受和思考一下今后的生活，萧红就被父亲从哈尔滨的学校拖

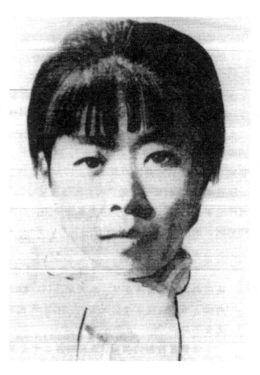

萧红

回了家里，父亲做主，让她与一个姓汪的军阀的儿子结婚。萧红拒不从命，离家出走，可是她到底还是没有逃脱那位汪姓青年的魔掌，她被骗到

了哈尔滨街头的小旅馆，几个月之后，姓汪的跑了，萧红成了弃妇，旅馆索要食宿费，萧红拿不出才写信求救，于是引出了萧军。

萧军原名叫刘鸿霖，1907 年 7 月生于辽宁省义县下碾盘沟村，村子土地贫瘠，因此养就了这里好勇善斗的民风，也养成了萧军崇拜英雄，尚武好胜，行侠仗义的个性品格。萧军十八岁参军，因为略通文墨成了军中的秀才——"字儿兵"，他学诗作赋，潜在的文学才能很快发挥出来。"九·一八"事变日本侵略东北，萧军犹如困兽，左突右冲最后选择了一条报国之路——创作。他以文从戎，发表了不少抗战作品，因为一篇题目叫《飘落的樱花》的散文在《国际协报》副刊上发表而得到该报副刊主编裴馨园的赞赏，萧军因此成为该报的专访记者，也因此受裴主编的委托与萧红见了面。

在萧军的鼓励下，萧红由对绘画的爱好转向了文学创作，并显示了自己卓越的才华，从这点上说萧军是萧红的第一个启蒙老师。靠着两个人的努力和勤奋，1933 年二人的小说合集《跋涉》出版了，萧红与萧军内心有说不出的欢喜，二人兴冲冲地跑到一家卖牛奶的铺子里大吃了一顿外国包子，萧军乘兴还喝了几两白酒，然后二人又兴致勃勃地来到松花江边划船助兴，绿树依依，小船悠悠，共同的事业追求成了沟通二人情感世界的精神桥梁，使他们度过了一段虽贫苦但快乐的美好时光。

由于《跋涉》思想内容上有进步的革命倾向，出版后不久就遭到了反动当局的查禁和销毁，二萧面临危险，为了避开敌人的迫害，他们在熟人的介绍下乘船来到了青岛。青岛是一个美丽的城市，依山面海，萧红和萧军就住在海边的石制小楼中，白天萧军到《青岛晨报》上班，萧红就坐在家中一边帮萧军誊写长篇小说《八月的乡村》，一边自己写作《生死场》，闲暇时到海里畅游玩耍。青岛一段生活是他们感情最欢愉的时期。

为了提高自己的写作水平，解决创作中遇到的问题，二人商量给崇拜已久的鲁迅写信，没料到鲁迅先生真的回了信，二人欢喜过望，像一条夜航的轮船看到了灯塔。萧红与萧军决定南下去上海，1934 年 11 月的一天，萧军夫妇坐船来到了申城。

到了上海以后，在鲁迅先生的关怀和提携下，萧军夫妇逐渐适应了环境，逐渐融入了上海文坛，靠着鲁迅的帮助，他们出版了《八月的乡村》和《生死场》，这两部小说的出版轰动了整个文坛，萧军夫妇名扬天下，真的成了知名作家了。但是不幸的是，创作走向成功的同时二人在感情上却出现了裂痕，萧军认为萧红"少有妻性"，做朋友可以，担当不了妻子的角色；萧红说萧军是个"独我自尊的精神强盗"，总以大男子对小女人的姿态对待自己，盛气凌人，居高在上，让自己受不了。感情的裂痕越来越大，隔膜也就越来越深，萧红苦恼、痛苦，出走过，可只过了三天就被萧军的朋友们劝回了家。为了修补二人情感上的裂痕，萧红离开上海去了日本，想借地域的阻隔而使彼此产生思念来重新沟连二人的感情世界，可到了日本以后，二萧夫妇虽然鸿雁传书，书信不断，可重聚以后矛盾依然如故。萧红渴望安定平稳，把家庭生活看得很重，而萧军却在政治活动中非常活跃，不安分的个性与一颗寻求寄托、渴望理解关怀的心相碰撞，夫妻二人的关系又疏远了。

1937 年抗日战争爆发了，二萧同当时的很多文化人一样去了国统区文化活动的中心武汉。

萧军夫妇关系更趋恶化了，但这次同以前不同的是萧红有了自己的追随保护者端木蕻良。端木时常关心萧红，满足了她渴望关心和理解的内心需求，萧红也就更多地从缺点的角度考虑到萧军作为丈夫所具有的不足。

1938 年 1 月，为了响应作家应直接参加抗日的号召，二萧与端木同时到达山西临汾，不久日本飞机开始轰炸临汾，萧军就随民族革命大学迁到了延安，萧红与端木去了西安。萧军在延安只呆了半个月，就回到西安，他曾数次企图说服萧红要重归旧好，都被萧红推脱而未能如愿。萧红承认在感情上爱萧军，说"他是优良的小说家，在思想上是同志，又是一同患难中挣扎过来的，可是做他的妻子却太痛苦了"。虽然萧红也抱怨端木的为人和人品，但在萧军与端木之间，萧红还是选择了端木。

1938 年 4 月，萧红与端木离开西安到达武昌，并举行了婚礼。同时，去往四川成都的萧军也在半路途经兰州的时候，认识了他后来的妻子王德芬，从此二人各有夫有妇，结束了二人情感旅途的马拉松。在这之后，萧军去了延安，萧红随端木去了重庆。

萧红与萧军分手约半年时间，萧红就感到"爱上了一个她并不喜欢的人"，感到很孤独寂寞，便把时间与精力用在了创作上。1942年1月22日，萧红在香港的一家红十字会设在学校的临时医院中病逝。萧红去世时年仅三十一岁，她逃离了日寇蹂躏下的满洲，九年后，却客死在了日军占领的香港。临终前，萧红还记起那个救过自己、粗爽豪勇的东北男人，说"假如萧军得知我在这里，他会把我拯救出去的"。

时光转瞬过了十五年，在香港浅水湾红棉树下的萧红墓，由于城市人口与建筑用地的挤压有被毁的危险，香港文化界与广州内地商议联合回迁了萧红骨灰，把她安葬在了广州银河公墓，萧军作为萧红生前最初伴侣为此寄诗一首，诗云：

> 碧海春归桃李秾，萧萧苦竹又篁筇。
> 天涯骨葬荒丘冷，故国魂招紫塞空。
> 芳草绵芊新雨绿，沧波浩淼乱云封。
> 乡心何处鹃啼血，十里山花寂寞红。

这算是对英年早逝、才华横溢的女作家最真诚的挽悼吧。

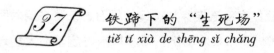

37. 铁蹄下的"生死场"
tiě tí xià de shēng sǐ chǎng

《生死场》是萧红的代表性作品，是萧红短暂的十年创作生涯中写的第一部长篇小说。

《生死场》写作于青岛流亡期间，后来萧红南下上海，在鲁迅的影响和督促下，《生死场》作为《奴隶丛书》中的一辑，由上海容光书局出版，这一年是1935年12月。鲁迅很称赞这部小说的书名——《生死场》，生与死的战场，是对东北地区在水深火热中备受煎熬的民众生活的形象概括，萧红在为此书设计的封面中一目了然地表明了此书的创作意图：中华民族版图上用一粗重的直线锯裂般把东三省隔断在关外，关外——东三省是日寇侵占的土地，就是生与死时刻矛盾与斗争的"生死场"，可以说小说是一部对社会现实政治有深刻影响力的作品。

《生死场》是小说，但它同一般小说有明显差异，不是以叙述故事为主，而是采用生活场面连缀的方法，写了东北哈尔滨附近一个偏僻的村庄。写村庄里的农民自然状态下的生与死，阶级压迫下的生与死，

1935年《生死场》出版时萧红本人设计的封面。在外敌面前，选择生或选择死都很痛苦。

民族矛盾状态下的生与死。小说主要写了三个家庭：一个是跛着脚还要辛苦劳作的二里半一家，一个是嫁过三个丈夫，最后还是成为寡妇的王婆一家，还有追求幸福，但下场悲惨的金枝一家。

小说前半部分写阶级矛盾，描述了封建地主对农民的残酷剥削和奴役。地租、高利贷、瘟疫，重轭般地勒在人的肩头，王婆为偿还地租，不得不卖了心爱的马，可就得了三张票子，只能交纳一亩地租，可见农民的生存多么悲惨。残酷的阶级剥削，不堪忍受的生活重负，造成了贫苦农民自戕的畸形心理，人的价值没了，人不如一棵草，金枝因错摘了青柿子，她母亲就暴跳如雷；月英瘫了，丈夫不愿她生，倒催她死；生孩子的产妇不让压柴（财），只能光着身子爬在满是灰尘的土炕上；刚强的王婆也只有在手里拿着麦粒时才想起了死去的孩子。

在写了农民对于"死的挣扎"的同时，也写了他们"生的坚强"，自

愿组织"镰刀会",进行抗租斗争,斗争虽然失败了,但毕竟埋下了反抗的火种。

小说的后半部写民族矛盾。日本侵占了东三省,日本旗就代替了中国旗,日本侵略者就成了主宰生杀的主人,村子里的姑娘媳妇跑光了,田地荒废了,尸骨遍野,农民活不下去了,农人们召集起来了,救国吧!青壮年对着枪口发誓"生是中国人,死是中国鬼,誓死不当亡国奴";寡妇们积极响应"千刀万剐也情愿"。一腔热血的农人出发了,连两只眼睛只看着自家那只小山羊的二里半也觉醒了,去投奔革命军了。

作品的主要人物有王婆、二里半和金枝等。

王婆是《生死场》中着墨最多的人物。她外表粗野、泼辣,除了不停地干活,就是尽述着自己的悲苦遭遇,愤怒和仇恨溢于言表。但王婆是个内心善良、富有同情心的人,小说写她到人人都躲着走的月英家,为瘫痪的月英擦洗身子,端水喂饭。

王婆的性格中最大的特点是富有反抗精神。她反抗封建礼教,不在乎"从一而终"、"三从四德"的训诫,一生嫁了三个丈夫。第一个丈夫打骂他,她就带着孩子离开了他,第二个丈夫死了,她又嫁给了赵三。她反抗致她于苦难的黑暗社会:当她听说赵三等人秘密组织"镰刀会",就鼓励他们"能下手便下手",赵三因误会打折了小偷的脚被抓到监狱,地主为了顺利增加地租,装着同情赵三,私通官府放回来以后,赵三对地主感恩戴德,而王婆却态度坚决,她大骂赵三"我没见过这样的汉子,起初看来还像一块铁,后来越看越像一堆泥了"。王婆当"红胡子"的儿子被官府枪毙了,她一度感到生活没了出路,可活过来的王婆依然希望不倒,她对女儿说:"谁杀死你哥哥,你要杀死谁。"

日本人来了,日本鬼子干尽了坏事,富有反抗精神和爱国热情的王婆热血沸腾了,她积极支持组织"镰刀会",参加抗日集会,站岗放哨,把抗日义勇军藏在自己家里。女儿参加义勇军被日本鬼子杀害了,她觉得女儿是好样的。她冒着杀头的危险,为义勇军保管枪支、宣传品,在敌人面前大义凛然,无所畏惧。这一极有个性的农村妇女形象,是妇女中觉醒与反抗者的典型。

赵三是个性格复杂的人物，他具有反抗精神，成立"镰刀会"时他是一个勇敢的组织者，同时他又有软弱妥协、易受地主迷惑、认识不到地主阶级伪善的一面。随着斗争的深入，赵三的斗争策略比以前提高了，为自己过去认不清地主的真面目而感到羞耻和愤恨。"九·一八事变"以后，赵三在事实的教育下，爱国热情高涨，组织抗日集会和抗日队伍，在抗日盟誓大会上，赵三未语泪先流："我要中国旗子，我不当亡国奴，生为中国人，死为中国鬼。"在激烈的阶级矛盾和民族矛盾中赵三成熟了，赵三喊出了中国人共同的呼声。

二里半在作品中是作为保守落后农民来写的。他埋头干活，心中只想他的菜园子和老山羊，是个本分的农民。他没有觉悟，第一次参加抗日集会，他在一边打瞌睡。农民组织抗日队伍，宣誓时想用鸡血，想要二里半的鸡，他嘴上答应心中却舍不得献出来。当不当亡国奴，二里半认为不影响他的生活，终于有一天老婆孩子都被日本人杀了，家破人亡的二里半觉醒了，他丢下了老山羊，跟上抗日队伍走了。二里半这一形象，表明愚昧落后的农民在民族解放战争中，也能觉醒，也能抗日，因此这一形象更具深刻的意义。

金枝是个命运悲惨的妇女，结婚以后丈夫不真心爱她，打骂她，女儿才降生一个月，就被丈夫活活摔死了，金枝心里留下了严重创伤。丈夫死了，日本人来了，金枝逃到了哈尔滨，可都市里也没活路，她被流氓奸污了。返回乡下，日本鬼子越来越凶，她没立足之地就跑到了尼姑庵，可尼姑庵人去屋空，金枝无路可走。金枝形象是要告诉人们，躲避逃跑都不是出路，只有反抗求生才能解放自己。

小说艺术上采用场景画面连缀铺叙的方法结构全篇，一个场景就是一幅画，有乡土风光画，有时代氛围画。如日本人来了，小说这样写景：

> 宣传"王道"的旗子来了！带着尘烟和骚闹来了。宽宏的树夹道，汽车闹嚣着了……草地上的汽车突起着飞尘跑过，一些红色绿色的纸片播着种子一般落下来。

景物描写就告诉了读者这是支什么样的队伍，烧杀掠抢，无恶不作，连大自然都在这些穷凶极恶的强盗面前战栗了。

语言表现细致大胆，有一种"非女性的雄迈的胸襟"。时而大刀阔斧："城外一条长长的大道，被榆树阴蒙蔽着。走在大道中，像是走进一个动荡遮天的大伞。"时而工笔细描："四面板墙上钉住无数张毛皮。靠近房檐立了两条高杆，高杆中央横着横梁，马蹄或是牛蹄折下来用麻绳把两只蹄端扎连在一起，做一个叉形挂在上面，一团一团的肠子也搅在上面，肠子因为日久了，干成黑色不动而僵直的片状的绳索……"屠场污秽的环境描写，阴森、灰暗，爱马的王婆人进了屠场，心也进了屠场。

再有小说的开篇结局具有象征色彩，对《生死场》主题的寓意起了很好的升华作用。开篇写"一只山羊在吃草"，写农民对过好日子的期盼与向往，为以后找羊、想杀羊，最后把山羊交给赵三埋下了伏线。结尾写家破人亡的二里半与旧我决裂，丢掉幻想，放弃了羊，赶上了抗日队伍。"二里半不健全的腿颠跌着颠跌着，远了！模糊了！山冈和树木，渐去渐遥。羊声在遥远处伴着老赵三茫然的嘶鸣。"二里半不是任人宰割的羊了，告别老山羊，就是告别了软弱的过去，要参加抗战了，只有这样，人活着才有真正的出路。

生和死的战场上，抗争了，才能生，反之就是死！

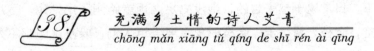

38. 充满乡土情的诗人艾青
chōng mǎn xiāng tǔ qíng de shī rén ài qīng

浙江金华坐落在武义江和义乌江交汇而成的婺江边上，从金华城向西走七十里就到了傅村，再从傅村步行三里，就到了一个叫畈田蒋村的地方，这里就是被智利大诗人聂鲁达称为"中国诗坛的泰斗"艾青的故乡。

艾青生于1910年3月27日，他本名叫蒋正涵，字养源，号海澄。艾青的父亲蒋忠樽是个读书人，又是个中等地主，家有房十余间，几百亩地，几十个佃户，常年有四个雇农，一个婢女，一个老妈子。他接受新思潮，剪辫子，支持妇女放足，具有开明思想，同时他又回避新思潮的冲击，按自己的地主意志设计家庭的未来：让穷人年复一年向自己缴租，让儿孙上学读书，升官发财，家业永远不倒。艾青出生时母亲难产，讲迷信的父亲为此请来了一个算命先生，算命先生说艾青命里克父母。于是艾青父亲就作了两项决定：一是不许艾青叫父母为"爸爸"、"妈妈"，只许叫"叔叔"、"婶婶"；二是马上送小艾青到同村一个贫苦妇女

《大堰河》封面。大叶荷的奶水浸润的诗篇。

家去哺乳寄养。送艾青去寄养的这户贫苦农家的女主人名叫大叶荷，这本不是她的名字，而是她娘家村庄的名字，她自幼被卖到畈田蒋村，生了两个孩子后丈夫死了，为了生活她又嫁了另一个男人。大叶荷贫穷卑微，生性善良，勤快厚道，为了生活她从早到晚不停操劳，就是这样也只能勉强维持生计，因为喂养艾青，奶水不够，她就把自己刚刚生下不久的女婴投到尿桶里溺死了。

艾青在大叶荷的家中呆了五年，五年时间不算短，大叶荷不是母亲胜似母亲的温暖，使艾青获得了纯真的母爱和对大叶荷母亲般的依恋。

尊父命艾青回家上学了，但他对这个富有的新家并没有感情，也不喜欢亲生父母，他常常偷着跑到大叶荷那里，到了这里才感到真的回了家。

艾青的父亲希望艾青学好数学、英文，认为学好数学、英文可走遍天

下，升官发财。可艾青却对绘画、美术兴趣极大，上小学时他就喜欢上手工课，对黏土、蜡油捏成的各种小玩意儿爱不释手，他还没事就到贫苦妇女家临摹她们的草屋。大叶荷喜欢关公，艾青就把大红大绿的关公像贴得满墙。艾青的父亲丧气地说："把你送到贫民习艺所去吧！"

1928年，十八岁的艾青考入了国立西湖艺术院。这正是第一次国内革命战争刚刚过去，白色恐怖非常严酷的时期。思想处于不安和迷茫中的艾青，和不少青年学生一样也萌生了出国留学，看看外边的世界的想法，经过向父亲的再三请求，艾青出国了，这一年艾青十九岁。

旅法三年是艾青"精神上自由，物质上贫困"的三年。他半天干活，半天学画，为了学习和生活，他必须学习法文。学习法文的同时，他开始大量阅读外国文学作品，尤其喜欢诗歌，艾青开始尝试写新诗，把自己的断想花絮记在速写本里。

1931年"九·一八事变"发生了，在异国他乡流浪的艾青和所有中国人一样处于被歧视、排挤、侮辱的地位。一次艾青到马赛一家旅馆住宿，办理住宿登记的一听"蒋海澄"，误以为"蒋介石"，马上就嚷嚷开了，一气之下艾青把"蒋"字在草字头底下打了个"×"，又取"澄"字的家乡谐音为"青"，在登记本上填了艾青这个名字，这就是艾青笔名的由来。

1932年1月中旬，艾青参加了一次反帝大同盟东方支部集会，一屋子聚集着日本、越南、中国的青年，操着法语、日语、安南语、汉语，一张张焦灼不安，忧虑思索的面孔，强烈地触动了艾青，艾青把这种感受用诗的形式记录了下来，写成了《会合》这首诗，这是艾青公开发表的第一首诗。

1932年1月28日，艾青从马赛港启程回国，在家乡稍作停留，他就到了上海，在鲁迅等左翼文艺作家的支持下，办起了"春地艺术社"，举办了"春地画展"。由于"春地画展"内容上有反映黑暗社会下层人民生活情状的倾向，艾青与艺术社的十三名青年同时被捕了。望着铁窗外纷扬的白雪，艾青想起了家乡，想起了自己的乳母——大叶荷，他一鼓作气写成了他的成名作《大堰河——我的保姆》，诗作的署名第一次签上了"艾青"。艾青成了中国诗坛上升起的一颗新星。

这是一首情感深挚，朴素无华，震撼人心的长诗。诗中艾青通过对大堰河（艾青乳母"大叶荷"的谐音）一生悲苦经历的诉说，通过乳儿对大堰河母亲般的思恋和赞美，为我们勾勒了一个旧中国劳动妇女的崇高形象：大堰河是勤劳能干的母亲，她不分春夏秋冬，白天黑夜没有闲着的时候，锅灶边，田间里都是她劳作的地方。大堰河是位对乳儿胜亲儿的母亲，五个孩子中对我最好，"第一颗鸡蛋"是我的，劳作之余给我以爱抚的也是大堰河。大堰河是贫苦的母亲，"乌黑的酱碗"、"乌黑的桌子"、"破烂的衣衫"，就是大堰河母亲的生活写照。

乳儿走了，"做我父亲家的新客了"，哺育我长大的大堰河心中该有多么悲凉，为了能见到"我"，她由保姆变成了佣人，为了见到"我"，她强作欢笑，"含着笑"去做一切家务事和农活，被剥夺了爱的权利的大堰河，她的"笑"比"哭"更刺痛人心。

大堰河心里有一个美好的期盼，她希望乳儿叫声"妈"，希望乳儿领回一个俊俏贤惠的媳妇叫一声"婆婆"，这个不能向人言说的期盼是个美丽的梦，她带着这个梦"含泪的去了"：

> 大堰河，含泪的去了，
>
> 同着四十几年的人生生活的凌侮，
>
> 同着数不尽的奴隶的凄苦，
>
> 同着四块钱的棺材和几束稻草，
>
> 同着一手把的纸钱的灰，
>
> 大堰河，她含泪的去了。

大堰河给予人的最多，留给自己的最少，她给别人以仁慈、宽容和善良，给自己的是薄木的棺材和稻草。大堰河代表着博大的中国母亲，大堰河的悲剧代表着人吃人社会的悲剧，一个阶级的悲剧，旧中国广大农民，广大妇女的悲剧。要改变大堰河的悲剧，就要诅咒这个世界，要消灭这个世界，身陷囹圄的艾青从大堰河的身上汲取了叛逆的精神与力量，他为被

凌辱，被压迫的人们歌唱，为古老而又悲哀的国土歌唱了。

《大堰河——我的保姆》的发表，对艾青的创作具有里程碑式的意义。从此，艾青以诗歌为纽带，把自己与人们的心声，与底层百姓的真情以及与国家、民族的命运紧密地联结了起来，这从艾青出狱后，为自费出版的诗集《大堰河》设计的封面就可以看出，他借用了法国画家的一幅素描，这幅素描的画面上是一个工人拿着一把锤头，锤头象征着力，象征着摧毁旧世界的决心。

1935年秋天，在中国民族危机日益严重，全国人民抗日呼声日益高涨和社会舆论的压力下，艾青出狱了。出狱以后的艾青参加了"中华全国文艺界抗敌协会"，他积极参加民族解放战争，以诗为武器，鼓舞人民的抗日斗志，发表了《向太阳》、《北方》、《火把》等大量诗篇。1941年初艾青到了中国革命的圣地——延安，在"讲话"精神的指引下，他写了《黎明的通知》、《毛泽东》等许多诗作，创作又进入了一个新的历史时期，吸取人民乳汁，喝大堰河奶长大的诗人艾青成了跨时代中国最有影响的诗人之一。

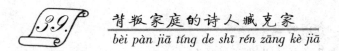

39. 背叛家庭的诗人臧克家
bèi pàn jiā tíng de shī rén zāng kè jiā

"有的人死了，他还活着；有的人活着，他已经死了。"这一充满哲理、凝聚着人生真谛的诗句，对每一个人都会有一种心灵的启迪。写这诗的人，就是现代著名诗人臧克家。

臧克家，号孝荃，1905年10月8日出生于山东省诸城县臧家庄一个堂号叫"凝翠轩"的封建地主家庭。他的祖父和父亲都是古典诗词歌赋的爱好者，臧克家在这一充满书卷气的家庭中耳濡目染，从小就别具诗心。九岁入私塾，什么《滕王阁序》、《陋室铭》，这些古典名篇他都倒背如流。臧克家还喜欢古代神话传说故事，他的外祖母就是个民间故事家，臧克家总是缠着她讲故事。要说影响，族叔臧瑗望、臧武平对他的影响最大，二位族叔都酷爱诗歌，臧克家在他们的教导下，立志要做个诗人。

诸城地处胶东半岛，依傍着马耳山。青山苍翠欲滴，潍河河水清清，旷野中良田广袤，一派古朴的田园风光。风光虽美，人的心情各有不同。富者土地千陌万顷，宅院成片，粮仓谷物堆积如山，在美好的自然风光中生出了诗意；贫者靠出卖体力过日子，常年为衣食忧愁，田园风光不能当吃喝，也就生不出赏美的心情。童年的乡村生活，使臧克家认识了人间的穷愁、疾苦和贫富的差距，感受到了农民淳朴、严肃、刻苦、善良的品质，从情感上加深了对农民的同情与尊重，为他今后农民诗的创作，打下了坚实的认知和情感基础。

这是臧克家夫妇自己留存的作品《泥土的歌》

1919 年，五四运动爆发的那一年，臧克家上了小学，五四运动的急风暴雨，让从小接受"子曰"、"诗云"的臧克家看到了外面的新世界。又过了四年，臧克家到济南上了师范学校，他开始广泛接受五四新文艺的影响，边看边练笔，还写成了反映教育界混乱的通讯，以"少金"的笔名寄往《语丝》，周作人为之加上《别十与天罡》的标题发表了。

1927 年，臧克家考入了武昌"中央军事政治学校"，初步接触了共产党的组织和活动。"四·一二"政变，臧克家侥幸脱险，经上海回到山东，然后辗转各地。这段流亡的日子，给臧克家的思想上留下了不可磨灭的印记。现实的黑暗，国民党统治的残酷，使臧克家思想认识更加清醒，更倾向于劳动人民。

　　1930 年，臧克家考入青岛大学，他先进英文系，后因中文系主任闻一多的赏识转入中文系学习。这位带着乡村气息的青年，在经历了北伐革命的风吹雨打，走进了充满学术气息、宁静幽美的校园后，爱诗的根须有了合适的土壤，便蓬蓬勃勃地生长起来。他发愤学诗、写诗，达到了废寝忘食的程度。

　　1933 年 7 月，刚读大学三年级的臧克家，在诗坛前辈闻一多、王统照的指导帮助下，出版了他的第一本诗集《烙印》。诗集出版后，引起了极大反响，老舍等有影响的大作家纷纷发表评论，高度评价了这部诗集，甚至有人称臧克家的新诗表达方式为"臧克家体"，或叫"《烙印》体"。

　　臧克家于 1934 年 7 月从青岛大学毕业，他来到了山东临清第十一中学教书。白天他给学生们上课，晚上就让学生们围在他身边写诗改诗。他把北国鲁西平原的景色和古运河畔农民的喜怒悲欢都写到了诗里，三年的"临清时期"是他诗歌创作的黄金时代，他写下了自传体长诗《自己的写照》，诗集《罪恶的黑手》、《运河》，还有散文集《乱莠集》中的大量诗文。这些作品，反映了臧克家早期抒情诗的成就和特色，奠定了他在中国现代诗歌史上的重要地位。

　　像《老哥哥》、《罪恶的黑手》等篇，用诗的语言，满怀悲愤地勾画出了北方从城市到农村一派萧琐、破败、阴暗、贫穷的社会现实，倾吐了下层贫苦百姓、劳动者的悲惨生活，对他们寄予了无限同情。《老哥哥》写一个老长工和地主少爷的对话。写地主对老长工的剥削。老长工给地主做了一辈子长工，血汗榨干了，人就被踢出了大门。《罪恶的黑手》揭露了帝国主义宗教侵略的罪恶本质："忍辱原是至高的美德，连心上也不许存一丝反抗。"这首诗的内容在新诗创作中还是第一次出现，它暴露了帝国主义的伪善本质，是鼓动工人群众反抗的宣传诗。

　　除了揭露黑暗，臧克家在诗中还高度赞美劳动人民身上勇敢不屈的品格。《当炉女》就表现了一个失去丈夫的妇女，不畏生活困难顽强拼搏的经历。写的是一个普通妇女，实际上观照的是一个民族的灵魂。

　　臧克家开始写诗的 20 世纪 30 年代的诗坛，正是新月派和现代诗盛行的年代，这些诗内容大多囿于自我，抒写个人的情致，诗的形式或是松散懒慢，或是晦涩难懂，而臧克家的诗以坚实、沉郁的诗歌内容和严谨精炼的风格特色，给当时的诗坛吹进了一股清凉的风，使人耳目一新。

1937年抗战开始了，臧克家一身戎装，当兵去了。五年间，他先后在马背上，在膝盖上写下了《从军行》、《向祖国》、《古树的花朵》等七部诗集和散文集《津浦北线血战记》、《随枣行》。这些诗和散文广泛反映了抗战时期的生活，有沦陷区同胞的血迹，有前线战士的英勇牺牲，有人民群众为保卫家乡的血战，当然也有"汉奸的无耻，颓废者的荒唐与堕落"，人们称这样的诗叫战斗诗。尽管由于行旅匆匆，疏于斟酌，但诗中洋溢的激情与壮志，却给人以乐观精神。这些诗歌有力地配合了抗战斗争，在抗战诗苑里有着重要地位。

1941年8月，臧克家到达战时的首都重庆，1943年6月，臧克家的诗集《泥土的歌》出版。这部诗集收短诗五十一首，分三个诗组。这部诗集的出版是臧克家诗歌创作生涯中的一件大事。

因为《泥土的歌》的创作，有人把他称为"农民诗人"、"泥土诗人"。

抗战胜利后，1946年7月，臧克家到了南京，不久，就听到了闻一多被国民党特务杀害的噩耗。他辗转到了上海，等待他的是失业和疾病，他看到的都是让人失望、愤怒的景观。因此从1946年到1947年，臧克家写了大量政治讽刺诗，这些诗都被辑录到了《宝贝》、《生命的零度》、《冬天》里。《胜利风》中诗人写道："政治犯在监狱里，自由在枷锁里，难民在街头上。"讽刺了国民党标榜的"民主"、"胜利"的实质。

1945年8月28日，为了国共合作谈判，毛泽东飞抵重庆。9月，臧克家出席毛泽东、周恩来同志召开的座谈会，深受感染的臧克家写成了《毛泽东，你是一颗大星》，在重庆《新华日报》上发表。臧克家在时代的推动下，成了人民诗人、革命诗人。

从1929年发表新诗开始，臧克家共创作了诗集三十本，他诗中写得最多、最好的是那些反映下层百姓，反映农民的诗，他写农民、受苦人粗重的叹息，写他们的疾苦。诗作实际释析着"老马"的形象。老马，就是农民，受苦人，受压迫受剥削人的形象，因此人们管臧克家又叫"轭下诗人"。这位轭下诗人半个多世纪以来一直没有停止歌唱，他为中国新诗作出的贡献是令人难以忘记的。

夏衍和他创作的《包身工》
xià yǎn hé tā chuàng zuò de bāo shēn gōng

凌晨三点，上海市区，在昏暗的路灯光下，匆匆走来一个人。他一身纱厂工人打扮，向杨树浦福临路一个东洋纱厂走去。

临近福临路，远远看见一座监狱似的建筑。长方形的红砖墙，在黑夜中阴森恐怖。墙上布满了电网，墙内坐落着一个个长条形低矮的小屋，像鸽笼一般，在惨淡的月光下，又像一个个坟墓。这里正熟睡着两千多个"包身工"。

四点一刻，沉寂的大墙内突然传来一声嘶哑的叫喊："拆铺啦！起床！猪猡！"墙内顿时像蜂窝般骚动起来。只见二十几个穿着拷绸衫裤的男人分别冲进一个个房间：

> 七尺阔、十二尺深的工房楼下，横七竖八地躺满了十六七个被骂做"猪猡"的人。跟着这种有威势的喊声，充满了汗臭、粪臭和湿气的空气里，很快地就像被搅动了的蜂窝一般骚动起来。打呵欠，叹气，叫喊，找衣服，穿错了别人的鞋子，胡乱地踏在别人身上，在离开别人头部不到一尺的马桶上很响地小便。女性所有的那种害羞的感觉，在这些被叫做"猪猡"的人们中间，似乎已经很迟钝了。她们会半裸体地起来开门，拎着裤子争夺马桶，将身体稍稍背转一下就公然在男人面前换衣服。

> ——《包身工》

像电影的特写镜头一般，姑娘们起床的忙乱历历再现：水龙头边胡乱用手捧些水浇在脸上；那口大锅边，绰号"芦柴棒"的小姑娘正往灶里加柴，被倒冒出来的青烟呛得直咳嗽；有的姑娘用断了齿的木梳梳掉紧粘在头发里的棉絮；有的两个一组两个一组地用扁担抬着平满的马桶，吆喝着从人们身边擦过。五点钟，随着一声汽笛响，戒备森严的大铁门打开了。包身工们像一群鸡鸭一样被带工老板赶进工厂。

观察到这一切后，那个男人悄悄离开厂区来到泰兴路的一个寓所，将他所看到的一切真实地记录下来。他就是被我党秘密派到上海工作的著名作家夏衍。

早在 1929 年，做地下工作的夏衍就从几位做工人运动的同志那里知道了"包身工"制度和包身工们悲惨的生活。"一·二八"战役后，他曾将包身工的一些资料提供给了写电影剧本的沈西苓，并由明星公司拍成了《女性的呐喊》。但由于当时对包身工生活了解不多，也由于环境的限制，拍成之后又遭到了电影审查官的一再删减，这部电影效果不理想。直到 1935 年，上海党组织受到一次很大的破坏，党组织要求夏衍暂时隐蔽起来，夏衍就利用这个机会开始了有关包身工的材料的搜集。

为了更好、更深入具体地了解包身工的生活，经过"沪东公社"（进步分子利用基督教女青年会的机构，在杨树浦办的一个以工人夜校为中心的服务组织）的介绍，夏衍认识了一个在日本棉纱厂做工的青年团员杏弟。为了深入厂区进行观察，夏衍还找到了一位在日本纱厂当职员的中学时代的同学，到包身工工作的车间去视察了几次，亲眼目睹了她们恶劣的生活条件和悲惨的命运。杏弟也混在包身工的队伍里，利用各种机会向她们询问情况，但是，这些被严密控制在厂区内的小姑娘们是不敢说太多事情的，况且带工老板还耍花招，安排了一些耳目在她们中间。所以，当这些姑娘们一看见杏弟的装扮，估量一下她的身份后，很快就"警惕"地走开了、甚至有人还将她误认为是"包打听"，而用憎恶的目光看她。

这样经过了几个月的调查后，夏衍终于获得了比较充足的资料。他原本想写一部小说，用经过加工创作的人物、故事情节来展现包身工的生活，但是在经过大量的调查后，夏衍改变了主意，他要写一部报告文学，他要真实地将包身工的生活展现在读者面前。"这是一篇报告文学，不是小说，所以我写的时候力求真实，一点也没有虚构和夸张。她们的劳动强度，她们的劳动和生活条件，当时的工资制度，我都尽可能地做了实事求是的调查，因此，在今天的工人同志们看来似乎是不能相信的一切，在当时都是铁一般的事实。"（《从"包身工"引起的回忆》）

报告文学《包身工》以包身工们一天当中的生活、工作为线索，向我们介绍了她们的起床、上工、下班的全过程，并且穿插了大量作者的说明和议论，深刻揭露了包身工制度的形成、发展和必将灭亡的命运。在文章开头对包身工们起床的场面描写之后，作者详细地介绍了包身工的由来及她们的命运。她们是被骗来的，是被出卖的对象："她们的身体已经以一种奇妙的方式包给了叫做'带工'的老板。"在闹灾荒时，这些带工老板就到他们家乡或灾区四处游说，骗得那些养不活儿女的百姓以低贱的价格卖掉他们的孩子。"包身费一般是大洋二十元，期限三年，三年之内，由带工的供给食宿，介绍工作，赚钱归带工的收用，生死疾病一听天命，先付包洋十元，人银两交。"帝国主义资本就是这样利用包身工这种违法的方式、廉价的劳动力发展起来的。然而为资本家带来丰厚利润的包身工却在恶劣的劳动条件下拼命地工作，在噪音、尘埃和湿气的三大威胁下，包身工们还受到带工头的毒打，在下工时，还要被野蛮地搜身。面对包身工受到的非人迫害，作者控诉道：

> 两粥一饭，十二小时工作，劳动强化，工房和老板家庭的义务服役，猪一般的生活，泥土一般地被践踏——血肉造成的"机器"，终究和钢铁的不同；包身契上写明三年期间，能够做满的大概不到三分之二。工作，工作，衰弱到不能走路还是工作，手脚像芦柴棒一般的瘦，身体像弓一般的弯，面色像死人一般的惨，咳着，喘着，淌着冷汗，还是被迫着做工……

对这种吃人的制度，作者愤怒地指出：

> 黑夜，静寂得像死一般的黑夜！但是，黎明的到来，毕竟是

无法抗拒的。索洛警告美国人当心枕木下的尸首，我也想警告某一些人，当心呻吟着的那些锭子上的冤魂！

作者用这最后的话，为包身工制度和帝国主义资本家敲响了丧钟！这种吃人制度的灭亡，正是历史发展的必然。

沙汀和他创作的《淘金记》
shā tīng hé tā chuàng zuò de táo jīn jì

沙汀原名杨朝熙、杨子青，1904年出生在四川安县一个地主家庭。他从中学时代开始接触新文艺，20年代参加革命活动，30年代初登左翼文坛，成为左翼文学运动的积极分子和有影响的文学新人。1931年，沙汀曾与艾芜一起给鲁迅先生写过恳切求教的信，并很快收到鲁迅先生的回信。鲁迅先生的肯定和鼓励使沙汀坚定了文学创作的信心。在鲁迅的亲自指导下开始创作时，沙汀艺术审视的焦点主要集中在描绘"现在时代大潮流冲击圈"内的生活，即表现共产党领导下土地革命斗争的风云和社会骚动，其代表性的作品是《法律外的航线》。但这一时期的创作更多的是凭着一股对革命的热情而缺乏更多的革命生活斗争的体验，因而写出的作品流于印象化和表面化。1935年以后沙汀开始"喜欢提几个熟悉的模特，真真实实地刻画出来"，把笔锋转向了自己所熟悉的四川乡镇生活，写出了《兽道》、《在祠堂里》、《代理县长》等一批更为坚实的作品。抗战爆发后，沙汀赴延安，并随八路军一二〇师转战晋西北与华北抗日民主根据地。据此，他写出了著名的报告文学《随军散记——我所见之一个民族战士的素描》（即后来出版的《我所见之贺龙将军》、《记贺龙》）及一些反映根据地生活的散文、小说。

1940年后沙汀返川工作，步入了他创作的成熟期和丰收期，写出了三部长篇《淘金记》、《困兽记》和《还乡记》及中篇《闯关》等。

《淘金记》是沙汀的长篇代表作，发表于1941年。这部小说主要是描写四川西北部一个名叫北斗镇的地方，两派乡绅势力如何为争夺一处金矿开采权而展开激烈的明争暗斗的故事。在这个偏远闭塞的乡镇社会中，对外部世界动乱变化信息最为敏感的，当然是那些中上层的头面人物。作者恰恰是把握住这一点，去折射大时代生活中的某些本质方面的。在广阔的民族抗战背景下，作品集中塑造了几个地主乡绅、村镇恶霸、帮会头目和基层政权当权者的形象。

北斗镇的权要人物之一白酱丹，是联保主任龙哥的代理人，又是作为群众喉舌的所谓公断主任，还兼着"义务禁烟所"的所长，后来又加封了一顶"利国公司"经理的头衔，实际上则是一个毫无操守、唯利是图、流氓无赖的典型。他平时惯于将自己裹在厚厚的伪装之中，是一个道貌岸然的绅士，一贯谈吐体面，哪怕是面对自己的合作者也是如此；而在他的内里，却是诡计多端。他善于随机应变，利用一切来为自己的利益服务。年节玩狮子，正值抗战时期，所以他信口将这个娱乐节目改名为"麒麟张口吞太阳"，贴上了抗日的标签；为能谋取箐箐背的黄金开采权，他游说女地主何寡妇的近乎痴呆的儿子何人种，说尽甜言蜜语，千方百计使之陷在自己的圈套中；他听说何寡妇的侄儿同时也是自己外甥的丘娃子与何寡妇吵了架，便很快找到丘娃子，一会儿义愤地为其不平，一会儿又对自己平时未接济穷外甥表示歉意，一会儿又摆出舅舅的架势要为外甥前途考虑。而这一切都是为利用丘娃子帮自己实现尚未到手的金矿开采权。而事过境迁，最后金矿没有开采成时，他就把丘娃子拒之门外，不再认这个外甥了。这个典型性格是在特定环境下孳生、培育出的流氓恶棍形象。

与白酱丹的伪善相对照，没遮拦地干坏事的流氓首领林幺长子，原当过团总和袍哥首领，现在却成了失势的在野派，他的暴躁凶顽与白酱丹一刚一柔，相辅相成。

何寡妇是作者着力塑造的另一个形象。作为一个在政治、社会地位上逐渐失意，经济上却还富有的地主寡妇，她要支撑自己的家业及在北斗镇的地位，又要应付各种势力的侵夺。这样的环境和处境磨炼了她，使她精明、干练、争强好胜，即便在被人欺负得不得不低头之际，她也要硬撑自己大户人家贵妇人的体面和派头。她恨儿子软弱无能、不争气，同时又溺爱儿子的矛盾心情，真实地表现出一个奋争于残酷的人世而又不乏母爱舐犊之情的地主婆的内心世界。

而捐班出身的大爷彭胖，保守谨慎，吝啬刻薄，具有"奸滑皮糖"的性格。他身在袍界，与镇上头面人物有交情，具有特殊的生活保护伞。在社交上，他与何寡妇比具有男性的优越，又多着奸猾，没有何寡妇那样被人算计的危机感，也算是乡镇地主中的一个类型。

另外，小说对联保主任龙哥虽着墨不多，却也生动可感。这个满口黑话，刚愎残暴、粗野狂傲的家伙是北斗镇最具权势的人物，他身上既反映着哥老会帮派的性质，又体现着国民党流氓的重要政治特征。

《淘金记》表面看去写的只是一个偏僻封闭的小镇上地主阶级内部围绕金矿开采所展开的一场狗咬狗式的利益之争，实则是整个大时代的一个缩影，小说具有浓郁的乡土风情和强烈的戏剧性，其人物刻画得真实生动，是非常成功的。卞之琳曾这样评价："《淘金记》至少是给了我们一片真切的人生。"而用鲁迅先生的"无一贬词而情伪毕露"来评价这部长篇，可以说是恰如其分的。

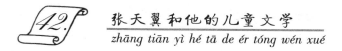

42. 张天翼和他的儿童文学
zhāng tiān yì hé tā de ér tóng wén xué

我国现代文学中较早从事儿童文学创作的张天翼，却彻底打破了这种童话创作的樊篱，把人们带入一个真实的现实世界。

张天翼，湖南湘乡人，1906年生于南京。其父是个诙谐的老人，母亲出身书香门第，能读会写。而其二姐"爱说弯曲的笑话，爱形容人，往往挖到别人心底里去"。这样的生活环境使他自幼就学会以幽默的眼光去看待世界。而当他十七岁在杭州崇文中学读书时，就开始以张无诤为笔名发表小说。

张天翼解放前的儿童文学作品主要有《大林和小林》、《秃秃大王》、

忙碌而无所作为，华威先生度过了"充实"的一天。

《金鸭帝国》等；解放后的儿童文学作品中最重要的则是《宝葫芦的秘密》。

《大林和小林》写于 30 年代，是张天翼的第一篇童话作品。它最初在《北斗》杂志上连载。由于其深受读者欢迎而出单行本并一版再版。作品结合儿童的心理特点，紧密联系阶级斗争的社会实际，以寓言的方式讲述了一个夸张而怪诞的故事。故事的主人公就叫"大林"和"小林"，他们本是出生于一贫苦农民家的孪生兄弟，在他们十岁的时候，父母都去世了；老人临死之前嘱咐他们去独立谋生，并告诉他们，用劳动去谋生是正当的手段。兄弟二人离家后的第一个夜晚是在饥饿和茫然中哭泣着度过的，而当他们在林中醒来后遇到的一个怪物却使兄弟二人各奔东西，走上了不同的生活道路。作者正是通过二人不同的经历，去影射当时的社会现实，揭露尖锐的阶级矛盾的。大林的愿望是渴望当一个富翁——因为他看到了穷困的父母生存的艰难，也听过父亲因无钱而发出的慨叹；小林则希望通过实实在在的劳动去寻求生活的幸福。怪物的出现使二人分开，小林此后便经历了穷人传奇式的悲惨命运——先是被一位叫"皮皮"的狗绅士（这位绅士本就是狗）在睡梦中拾到，被认定是属于狗的私有财产，小林虽据理力争，甚至找到国王讲理，国王却找出法律证明皮皮拾到小林，小林就应是皮皮的财产。此后小林被拍卖到"咕噜公司"为一位"四四格"先生制造金刚石，每天只能睡三个小时，而且将来还有被变成鸡蛋给老板吃掉的危险。于是小林和伙伴们一起反抗，杀死了四四格，但又出现了第二四四格，打死第二四四格，又来了第三四四格……于是小林只好和伙伴们逃走，逃走的人有的被抓，有的被怪物吃掉，只有小林和乔乔逃到了一个叫"中麦伯伯"的铁路工人那里才安定下来，而好心的中麦伯伯不但收留了他们，还教小林开火车。

　　大林在和兄弟走散之后，一直做着当富翁的梦，巧的是刚好碰上了法官包包，这位狐狸一心想当上国王的大臣来扩大自己的权势，而对国王有影响力、能帮自己完成大臣梦的，只有最大的富翁"叭哈"，据说这位富翁连美国的石油大王都向他借过钱。而包包遇到大林便觉机会已来——因为叭哈没有儿子，而大林又想当富翁。于是包包和大林订下协议，由包包假冒天使去向叭哈预言天将赐给他儿子，而大林成为叭哈之子后帮助包包成为大臣。这一切都顺利进行，大林当了叭哈的儿子后整日好吃懒做，很快也成了一个和叭哈一样的大胖子，包包也当上了大臣。大林改名"唧唧"，并与"蔷薇公主"订了婚。而后来叭哈被反抗者杀掉了，唧唧（大林）顺理成章地继承了一切，并准备按叭哈的遗嘱坐火车到海滨成婚。在火车站，铁路工人与唧唧等发生矛盾，因为海滨正闹饥荒，而蔷薇公主却不肯让火车拉上救灾的四车粮食而后运她的化妆品，于是以小林为首的铁路工人拒绝为他们开火车。没有办法，只好让怪物推车，结果火车越过山头之后失控，一头栽到海里，国王淹死，唧唧则被鲸鱼吞下，却又由于他太胖而使鲸鱼反胃，将他吐到一个叫"古槐国"的海岛上，在这里唧唧（大林）的钱无用武之地，因为这里的蚂蚁和蜜蜂都是靠自己的勤劳而生存。因而唧唧大为不快，央求古槐国的居民将自己送到一个叫"富翁岛"的地方。在这里充斥的是金银珠宝，却无可吃之物，唧唧在这里看到了一些饿死的人和三个尚未死的富翁，而最后这三个富翁也都死去了。唧唧的下场也就可想而知。

　　小林和一些工人一度被国王抓起，因为他不肯开车才造成火车入海的事故，但铁路工人及全国其他行业的工人包括农民都起来反抗，要求释放小林，小林终获自由，并和乔乔一起到图书馆里去读书……国王、官吏、富翁们想到穷人的反抗便胆颤心惊，但他们却抱定"当一天老板就得赚一天钱"的想法继续活着。

显然，这个童话故事是对现实中阶级矛盾和阶级斗争的揭示，明确地表达着作者的倾向，虽然其中也运用了童话中常用的"狗、狼、狐"等动物形象、怪物的形象，并极力地运用了夸张和怪诞的手法，但明眼人不难看出，这是非常明显的影射。

当然，大林和小林由于生活理想的不同而造成的对生活道路选择的不同，对儿童有着极为深切而又实际的教育意义，这是不容置疑的。但若与外国的安徒生童话或格林童话比起来，它的更注重其现实性而排斥虚幻的审美性则是明显的。

《秃秃大王》中勾勒了一个丑陋而又愚蠢残暴的统治者，在人们奋起反抗中灭亡的故事，揭示了受压迫者只有团结起来，奋起反抗，才会找到自己的生存之路，而求神、拜菩萨都是毫无用途的。《金鸭帝国》则流露了反抗帝国主义的主题。这样，张天翼的童话便明显有一种"反童话"的色彩，其强烈的现实性与众不同。

解放后写的《宝葫芦的秘密》则偏重于对青少年劳动品德的教育了，其主旨是让青少年明白，不劳而获的思想是要不得的，它只能带来失败和不幸。

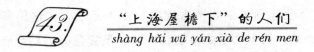

43. "上海屋檐下"的人们
shàng hǎi wū yán xià de rén men

《上海屋檐下》是著名戏剧作家夏衍的代表作，写的是 30 年代上海小市民艰难困苦的生活。1937 年，上海业余实验剧团的陈鲤庭和赵慧深找到夏衍，要求他为剧团写一部"比较能够反映现实生活"的剧本。夏衍用了两个月左右的时间，完成了这部话剧《上海屋檐下》。

这是一部同场景的三幕话剧，地点是一个居住着五户人家的弄堂。这五户人家分别是：在纱厂做职员的林志成一家；失了业的黄家楣一家；当教员的赵振宇家；还有两个独居的男女，女人是丈夫长期不归的施小宝，男人是痛失爱子的李陵碑。作者将这五户非常具有代表性的人家安排在一起，集中刻画了他们的性格和他们困苦的生活。夏衍有意将故事安排在一个梅雨天进行："剧中我写了黄梅天气，这暗示着雷雨就要到来了，天气影射当时的政治空气。黄梅天使人不能喘气。"（《谈"上海屋檐下"的创作》）时值西安事件之后，国内的政治局势动荡不安。作者在剧中写天

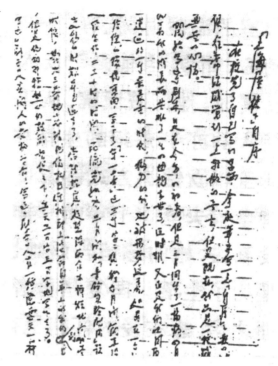

夏衍《上海屋檐下》手稿

气变化不定，刚刚晴天却又下起雨，来暗示当时社会局势的变幻莫测。就是在这种时局下，上海的小市民苟延残喘，过着朝不保夕的痛苦生活。

在纱厂做职员的林志成，在厂内受尽了资本家的欺负。作者通过他的话，向我们展示了资本家的贪婪和对工人的残酷剥削：

> 哼！生意好坏，我们反正是一样。生意清，天天愁关厂，愁裁人；好容易生意好起来，又是这么一天三班，全夜工，不管人死活，反正有的是做不死的牛！

开始林志成忍气吞声地做牛做马，但当工人闹罢工，工头让他找流氓殴打工人时，他终于挺起了腰杆，坚决不做资本家的走狗，体现了这位小人物的正直。当初他受朋友匡复的嘱托照顾他的妻子、女儿，她们为了生活的需要与他生活在一起。而当八年之后匡复来寻她们时，他竟主动退

让，欲一人出走，这足以体现他的善良、高尚，令人感动。

匡复是一个在党的领导下的知识分子，八年前被反动派逮捕入狱。作者在剧中并没有把他写成一个模式化的英雄，而是着重写了他在情感上的纠缠。"有人说，为什么匡复的感情这么阴暗？我说，他是一个出身小资产阶级的知识分子，在狱中受尽了折磨。刚出狱，又碰上这么一件事，他不能不彷徨，不痛苦。"（《谈"上海屋檐下"的创作》）匡复与妻子有着深厚的感情，当发现她已与林志成同居时，他虽然痛苦，但他理解她，并且为了她和林志成的幸福而毅然离开她。这正是彩玉最痛苦的矛盾，她和匡复是志同道合的患难夫妻，和林志成的关系是在特殊情况下"陷入"的，当然她爱匡甚于爱林。到第三幕，林志成要走，可是又不知走向哪里好，林比不上匡复，缺乏一种伟大的理想，他在这种情形下出走，前途确是值得忧虑的。况且，一起生活了多年，彩玉对他不能没有一点感情。结局是，匡复告别了妻子儿子，悄然离去。这样的安排还是比较合理的，因为匡复是一个胸怀坦荡、品格高尚的人，"而匡和林是不同的，他有理想，他受到了这一代的鼓舞，他也不忍心让林这样走：第一，是因为他要继续奋斗；第二，要照顾彩玉和葆珍，他也觉得不能保证比现在的林志成更好一些"（《谈"上海屋檐下"的创作》）。

作品中描写的赵振宇是一位豁达开朗的教员，他的性格与他的妻子形成鲜明对比，他为人耿直，而且对未来充满希望；在艰难困苦的日子里始终保持乐观的精神。他爱跟孩子们在一起，给他们讲故事，一起唱儿歌，是一个坚强的知识分子形象。而黄家楣一家的故事却叫人心酸：黄家楣的父亲拼凑了血汗钱供儿子上大学，待他来到城里见儿子时，却大失所望，儿子失业在家，孙子太小，家中贫穷得已度日如年，只靠变卖物品度日。黄家楣是一个懦弱的知识分子的典型，他不抗争，只能有更悲惨的结局等待他。

此外，受尽摧残、被黑暗的社会所残害的人物还有施小宝和李陵碑。施小宝虽然靠卖笑糊口，但本质还是善良的。她身陷魔掌，被流氓无赖所逼迫，又不被邻居所理解，是一个值得同情的女人。李陵碑的故事更催人泪下，他的儿子被征兵，死在战场上，他变得痴狂了，相信他的儿子当了司令，并且天天哼唱着"盼娇儿，不由人，珠泪双流……"

这几户小人物的悲剧正是当时上海千千万万小市民的缩影，它控诉了当时国民党政府对人民的压迫造成的民不聊生的罪恶。剧中穿插了许多揭露百姓悲惨命运的细节，如报纸上报道的老兵退役后养不起家小，吞毒自杀，变卖尸首的事件。但是，作者并非消极地强调故事的悲剧性，而在剧中，时时透露着对未来的希望，这希望就在下一代身上。葆珍、阿牛是作者安排在剧中的一线光明，他们在最后唱的《勇敢的小娃娃》，正是对世人的鼓舞："我不怕，我不怕！钉子越碰越胆大！好！我们都是勇敢的小娃娃，大家联合起来救国家！救国家！"这部作品似乎预示着革命风暴即将到来。

果然，在剧本被拿到实验剧团，准备于 8 月 15 日由赵丹、陶金等名演员登台演出时，8 月 13 日，"全面抗战"的炮声终于在上海打响了。正如作者所预示的，人民是善良又坚强的，他们必然要推翻那个黑暗的社会，成为新社会的主人。

"文摊文学家"：赵树理

wén tān wén xué jiā：zhào shù lǐ

新文学时期的 20 世纪 40 年代，一个人大张旗鼓地提出了一个具有变革文学使命意义的新主张：文学要为农民服务，为下层阶级服务。要把束之高阁"经世致用"的文学搬到民间寻常百姓的地摊上，设一个"文摊"，像农村集市上出售的日用杂品刀锤斧镰一样，可看可摸，喜闻乐见，真正为农民服务。他提出了这一悖于传统文学的主张，并且身体力行地实现着这一主张，他用自己的创作显示着新文学的实绩。他是自毛泽东提出"文艺要为工农兵服务"文艺方针后，取得巨大成就，具有深刻影响的作家，这个人就是赵树理。

赵树理（1906—1970 年），山西沁水县尉迟村人，乳名得意，学名赵树礼，赵树理是他走上文学道路之后起的名字。赵树理祖上虽出了个武举人，置有一砖瓦楼房和少量土地的产业，但到赵树理爷爷辈上，已家道败落沦为贫农了。爷爷赵东丰，年轻时曾在异乡经商，后半路出家回乡务农，他闲时能背背《四书》，看个阴阳八卦，算是农村文化人。父亲赵和清，精于农事，又是半个医生，吹拉弹唱样样精通，这些都对后来的赵树理影响极大。赵氏两代单传，到了赵树理父亲这辈，接续香火就成了头等大事，无奈赵树理前边是"弄瓦"之女，赵家上下忧心忡忡，情急之中婆婆索性认为媳妇是个"开瓦窑的"，只会生女，不会生男，以至于媳妇足月临盆，连块包裹孩子的新布也没备下，孩子呱呱落地，出乎意料竟是个男的，全家上下大喜过望，得意之时，就给孩子赐名为"得意"，这个孩子就是赵树理。

赵树理蹒跚学步，咿呀学语，虽没一般男孩踢飞跷脚的顽皮劲，但却伶俐乖巧，五岁发蒙，接着就能背《百家姓》、《三字经》、《神童诗》，还跟爷爷学会了打卦算命，博闻强记的赵树理简直是爷爷的掌上明珠，人前人后，如数家珍，成了赵家的"神童"。

赵树理的童年、少年是在贫穷、高利贷的压迫下度过的。家庭的磨难使他从小就从个人情感和经历中体察了农民的艰辛，培养了他对农民的具有阶级意识的深厚感情。

由于家庭环境与个人兴趣的影响，赵树理在时断时续接受学校教育的同时，自觉接受了农村文化对自己的熏陶，他爱看戏，也爱演戏，只要有戏，十里八村再远也去。他常粉墨登场，觉得是种自我享受。民歌、快板、小曲，尤其上党梆子他都喜欢，他愿和农人闲聊、调侃，农民那些直率朴实，风趣幽默的语言，成了赵树理文学创作的"最初语言学校"。

1925 年，十九岁的赵树理别妻离子到了山西第四师范学校，在那里他初步接触了中国古典文学以及五四新文学作品，知识与思想为他敞开了一扇别样窗户，萌发了他对中国农民命运的思考。他特别爱看《阿 Q 正传》，认为它真实地描绘了中国受苦受难的农民。他开始学习写作，想通过文艺作品把反封建、反迷信的民主科学思想介绍给他所熟悉的农民，他开始接触革命书籍，了解共产党并加入共产党，1930年他改"树礼"为"树理"，意为不再树孔孟之封建之礼，而要树立共产主义真理。

随着思想、知识储蓄量的增加，赵树理开始了关于文学创作服务对象的严肃思考：为什么像鲁迅《阿Q正传》这样伟大的作品农民却不愿意看？是因为作品的语言表现形式不易被农民接受，文学作品的创造者和被表现的人物隔着一层，所以只能在知识分子中交流。五四以来新文学用的白话，"即使读得出来，也听不出来"。文学作品要为农民所接受，就要从内容到形式适应农民的欣赏习惯。"从唱本说书里是可以产生托尔斯泰、弗罗培尔的"（鲁迅），为此，赵树理要倡导"文摊文学"，要做一个"文摊文学家"。

从建国前直至他逝世，赵树理创作了大量反映农村生活，表现农民思想感情变化的文艺作品，其代表性的作品有，解放前：《小二黑结婚》（短篇）、《李家庄的变迁》（长篇）、《李有才板话》（中篇）；解放后：《登记》、《锻炼锻炼》、《套不住的手》、《实干家潘永福》（均为短篇）、《三里湾》（长篇）。还有戏曲如上党梆子《十里店》、鼓词《石不烂赶车》、小调《王家坡》等。他还从事民间文艺的普及和出版工作，主编《说说唱唱》、《曲艺》，其中《说说唱唱》在当时全国发行量第一。

小说是赵树理写得最多、取得成就最大的一种创作形式。他长期深入农村基层，体验农民生活，关注农民关心的问题，他的小说都是深刻的思想内容与农民化的通俗形式的结合体，作品表现出深层的文化内涵，显示出赵树理观察的敏锐和思考的深邃。

知道赵树理的，没有不知道他的《小二黑结婚》的，《小二黑结婚》是他的代表作，也是他的成名作。

《小二黑结婚》的创作取材于真人真事，是在农村实际生活材料基础上写出来的。

《小二黑结婚》的故事发生在一个叫刘家峧的地方，前庄有个叫刘修德的，动手抬脚都要论阴阳八爻，看个黄道吉日，人送外号二诸葛；后庄有个三仙姑，成天涂脂抹粉，装神弄鬼，因有次跳神时心思旁用，偷着告诉女儿"米烂了",人送外号又叫"米烂了"。三仙姑年轻时是个俊俏美人，可却嫁给了老实木讷，只知干活的于福，心中不如意就失落，村里的年轻人便乘机补上这个缺，于是她装神弄鬼当上了烧香结案的神婆子。如今她徐娘半老可"生意"却很红火，原因出自她有个女儿。女儿名叫小芹，年方十八正当年华，美貌伶俐，却只钟爱一人，他的名字叫小二黑。小二黑与小芹本是天生的一对，可二黑他爹二诸葛却不同意，理由是龙生龙，凤生凤，三仙姑养不出好女儿，再一掐算二人命相也不和，就更不同意了。再说二黑与小芹相好，遭到村中恶霸干部金旺的嫉恨，他把二黑当成眼中钉肉中刺总想伺机报复。他开二黑的斗争会，想让二黑认错，断绝与小芹的往来。三仙姑却另有盘算：二黑与小芹好，自己就会失去一大批崇拜者，"门前冷落马蹄稀"的滋味会使她寂寞，于是她心急火燎地为小芹找了个当续弦的人家，财礼都送过来了，小芹就是不同意，她偷偷跑出来去找二黑商量对策，结果却被前来捉奸的金旺将二人捆到了区里。消息传到二诸葛耳朵里，他心惊肉跳，急忙跑到区里请求政府"恩典恩典"，被区长教育了一通。区上又让人叫来了三仙姑，对他们讲解了婚姻条令，二人有了转变，同意了儿女婚事。这时区长派人押来金旺，指控他的罪状并押到县里。众人拍手称快。二黑与小芹好事多磨，最终喜结良缘，小二黑终于结婚了。

《小二黑结婚》是一篇深受大家欢迎的小说，小二黑结婚的故事流传广泛，家喻户晓，小说由此而产生的轰动效应和广泛的社会影响，是现代文学史上不多见的。直到如今它对中国农村的改革和建设，对中国农民的思想解放以及肃清封建迷信的影响，还在发挥着极大的作用。《李有才板话》是继《小二黑结婚》之后赵树理发表的又一篇力作。是赵树理深入生活调查研究的产物。

1943年10月，中篇小说《李有才板话》出版了。这一年是赵树理创作大丰收的一年，也是他确立人民作家地位的一年。

故事发生在山西一个名叫阎家山的村庄。阎家山是个贫富泾渭分明的村子。村西是富人区，村中是中农区，村东是贫民区，地域明确，等级严格。住在村东的有个农民叫李有才，无妻无子，单身一人，为人正派，爱说爱笑，村中的"小字辈"（贫农称谓）都愿到这里来。李有才有个爱好——说快板，村里身边的大事小情他都把它们编成顺口溜，住在村东的人都服他。抗战时期，阎家山虽然建立了村政府，可领导权还被地主阎恒元把持着，他利用合法地位勾结爪牙，蒙蔽群众，拉拢干部，暗中抵制和破坏党的农村工作的开展。阎恒元的所作所为李有才看在眼里，记在心中，把它编成快板让人传扬出去，叫群众看清阎恒元的嘴脸。阎恒元恼羞成怒，依仗自己的势力把李有才撵出了村。这时县农会主席杨同志来村检查工作，通过了解情况，找回了李有才，李有才和他的"小字辈"们在斗争中提高了认识，懂得了斗争策略，他们利用快板作为特殊武器，宣传组织群众，鼓舞大家士气，最后在老杨的带领下斗倒了阎恒元，重新改选了村长，取得了斗争的胜利，农民喜笑颜开，李有才又说起了快板，不过这次说的是村东头农民的胜利。

小说在艺术上也独具特色。其最大的特点是"表现农村生活现实斗争"与民间文艺形式的有机巧妙结合。快板既是情节的有机组成部分，同时又是塑造主人公李有才的重要手段。另外，在结构上讲究故事性，语言上讲究乡土化，风格上讲究农民化。简洁明快，幽默风趣，适应农民的欣赏要求，具有赵树理一贯坚持的"中国作风"、"中国气派"。

为了适应农民欣赏作品的传统文化心理和文化层次的要求，赵树理在小说的表现形式上作出了巨大努力：他的小说内容上说的都是农村的实在事，实在人：春种秋收，婚丧嫁娶，家长里短，柴米油盐，邻里街坊，情节是虚构的，可情感是真实的，老百姓愿看愿听，与生活没距离。为了让农民喜闻乐见，他的作品还特别注意小说中说故事的成分，这些故事有头有尾，常有老百姓喜爱的大团圆结局。

赵树理是一个有职业道德与责任感的作家。他不为一时时势左右，坚持在作品中说真话，讲实事。在林彪、"四人帮"文化专制时期，赵树理创作的不合时宜使他成了众矢之的，他被打成"修正主义路线的黑标兵"，他的作品也成了"反党反社会主义的毒草"，他于1970年9月在太原含冤逝世。

赵树理一生都在追求和实现着自己"文摊文学家"的创作主张,"中国作家中真正熟悉农民、熟悉农村的没有一个能超过赵树理的"。他的作品已被译成了多种文字介绍到了世界各地。

45. 抗战传奇:不屈的草根英雄

kàng zhàn chuán qí:bù qū de cǎo gēn yīng xióng

在抗日战争中涌现了无数可歌可泣的英雄故事和英雄的人物。与此相呼应,出现了许多以抗战为背景的优秀文学作品。《吕梁英雄传》和《新儿女英雄传》就是其中最优秀的两部长篇小说。

《吕梁英雄传》的作者是马烽和西戎,《新儿女英雄传》的作者是孔厥、袁静。前者的故事发生在晋绥边区的吕梁山,《新儿女英雄传》的故事发生在河北保定的白洋淀边。

两部书各有成书经过。《吕梁英雄传》一书缘于1945年春晋绥边区开的第四届群英大会。当时《晋绥大众报》要介绍民兵英雄对敌斗争的事迹。报纸的篇幅有限,介绍不了几百名民兵英雄的事迹,编委会就决定由马烽和西戎挑选一些比较典型的材料,编成连载的故事。马烽和西戎接受了任务,在多方面搜集材料后,这部具有连续一贯情节、英雄谱式的长篇就写成了。发表后,人们争相阅读,看报纸成了边区人生活中的主要节目。1946年,马烽、西戎把小说前三十七回修改之后,成册由吕梁文化教育出版社出版,之后延安《解放日报》转载摘录。周恩来等同志率中央代表团赴重庆与国民党和谈时,将该书带到重庆《新华日报》连载。《吕梁英雄传》成了由根据地传到国统区的第一部长篇小说。1949年马烽、西戎又对全书作了修改,编成八十回,这就是我们看到的全书。

《新儿女英雄传》的成书缘于生活真实。1948年春,袁静、孔厥到白洋淀边的新安县深入生活。一次袁静偶然与她的好朋友、妇联主任马淑芳同志聊起她参加革命的经过,马淑芳的不幸遭遇与曲折的奋斗历程,引起了袁静的极大兴趣和同情。袁静早就想写一部反映冀中人民特别是妇女抗战内容的小说，马淑芳就是一个非常典型的人物。袁静把这一想法同孔厥一说，两人不谋而合，他们通力合作，只用几个月时间，一部长篇写成了。

《吕梁英雄传》的故事发生在抗战时期的吕梁山区。1942 年吕梁山下的康家寨遭到了日寇的血洗清杀，在日伪、鬼子的操纵引诱下，康家寨村的地主、无赖组织了维持会，他们帮助日本人，充当汉奸走狗，为虎作伥，康家寨的百姓陷入了双重苦难之中。这时共产党员武得民来到了康家寨，在抗日民主政府和武工队长武得民的具体领导下，组织民兵，既劳动生产，又练兵参战。由于经验不足，民兵队伍一度遭到敌伪特务的预谋破坏，民兵们深入调查，挖出了潜藏在树林里的恶霸、特务，镇压了汉奸。民兵们在武得民、雷石柱等人的指挥下，大摆地雷战，炸敌人汽车队，乔装打扮，装日军抓伪军，深入敌穴捕日寇，发动群众，全民皆兵，粉碎了敌人的"蚕食政策"、"怀柔政策"、"三光政策"，孤立瓦解消灭了敌人，打下了汉家山据点，挤得敌人统治区日益缩小，胜利地保卫了晋绥解放区。

《新儿女英雄传》的故事发生在 1937 年"七·七"事变后，河北白洋淀边有个叫申家庄的村子，共产党员黑老蔡回到故乡申家庄组织农民抗日自卫队。牛大水是个年轻农民，在黑老蔡的帮助下加入共产党。牛大水和杨小梅从小就是两小无猜的朋友，长大了青梅竹马，是天生的一对。小梅娘嫌牛大水穷，把小梅许给了河庄富农子弟张金龙，小梅在张家受虐待，逃出张家后，黑老蔡把小梅和大水一块送到县里学习，二人积极要求上进，不久小梅也入了党。

1938 年，申家庄一带各村都成立了游击小组，牛大水担任了中心游击队的中队长，后来又成为区武装队长，杨小梅担任了区妇救会主任。在小梅、黑老蔡的教育下，张金龙也参加了抗日自卫队，但他仍恶习不改，吃喝嫖赌，打骂村干部，虐待杨小梅，最后投靠了日本鬼子，杨小梅只得与张金龙离了婚。

1942年，冀中"五一大扫荡"，牛大水不幸落入敌手，后用交换人质的方法，用汉奸何世雄的儿子换回了牛大水。死里逃生的牛大水，恢复健康后，和小梅深入虎穴，配合队伍全歼了岗楼敌人。牛大水与杨小梅的爱情经过生与死的考验，瓜熟蒂落，他们结婚了。

抗战胜利了，可龟缩在县城的敌人还负隅顽抗。杨小梅被敌人所俘，牛大水也负了伤。县城打下来了，杨小梅获救后，立即到医院看望牛大水，夫妻二人喜得团圆。

两部小说具体描写的时间不同，地域不同，作品中主人公的个性也不尽相同，但有一点是相同的，那就是通过作品中的具体情节和人物刻画，反映了中国共产党在抗日战争中的领导作用，描写了农民在民族解放战争中的迅速成长，表现了他们为国家、民族利益而勇于牺牲的大无畏英雄主义精神，因此我们给它们起了一个共同的名字，叫英雄传奇或抗战传奇。

《新儿女英雄传》的主要人物有牛大水、杨小梅、黑老蔡。

牛大水是个淳朴、憨厚、勤劳、本分的青年农民。脸朝黄土背朝天，像父辈一样土里刨食过日子。抗战爆发后，在不当亡国奴、爱国爱家思想的驱使下，他自觉接受了黑老蔡的影响和教育，提高了觉悟，参加了抗日自卫队，在自卫队接受了党的思想启迪和教育，逐步克服了小农经济的狭隘意识，入了党，在党组织的培养下成长为革命战士。成了革命战士的牛大水在对敌斗争中坚贞不屈，机智勇敢，他被敌人抓去后，面对敌人的严刑拷打，义正辞严："我就是八路军，活着，就跟你们干，死了，也是光荣的。"他深入虎穴，瓦解敌军，救出了被抓的各乡村长，在围剿日本侵略者和汉奸的战斗中，他又冲锋在前，表现出了抗日英雄的胆识和气魄。

英雄也有儿女情长，作品在表现牛大水英雄行为和高尚品质的同时，也写了他的感情世界。

杨小梅是个美丽纯洁的农村姑娘，虽然很早就在心中爱上了牛大水，但封建包办婚姻，使她嫁给了道德品质恶劣的张金龙，小梅没过一天好日子。牛大水同情杨小梅的处境，总是给她帮助、支持和鼓励，在党的培养、牛大水的关怀鼓励下，杨小梅成了一位机智果敢、不怕牺牲的女共产党员。最后二人在为民族利益，为抗战而进行的斗争中，获得了自己美满的婚姻。

《吕梁英雄传》中的主人公是武得民、雷石柱等人。

武得民是康家寨抗日战争的组织者和领导者，和《新儿女英雄传》中的黑老蔡一样，是康家寨人的主心骨，他救家乡于危难之中，战斗中冲锋在前，表现了一个共产党员气节与献身精神，武得民这一人物形象就是抗战中成千上万农村基层干部的典型形象。

雷石柱是作为在党的教育影响下，在对敌斗争中成长起来的农民干部形象来刻画的。他二十三岁就成了党的小组长，康家寨的自卫队长。他和武得民一起领导民兵，巧用计谋，智取敌人，斗争中虽然也有挫折和失败，但他总是不断吸取经验教训，在对敌斗争中争取主动，挖出了罪大恶极的汉奸，提高了队伍的战斗力，在战争中学会战争，在战争中成为民兵的优秀指挥员，一个英勇善战的民兵英雄。

和《新儿女英雄传》不同，《吕梁英雄传》更注意刻画英雄的群像，像孟二愣、康明理、张有义、李有红等等。每个人都个性鲜明，给读者留下了深刻的印象。

两部作品在艺术上也有许多共同之处。比如都采用了中国传统的章回体的写作方法，注重说故事，像《吕梁英雄传》，每一章就是一个故事，以人物串接故事。《新儿女英雄传》在古代有影响的侠义小说《儿女英雄传》前冠以一个"新"字，告诉读者小说的内容是歌颂抗日英雄的，同时也表明虽用古典章回体，但并不受旧体裁的限制。

两部作品都在注意说故事的同时，注重在故事情节中刻画人物。再有这两部作品都具有浓郁的地方特色，一个写的是吕梁山区，一个写的是冀中，都用的是当地方言、俗语来刻画人物，渲染环境气氛，具有大众通俗化的特点。

46. 王贵与李香香的爱情
wáng guì yǔ lǐ xiāng xiāng de ài qíng

《王贵与李香香》是解放区最优秀的叙事长诗之一，它的作者是李季。

李季原名叫李振鹏，1945 年发表小说《老阴阳怒打"虫郎爷"》时，用了李季这一笔名，以后就沿用了这一称谓。李季 1922 年生于河南省唐河县祁仪镇附近的一户中农家庭，全家都下田劳动，李季因此从小就培养了一种农民式的个性，朴素无华。李季小时有两大爱好，一是看戏，二是看旧小说。看戏入了迷就自己攒钱买唱本，模仿唱腔哼唱，看书入了迷就学讲评书，学得有模有样。

图为陕甘宁边区新华书店出版的《王贵与李香香》封面

李季虽然爱读书，但他从小就不是书虫，上小学时就关心国家大事，后来因为抗战爆发辍了学回乡教书，出墙报，办板报，演话剧，自己又是剧务又是演员。1938 年，经人介绍，李季没有听从父亲的劝阻，只身一人到了陕北，那一年李季才十六岁。

在陕北他进了抗日军政大学，而后去连队当政治指导员，1942 年调到鲁迅艺术学校。不管是在部队还是鲁艺，李季都努力学习写作。1943 年 1 月他的一篇通讯《在破晓前的黑夜里》在《解放日报》上发表，这是李季公开发表的第一篇作品。1942 年《讲话》发表后，李季深入生活来到三边地区，1945年冬，终于发表了叙事长诗《王贵与李香香》。

这首长诗取自一个生活中的真实故事：

故事发生在三边一个叫死羊湾的村子。1929年闹大旱，接着又闹春荒，不少穷人都饿死了，地主崔三爷的粮食都发了霉，他还打发人去勒索地租，贫农王麻子因交不起地租被活活打死了，父债子还，王贵被拉到崔二爷家做了长工。王贵从十三岁到十七岁一干就干了四年，他吃不饱穿不暖，过着非人生活，心中只有一个念头，要报杀父之仇。

周大钊所作的《王贵与李香香》插图。短暂的分开，甜蜜的会面。

死羊湾有个农民叫李德瑞，他有个长得像花一样的女儿叫香香，父女二人相依为命，李老汉看王贵孤苦伶仃，就像儿子一样照顾他。王贵找到了温暖，感激老汉，同时爱上了香香，香香也爱上了他，二人以歌对答，互表爱心。

香香的美貌，引起了崔二爷的歹心，他引诱不成，就拿香香的情人王贵开刀。这时陕北起了共产党，打土豪分田地，穷人都拥护。王贵偷偷参加了赤卫军，农民恨死了崔二爷，游击队决定打下死羊湾。

崔二爷吓坏了，他招兵买马，准备垂死挣扎，当他得知王贵暗地加入赤卫军的消息后，便抢先下了毒手，他把王贵吊在房梁上，打得死去活来，王贵当着全村人的面怒诉崔二爷，香香见了，偷偷给游击队送信。队伍打下了死羊湾，穷苦人参军参战，崔二爷逃跑了，游击队救下了王贵的命。

革命带来了好光景，穷人分田分地，王贵与香香自由结了婚。新婚之夜，二人感慨万千，是革命救了他们，没有革命他们结不了婚。新婚三天，王贵就报名参加了游击队。

游击队到敌后去了，崔二爷就趁机回来了，他反攻倒算，同时胁迫香香，香香严词痛斥，但崔二爷贼心不改。香香的父亲被崔二爷害死了，香香孤零零一个人。崔二爷天天威逼，香香决定以死来保住自己的贞洁。正在这时，游击队打回了死羊湾，崔二爷当场被活捉。香香和王贵又见了面，一对小夫妻从心底里说："咱们闹革命，革命也是为了咱。"

长诗情节曲折，一波三折，塑造了两个穷苦农村青年王贵与李香香的形象。

王贵是穷苦农民的儿子，父亲因为交不起租被打死了，王贵被拉到崔二爷家抵债。生活备受熬煎，但更让人受熬煎的是杀父之仇。这个刚强、倔强的少年，从小就对崔二爷带有阶级的仇恨，他要报仇。

自从有了香香，他苦难的生活见了阳光。他爱香香，"玉米开花半中腰，王贵早把香香看中了"，香香也早看上了这个朴实、厚道、像汉子的农家哥哥："马里头挑马四银蹄，人里头挑人就数哥哥你。"

王贵是个有阶级觉悟的青年。他暗中参加了赤卫军，成了一个战士。形式上是战士，不等于思想上就是真正的战士，长诗细致地描写了王贵在阶级斗争的风浪中成长的过程。

他经受的考验有两次。一是参加赤卫军后，崔二爷为了阻止他参加革命，也为了破坏王贵与香香的爱情，当众毒打他。王贵宁死不屈，慷慨陈词："老狗你不要耍威风，大风要吹灭你这盏破油灯。我一个人死了不要紧，千万个勇汉子后面跟。"坚强勇敢，向崔二爷宣战。再一次考验是新婚之后，王贵与李香香结婚来之不易，王贵与香香的感情更是无可比拟，可王贵结婚才三天就参了军，这说明王贵已不是一个狭隘的农民而是战士。革命不单为了娶上如意的媳妇，是为了解放所有受苦人。王贵说："一杆红旗要大家扛，红旗倒了大家都遭殃。"话说得朴实，但道理却极为深刻。

李香香的形象和个性主要在作品的后半部分表现出来的。

香香是贫苦农民的女儿，没妈，与父亲相依为命。她善良、美丽，富有阶级同情心，在交往中与王贵恋爱了。她对王贵一往情深，纯洁得没有一丝污染。崔二爷来引诱，用小恩小惠让香香上钩，她一点都不动容。王贵被抓惨遭毒打，刺痛了她的心，她跑到队伍上送信，救了王贵，也救了全村穷人的命。

香香和王贵结婚了，你依恋我，我依恋你，可识大体、顾大局的香香，结婚才三天就同意丈夫参了军。一方是支持丈夫上前线，一方又献出新婚妻子的柔情："捏一个泥人叫哥哥，再等几天你来看我。"

王贵走了，崔二爷回来了，他威逼香香，用各种方法想让香香就范，可年龄不大的香香却表现出一往无前的反抗精神，宁为玉碎，不为瓦全。坚信革命就会胜利，崔二爷一定会被打倒。

革命队伍来了，救了香香，王贵与香香花好月圆，他们从心底里感谢革命，感谢游击队。

这首长诗不像以往的爱情诗，它把革命武装斗争同农村现实的青年爱情结合起来，通过人物反映了 20 世纪 30 年代初中国革命和斗争，通过长诗说明了一个真理——旧社会穷人要翻身解放，只有走革命道路，只有跟随共产党。

这首诗艺术上也独具特色。长诗分三部分，采用陕北民歌"信天游"的形式，二句为一段，有比有兴，比和兴用的都是农民通俗的语言和农村中常见的事物，像"马里头挑马四银蹄，人里头挑人就数哥哥你"，这样的比兴全诗随处可见。诗具有音乐美，具有陕北民歌浓郁的乡土气息。长诗还发展了"信天游"形式。"信天游"原先是固定的七字，到了诗中七、八、九、十三四字的都有。

《王贵与李香香》发表后，被誉为"人民诗篇的一座里程碑"，从这我们可以看出这首诗在中国新诗发展中的地位和影响。

黑土地上的暴风骤雨
hēi tǔ dì shàng de bào fēng zhòu yǔ

《暴风骤雨》是反映土地改革运动最优秀的长篇小说之一，1951 年曾荣获斯大林文学奖金三等奖，它的作者是周立波。

周立波的《暴风骤雨》把东北的土改运动描绘得轰轰烈烈，十分耐看。

周立波（1908—1979 年），湖南省益阳县人，1929 年开始发表作品，1934 年参加左联，1939 年周立波到延安，1941 年开始发表小说，显露了他小说创作上的才能。

《暴风骤雨》的写作源于周立波到东北解放区参加土改的实际工作。

《暴风骤雨》是以抗战胜利后东北解放区开展的土地改革运动为背景的长篇小说。农村土地改革，是改变几千年来封建土地所有制，从根本上改变我国农村政治经济面貌的一场翻天覆地的政治运动，是在中国农村掀起的前所未有的，改变农民命运的暴风骤雨。小说《暴风骤雨》

就是对这场具有伟大历史意义的土地改革运动的真实记录。

《暴风骤雨》全书共分为上下两部。第一部写 1946 年中共中央发布"五四指示"之后，终于 1947 年 9 月，主要写土改初期工作队发动农民，反奸除恶的斗争故事。小说开篇就写了以萧祥为队长的土改工作队一行人乘坐老孙头赶的大车，驰向工作组的工作之地元茂屯。土改工作队的到来，在死水般的元茂屯激起了巨大波澜，以恶霸地主韩风歧，外号韩老六为代表的封建恶势力，四处打探消息，一边拉拢工作队员，一边用造谣、欺骗的手段威胁农民，抵制和阻止农民同工作队员接近，瓦解分化农村干部。群众在韩老六的恫吓面前瞻前顾后，顾虑重重，工作组的土改工作一时处于僵滞状态。以萧祥为代表的工作队不焦不躁，发动群众，采用诉苦会、唠嗑会、和农民交朋友的方式发动群众，农民们提高了觉悟，与韩老六有着深仇大恨的农民终于挺直了腰板，召开了第四次斗争大会，除掉了狠心毒辣、草菅人命的韩老六。农民们翻了身，平分了土地。韩老六的兄弟韩老七要为哥哥报仇，带着胡子队袭击了元茂屯，战斗中元茂屯的农会主席赵玉林英勇牺牲。

小说的第二部描写的是土地改革运动的深入发展。1947 年 10 月，《中国土地法大纲》颁布，萧祥带着土地法大纲，再次率领工作队进驻元茂屯。为了使党的土地改革政策在元茂屯得到连续贯彻，彻底摧毁元茂屯的封建土地制度，保证农民"耕者有其田"，土地真正还家，萧祥领导的工作组开始整顿村政权。

由于第一次土改斗争胜利的果实没有得到巩固，工作队离开以后，破落地主张富英等坏人，打击农会主席郭全海，篡夺了农会领导权，他们滥开斗争会，包庇地主、坏人，闹得全村鸡犬不宁。萧祥的工作组再次发动群众，清理村政权，整顿农会，郭全海重新成为农会的主要负责人。韩老六虽然被镇压了，但还有危害新生政权的反动势力，地主杜善人就藏有枪支，变天账和黑名单，郭全海带领贫苦农民斗争地主，挖浮财，起枪支，斗争取得了胜利。翻身后的农民欢天喜地地分得了自己的土地。为了保卫胜利果实，保卫人民政权，郭全海领导元茂屯的年轻人积极生产，积极支前，参军参战。郭全海结婚才二十几天，就身先士卒，带头报名参了军，元茂屯人夹道欢送，把他们送上了解放全中国的新征途。

《暴风骤雨》是一部史诗性作品，它从纵向角度反映了土地改革运动的整个历史进程，为我们提供了上世纪 40 年代土地改革运动的整体形象。还塑造了众多真实可信、具有典型意义的人物形象。《暴风骤雨》中写了三类人物：一类是工作队的领导同志，如萧祥；还有一类是封建地主及其狗腿子，如韩老六；再有一类是农民形象。三类人物中对农民形象的刻画，特别是对在土改工作中成长起来的新一代先进农民形象刻画的最为成功。其代表人物的就是赵玉林和郭全海。书中是把他们作为具有革命觉悟，农民领袖和英雄来刻画的。

赵玉林是个贫苦农民，从小生活困顿，"顾上了吃，顾不上穿"，所以人送外号叫"赵光腚"。受韩老六这些恶霸地主的压迫、欺凌，他与元茂屯的那些剥削者有着不共戴天的仇恨，但在旧社会他有冤无处申，有仇无处报。工作队来了，他开始有过动摇、怀疑。萧队长找他谈心，教育帮助他，他觉悟了，参加了农会工作，成了农民革命运动的核心人物，他成熟了，成了土改运动的带头人。他关心农民的疾苦，舍己为人，表现出共产党员崇高的思想品格，他坚韧不屈，公而忘私，始终把广大受苦受难农民的利益放在首位，在追捕韩老七时，他身中枪弹，临终前还嘱咐人们快快追击敌人："没有啥话，死就死了，干革命还能怕死吗？"赵玉林从一个普通农民成长成为了一个勇于献身的革命战士。

革命自有后来人，赵玉林牺牲了，继承他事业的是郭全海。郭全海从小给韩老六扛活，过着半饥半饱的生活，干了一年零两个月，韩老六仅给他五斤肉就算完事了。他仇恨地主，仇恨韩老六，工作队来了，他就站在工作队一边，协助赵玉林组织群众，斗争韩老六，表现出高度的阶级觉悟；赵玉林牺牲了，他挑起了元茂屯的工作重担，吃苦在前，分享胜利果实在后；他牺牲自己，大公无私，干工作积极热情，有了小家不忘大家，新婚才二十多天就带头报名参军，上了前线。

赵玉林和郭全海是作为战争年代成长起来的先进农民代表而写进作品

的。这两个人物都有生活原型，赵玉林是根据黑龙江省五常县周家岗农民英雄温凤山的事迹而创造的；郭全海的故事来自黑龙江省尚志县元宝区青年农民郭长兴的先进事迹。两个人物，倾注了周立波创作这部小说的极大热情，两个人物的觉醒成长，具有鲜明的时代特点，他们的思想情感，精神面貌的变化，揭示了中国革命，尤其是土地改革运动在广大农村的发展过程与发展趋势，预示了农村未来光明的发展前景。

老孙头（孙永福）虽是作品中的次要人物，但是写的个性鲜明，其性格的复杂性，表现出很深的思想内涵。他诙谐、幽默，有一肚子风趣故事，是一个世故圆滑的老农。他也是苦出身，给韩家赶了二十几年的大车，贫穷而又辛苦，因此老孙头向往革命，也愿意接近工作队，但一到真刀实枪具体干了，他又缩到了最后。他见风使舵，以不吃亏又占便宜为原则见机行事，表现出小农经济自私自利，狭隘封闭、保守的文化特点。"分马"一节最能表现他的性格特点，他小心眼，唯恐别人占了他的利益，本想要定的马，却故意左顾而言他，骑马摔了跤，却嘴硬，不服软。老孙头的这些矛盾性格，是旧社会贫困的生活和社会地位造成的，他无力改变现状，又不甘心贫困，只能用"精神胜利法"来超脱自保。

《暴风骤雨》艺术上也取得了很大成功。全书结构简明，脉络清晰，它以土地改革运动为中心，围绕土地改革运动发展的全过程组织材料，以我国农村两大对立阶级——农民阶级与地主阶级的矛盾展开情节，组成小说故事。

小说还有一个最突出的特点是语言艺术的成就。小说写的是东北地区的生活，因此采用了大量东北地区的方言、土语，无论是人物描写还是环境描写大都是用农民语言来写的，生动、新鲜、朴素、富有生活气息，具有浓郁的东北地区文化特色。

《暴风骤雨》是反映土地改革运动的翘楚之作。它的问世虽已经近半个世纪了，但至今仍保持着不可取代的艺术魅力。作为新文学精典的《暴风骤雨》，将永远给人以审美的认识和艺术的享受。

48. 民族新歌剧《白毛女》
mín zú xīn gē jù bái máo nǚ

歌剧《白毛女》是妇孺皆知、深受广大群众喜爱的剧作。"北风吹"那优美动听的旋律，喜儿那悲惨的命运牵动了几代观众的心。

电影《白毛女》剧照。杨白劳和喜儿高高兴兴地准备过年。

《白毛女》创作起于1944年，当时正是毛主席《在延安文艺座谈会上的讲话》刚刚发表后不久，深入生活，为工农兵服务的文艺方针极大地激励了广大文艺工作者的创作热情，延安鲁迅艺术学院师生在下基层体验生活时，听说了从晋察冀边区辗转流传到延安的一个民间故事：一位佃农的女儿被逼到地主家做了丫头，因遭受地主的迫害与蹂躏不得已逃进深山过起了长年累月离群索居的野人生活。她不吃盐，又生活在深山，以至于她的毛发变得全白。为了生存她偶尔下山偷吃庙里的供果，被当地百姓发现，人们像见了妖怪一样吓得手足失措，大伙给她起了个名字叫"白毛仙姑"，一传十，十传百，讹传加上再创造，把她说的神乎其神，她的家乡解放了，人们找回了这位"白毛仙姑"。"白毛仙姑"离开了深山，回到了人间，在新社会里获得了新生。

鲁艺师生分析了这个民间传奇：在这里农民的光明前途——翻身做主人的主旨找到了，那么剧作的主题也就找到了——"旧社会把人变成鬼，新社会把鬼变成人"。

经过对素材的整理、加工、充分讨论，多次的提炼改编，由贺敬之、丁毅执笔，马可作曲，1945 年初，解放区的新歌剧《白毛女》诞生了。

《白毛女》的故事发生在 1935 年抗战之前，河北省一个叫杨各庄的村庄。剧中的主人公杨白劳终年劳累，却还不起地主的高利贷，在外躲债直到三十晚上，为了能和相依为命的女儿喜儿过个团圆年，心情忐忑地回到了家中，得知逼债的黄世仁几天没来才如释重负，他拿出给女儿买的微薄年货——二斤白面，一根红头绳和一对门神，打算和女儿过个团圆年。杨白劳给跪在身旁的女儿扎红头绳时所流露出的暂时欢快情绪，让我们感受到了他对生活的希望、对女儿的热爱。可谁知守岁的火苗刚刚燃起，黄世仁的狗腿子就把杨白劳抓到了黄家，杨白劳一无所有，干了一年反而还欠黄家的钱，"没钱就拿女儿抵债"，杨白劳听了如晴空霹雳，他不能失去女儿，更不能把女儿推进火坑，忠厚、善良、本分的杨白劳苦苦哀求也无济于事，他还不起账，更不能没有女儿，于是杨白劳自杀了。

剧中的杨白劳是作为没有觉悟的老一代农民来表现的，他性格懦弱，逆来顺受，不可能产生突变式的反抗行为，这种命运结局是适合杨白劳性格发展逻辑的。杨白劳的一生是悲惨的，有多少个杨白劳挣扎在死亡线上，杨白劳的遭遇是对封建旧中国，对地主阶级的有力控诉。

杨白劳的女儿喜儿是贯穿全剧的中心人物，这个从苦难与磨炼中走上反抗道路的农家少女，从奴隶到复仇斗士，从深山孤魂到新生活里的新人，她的思想性格经历了一个复杂的发展变化过程。剧中开始喜儿是个少有忧虑、天真活泼、生活在父爱下的少女，她憧憬着爱情，大春是她的心上人，她有慈父的疼爱，她有邻里大妈的关怀。她涉世不深，幼稚单纯，还缺乏对地主阶级深刻的认识，感受不到阶级斗争的严峻性和残酷性。爹爹的突然惨死，成了她命运的转折点，也是她思想认识的转折点，她反诘自身，质问苍天，从中觉醒了。到了黄家的魔窟后，急骤的打击使喜儿精神濒于崩溃，反抗的因素在不断成长，遭受地主的迫害，蹂躏并得知自己要被卖给人贩子，积郁的反抗像炸弹一样迸出了胸膛，她不仅要"拼"，而且要逃，从屈辱到公开反抗，这是喜儿思想性格的发展；从反抗到复仇，这是觉醒后喜儿的必然行动。正是这种复仇精神支撑她生活在虎狼成群的深山，与严酷的大自然搏斗，与内心的孤苦压力搏斗，想着自己伸张正义的这一天，奶奶庙与仇人狭路相逢，喜儿犹如天兵天降，勇往直前，追击黄世仁。

喜儿的遭遇是旧中国人民生活的缩影，喜儿的反抗复仇精神表现了被压迫被剥削农民对旧社会及地主阶级的阶级仇恨，喜儿的自发斗争与反抗，体现了劳动人民自我斗争的局限性，喜儿反归社会回到新生活，去掉鬼装换新人，告诉人们只有在中国共产党领导下，才能彻底消灭剥削阶级，真正翻身得解放，成为生活的主人，旧社会把人能逼成鬼，新社会能让鬼变成人。

作品中还塑造了具有鲜明对照的另一类人物形象。赵大叔是和杨白劳形成强烈反差的老一代农民形象，他热情开朗，见多识广，富有阶级斗争经验，对地主阶级有深刻的认识，他有勇有谋，为年轻的后生指出了光明的前途——参加红军，自己解放自己。

歌剧《白毛女》还成功地塑造了一些反面人物形象，像黄世仁，伪善，家中供着"积善堂皇"的招牌，可对农民骨子里透着凶残，表现了地主阶级的虚伪性和残酷性。穆仁智，一条主人的哈巴狗，在主子面前摆尾乞怜，对农民成了一条恶虎、一个恶奴。这些反面人物由于抓住了人物内在本质与外在的鲜明个性，给人们留下了难忘印象，以至于今天，黄世仁、穆仁智已成为地主与走狗的代名词了。

《白毛女》在艺术上是成功的。作为具有"中国作风"、"中国气派"的新歌剧，它在继承民族传统音乐的基础上，"古为今用，洋为中用"，吸收了西洋歌剧重视人物性格刻画的长处和外来话剧注重时间（什么情况下发生的戏剧情节冲突）、重视空间（舞台表演环境）、划分场次（按剧情发展全剧共分五幕）的优点，同时注重我国传统戏曲中歌唱、道白和吟诵三者相结合的表演程式，中西合璧，创造出了适合民族欣赏习惯和审美要求的新歌剧表演形式。

红尘男女冲不破的"围城"
hóng chén nán nǚ chōng bú pò de wéi chéng

钱钟书的《围城》在国内外享有很高的声誉，被称为"新《儒林外史》"。书名"围城"取自法国的一句古语，含义是："围在城里的人想逃出来，城外的人想冲进去。对婚姻也罢，职业也罢，人生的愿望大都如此。"这也是钱钟书的夫人杨绛女士为电视剧《围城》关于该剧的主要内涵写的一段文字。

钱钟书，字默存，号槐聚，曾用笔名中书君。早年毕业于清华大学，曾留学英法等国，是我国现代著名作家，同时是一位古典文学专家，著名学者。钱钟书动笔写《围城》是在 1944 年。据杨绛回忆，当时他俩同去观看由她编写、黄佐临导演的话剧《称心如意》，回家后钱钟书说："我想写一部长篇小说。"她听了大为高兴，催他快写。于是他每天写五百字左右，每写一段，杨绛看一段，读完后大笑，钱钟书陪着她大笑，承认她拆穿了他的"西洋镜"，在笑声中还带有几分得意。

钱钟书用两年时间完成了《围城》。1947 年发表于《文艺复兴》期刊。

小说讲了一个男女之间被爱情围困与逃脱的故事。以方鸿渐这个"不学无术"的留洋学生回国后婚姻变化贯穿全书，写了他与多位小姐之间的一场又一场"围城"之战。

方鸿渐是贯穿全书的男主人公。他出生在一个封建家庭里，父亲是前清举人，江南一个小县城里的大绅士。方鸿渐还在读高中的时候，家里就给他订了婚。上大学以后受到现代风习影响，眼红别人谈情说爱，也曾"发了几天呆"，后壮着胆子写信到家里要求解除婚约。父亲看后气愤至极，扬言要停发他的生活费，他吓得连忙写信讨饶。后来未婚妻突然去世，他快乐之余，又出于怜悯给岳丈写信表示慰问，结果颇得岳父母欢心，出巨款资助他出国留学。

　　小说是从他归国说起的。抗日战争爆发的那年暑假，他和一些留学生一起乘船归国。在欧洲混了三年，他换过三次学校，一事无成，最后花钱买了一张冒牌的美国某大学的假博士文凭。在邮船上，方鸿渐经不住放荡的香港女郎鲍小姐的诱惑而与她鬼混。船到香港后，鲍小姐全然不顾方鸿渐的感受，投到他未婚夫的怀抱，方鸿渐因此感到受了玩弄和"女人的可怕"。随后，他又和苏小姐亲近起来，以致下船时家里人以为他和苏小姐之间有某种特殊关系。

　　到上海后，方鸿渐暂住在岳丈周经理家里。周经理一家颇感荣耀，毕竟是留学归来的洋博士。回乡省亲，也备受欢迎，不仅有记者来访还有媒人盈门。县里中学校长特别邀请他到学校演讲，由于没有真才实学，结果洋相百出，以致提亲的人也不敢再有此想法。

　　回到上海后，方鸿渐到岳丈周经理的银行里做事。岳母为他介绍银行买办张先生的小姐，结果因见他英语不太通，又缺乏举止的优雅且很小气而告吹。无聊中他去拜访并不喜欢的苏文纨，不过是逢场作戏罢了，他真正情有独钟的是苏文纨的表妹，那位"兼有女人的诱惑力和孩子的淳朴"的唐晓芙。苏小姐得知后又羞又妒，由热烈的爱变为极端的恨，孤注一掷地破坏了方、唐的好事，自己与方鸿渐瞧不起的喜好卖弄的诗人曹元朗结了婚。苏小姐的儿时的朋友赵辛楣因热恋苏小姐有意支开方鸿渐，给他介绍了湖南三闾大学的教职。苏小姐结婚后，方、赵两人解除了误会，成了知心朋友，共赴湖南开辟新的生活。

　　由于战事，他们只能从陆路去湖南。同行的还有一起应职的中文系教授，自私、庸俗的李梅亭，历史系副教授顾尔谦和年轻、单纯的外文系助教孙柔嘉小姐。李梅亭一路上俗不可耐，丑态百出，受到方、赵两人的嘲笑。对孙小姐则悉心关怀，呵护备至。

　　三闾大学是一所新创办的国立大学。办学的人只想当官，运用权势，不讲信义，同事之间各怀私心，争权夺位。方鸿渐一进校门便不自觉地卷入了校内的派系斗争和恩怨纠葛中，弄得上下关系及同事之间的关系都很紧张，这时自己身不由己地掉进"无所谓爱也无所谓不爱的"孙柔嘉布下的情网里。

刚到一年，辛楣受诬而走，到重庆从政去了。方鸿渐也受到牵连，升教授无望，并被人诬告"思想有问题"，校方不再续聘。方鸿渐只得携未婚妻离校，取道香港回上海。

在赵辛楣极力鼓动下，方、孙二人在香港注册结婚，共进了婚姻的"围城"。回到上海后，一系列矛盾使他们难以应付：父子两辈人的恩怨，生活上格格不入，难以协调；孙柔嘉适应不了婆婆家的陈规陋习，方鸿渐也不堪忍受孙家姑母的瞧不起，再加上妯娌之间的不合，工作上的不如意，两人由争吵到动武，都要从这"围城"中挣脱出去。最后，孙柔嘉离家出走，方鸿渐到重庆去另谋生路。

读罢全书，不难发现，作者是通过方鸿渐的恋爱、结婚这一线索，向我们展示了当时的社会现实：国家危急，社会动荡，人心不定，统治当局腐败无能。他的笔力集中在写文化教育界知识分子的生活，为各种各样的知识分子灵魂画像，通过这样一群文化人的生活，看到当时更广阔的生活画面。

全书七十多个人物，其中着墨较多、性格鲜明的有十多个形象。方鸿渐最大的弱点就是懦弱无能以及由之而来的"玩世不恭"和"和同随俗"。但是他尚未丧尽人间正气；他性格的最大优点则是坦率而有自知之明。作者以他渊博的知识，超凡的想象力和精微的体察，深入到人物内心深处，精妙地描绘出各色男女在特定场合下的心理活动。《围城》表现了作者杰出的讽刺才能，他的讽刺犀利、深邃而又妙趣横生，突出人物的性格。作品的语言精炼、生动，善于作丰富、贴切的比喻。作品还充分地表现出作者是一位有深厚的中外文化素养的学者，因而《围城》也被称为"学者小说"。

《围城》这部小说，作者怀着"忧世伤生"的感情描写了抗日战争时期上层知识分子空虚、灰暗的精神生活。它给人以深深的启示：在当时的

历史条件下，冲不破的不仅有爱情、婚姻围城，还有诸多各式各样的围城。

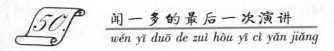

50. 闻一多的最后一次演讲

wén yī duō de zuì hòu yī cì yǎn jiǎng

"借问居家谁暖眼，为言忧国只寒心。"曾以诗集《红烛》、《死水》驰名中国诗坛的闻一多，为实现他的文化国家主义的理想，在抗日战争时期曾一度沉浸于祖国传统文学和文化的研究当中，对《诗经》、《楚辞》、先秦神话及唐诗进行了深入的研究。但书斋的四壁隔不断外界的风风雨雨，富于激情的闻一多毕竟是个真挚的诗人，他的满腔热血和一颗拳拳的忧国之心也不允许他对外面的世界置若罔闻。正如他在自己的诗《静夜》中所形容的那样："静夜！我不能，不能受你的贿赂。谁稀罕你这墙内尺方的和平！我的世界还有更辽阔的边境。"是的，祖国命运的安危，时势风云的变幻，以及共产党人的影响，都使闻一多的思想发生着变化，他已逐渐成了一名为民族、为民主而战的斗士。

抗战时期，闻一多迁到昆明的西南联大任教，积极参加了反对投降、争取抗战胜利的进步运动。一次，朱自清将田间鼓动抗战的诗介绍给闻一多，闻先生激动万分，当时就在学生中朗诵，并即兴发表了激情的演讲，称田间的诗是战斗的声音，是时代的战鼓。经同学建议，这个讲稿整理后发表于1943年11月13日的《生活导报周年纪念文集》上，题为《时代的鼓手——读田间的诗》。此后田间的诗成了闻一多经常的话题。1945年他在昆明文协的诗人节纪念会上，又发表了《艾青和田间》的演讲。这时的闻一多，已从《红烛》的单纯的激情、《死水》的痛苦的沉思中逃脱出来，而以崭新的姿态，站在人民的立场上去直面血淋淋的现实了。

1945年8月14日，在经历了艰苦的八年抗战之后，日本法西斯终于宣布无条件投降。全国人民沉浸在一片喜悦当中，闻一多先生也欣喜若狂，一早就去了理发店，要求老板剃掉他八年来一直未剃过的胡子。当老板惊诧地问他为何"这么大清早就来了"时，闻一多一边坐上理发的椅子一边回答说："就是，得快！抗战胜利了！我得把它剃了。"

然而闻一多先生的确是高兴得太早了。因为抗战虽然胜利，外战外行、内战内行的蒋介石却早已摩拳擦掌，准备着抢夺抗战的胜利果实。虽然毛泽东等中共领导人，为维护国内和平不惜冒着生命危险从延安亲赴重庆去与国民党进行和平谈判，虽然在经过四十多天的艰苦工作之后终于迫使蒋介石签订了"国共两党会谈纪要"即"双十协定"，但蒋介石还是不甘放弃独裁，于是在双十协定墨迹未干的时候，便先是在昆明出现了镇压反对内战、呼吁和平的学生运动的"一二·一"惨案，四人被杀，十三人受伤；接着在重庆又发生了"二·一〇"血案。重庆人民为庆祝政治协商会议成功，2月10日在校场口举行大会，国民党特务公然白日行凶，殴打郭沫若、李公朴等民主人士，造成血案。到了1946年的7月，联大学生陆续北上，去到全国各地开展民主运动的时候，国民党更加疯狂，就在7月11日的晚上，国民党特务在街上公然用手枪暗杀了李公朴先生。

闻一多先生愤怒了！他拍案而起，积极站到了民主运动的前列。"一二·一"运动前后，闻一多坚决地站在热爱民主的学生一边，给他们以大力的支持；"一二·一"惨案发生后，闻先生写的挽联是："民不畏死，奈何以死惧之！"表达出他愿和死难的烈士一样，不惜为民主运动献身；为死难的四烈士送殡时，闻先生不拿手杖，和青年们坚持了八小时的游行；葬礼上闻先生致词说："我们一定为死者报仇，要追捕凶手。我们要追到天涯海角，这辈子追不到，下辈子还要追，这血债是要还的！"此后，他又多次参加反内战的民主活动，每次都进行演讲。

当李公朴遇害的消息传来时，闻一多正患感冒，体温达摄氏38度。他当夜就要赶往医院，由于学生的劝阻只好在第二天的大清早赶去。闻一多抚着战友的遗体失声痛哭，他一字一字地说："此仇必报！公朴没有死，公朴永远没有死！"

反动派一面暗杀，一面造谣说暗杀是共产党搞的；还有谣言说李公朴死于桃色事件。同时像闻一多这样的民主人士也不断地受到威胁和恐吓，

甚至派个叫张紫静的女特务多次去闻一多处谩骂恐吓，制造恐怖气氛。但正如鲁迅所说，"真的猛士，敢于直面惨淡的人生，敢于正视淋漓的鲜血"，闻一多并没有被吓倒，而是义无反顾地准备着牺牲。

　　1946 年 7 月 15 日上午 10 点，李公朴先生治丧委员会在云南大学至公堂开会，请李夫人张曼筠报告李公朴遇难经过。悲痛而又身体虚弱的张女士讲演过程中，下面却有特务高声说笑，做鬼脸，甚至打闹。闻一多见了，脸都气白了。本来为了他的安全，事先说好不请他演讲，但这时他却不顾一切地跳上台，即席发表了气壮山河的最后一次演讲。闻一多先是用低沉的喉音，似乎平静地叙述李公朴的遇难："这几天来，大家晓得，在昆明，出现了历史上最卑污，最无耻的事情！"在一片安静中，闻一多愤怒起来："他所写的，所说的，都无非是一个没有失掉良心的中国人的话！大家都有一支笔一张嘴，有什么理由拿出来讲啊！有事实拿出来说啊！为什么要打要杀，而且又不敢光明正大地来打来杀，而偷偷摸摸地来暗杀！这成什么话？"在连续而热烈的掌声中，闻一多的话锋转向特务："今天，在这里有特务没有？你们站出来，你是个好汉的话，有理由，站出来讲！凭什么要杀死李先生？暗杀了人，还要诬蔑人，说什么'桃色事件'，说什么共产党杀共产党。哼！无耻！——无耻！！"特务在呵斥声中低下了头。闻一多忽然爆出更强烈的声音："李先生的死，是某一个人的无耻，正是李先生的光荣！"接着，闻一多先生回顾了"一二·一"运动到李公朴的死，揭穿暗杀的实质是杀人者的恐慌，而人民的胜利则是历史的必然。他最后呼喊着未来："我们的光明，就是反动派的末日！""光明快要来了！这是光明到来前最黑暗的时期。""我们不怕死，我们有牺牲精神，我们准备随时像李先生一样，前脚跨出大门，后脚就不准备再跨进大门！"

　　闻一多以其以身许国的豪情，痛斥杀人者的卑残下劣，号召人们去迎接光明，这最后一次演讲成了他生命中最辉煌壮丽的诗篇。而被刺痛了的反动当局，竟在当天的下午，就派特务在距闻一多家门口不到二十米的地方枪杀了这位民主斗士。中国人民光荣的儿子——闻一多，面对着法西斯特务的枪口，坚贞不屈，横眉冷对，英勇牺牲了。

闻一多的诗，他的人格，他的斗争精神，却将永存于人民的心中。

 朱自清宁死不吃救济粮
zhū zì qīng nìng sǐ bù chī jiù jǐ liáng

在中国现代文学史上，作家爱国爱民的故事很多：闻一多面对国民党反动派的枪口，拍案而起，宁可倒下，不愿屈服；朱自清虽一身重病，宁可饿死，也不吃美国的救济粮，这些惊天地泣鬼神的爱国行为，一直被后人传颂着。

那是 1948 年 6 月间，国民党政府发行的法币不断贬值，物价飞涨，老百姓的生活越来越困难。特别是人口多的家庭，生活更是一落千丈。这时，国民党政府为了平息高等院校知识分子的不满，便耍起了手腕，给每个教授发一个配购证，即可用较低的价格，买到"美援的面粉"。

一面是廉价收买，一面是扶助美国，侮辱中国人民。清华大学一些教授对这种无耻的行为无比愤慨。他们商量了一下，为揭穿美国政府的阴谋，抗议美国政府的侮辱，要发表一个公开的声明。当吴晗教授拿着这份声明去找朱自清时，他二话没说，在这份声明上签了名字。他说："这是帝国主义的阴谋，他们企图用'救济粮'来掩盖他们杀害无数中国百姓的罪恶，真正的中国人是不要这种'救济'的。"在这天的日记里他写道："此事每月须损失六百万法币，影响家中甚大，但余仍决定签名，因余等既反美抗日，自应由己身做起。"

1948 年 8 月 12 日，手术后躺在病榻上的朱自清，几经昏迷，那双深陷的眼睛再度睁开，用颤抖的嘴唇翕动着，吃力地，断断续续地对夫人陈竹隐嘱咐说："我已……拒绝……美援，不要……去买……配售的……美国面粉。"朱夫人感动得泣不成声，紧紧地握着他那双枯瘦的手，点了点头。就在这一天的 11 时 40 分，朱自清被贫困夺去了生命，与世长辞了，享年五十岁。

1949 年 8 月 18 日，毛泽东在《别了，司徒雷登》一文中说："我们中国人是有骨气的。许多曾经是自由主义者或民主个人主义者的人们，在美帝国主义者及其走狗国民党反动派面前站起来了……我们应当写闻一多颂，写朱自清颂，他们表现了我们民族的英雄气概。"

宁死不吃救济粮是朱自清崇高民族气节的最集中的体现。这之前，像许多旧时代的知识分子一样，他也走过自己漫长的道路。

早年，在北京大学读书的时候，朱自清曾经参加过我国著名的五四运动，和共产党人邓中夏等建立了很好的友谊。但是，他却不曾参加到他们中去，成为他们的一员。他感到当时是"风雨沉沉的夜"，"前面是一片荒郊"，却没有勇气在这荒郊里走出一条路来。

然而，朱自清是随时代前进而前进的。1925 年，他受聘到北京清华大学教授中国文学，1926 年 3 月 18 日，爆发了震惊中外的"三一八惨案"。这一天的清晨，朱自清和清华学校的学生队伍一起进了城，当队伍到执政府前空场时，那里已站满了请愿的群众，黑压压的一大片。他注视着人们的脸色：严肃、冷峻。看到这一庄严的场面，朱自清思绪万千，他深切地感到：人民觉醒了，站起来了。他握紧拳头，迈着坚实的脚步，走在群众的行列中。人民的正义行动使反动派非常害怕，他们惊慌失措，调来了大批的卫兵守护在执政府门前。当示威的群众集结在门前时，那些反动卫兵即刻装上了子弹，把枪口对准了赤手空拳的群众。群众顿时聚拢起来，但立刻又散开，纷纷撤离。朱自清跟在拥挤的人群后面，刚跑了几步，就摔倒了。他的前后左右挤满了人，不能动弹，他只好蜷曲着。突然，噼噼啪啪，枪声响了，朱自清明白：大屠杀已在进行！这是他第一次听到枪声，但他并不害怕。他的身上滴满了同胞的热血。目睹这一凄惨悲壮的场面，朱自清感到极端愤慨，心如刀绞。回去之后，他不顾一切，把惨绝人寰的大屠杀真相详尽地告诉了他的朋友、亲人、同事和所碰到的每一个人。同时又以满怀的怒火，写下了《执政府大屠杀记》，痛斥了段祺瑞政府的法西斯暴行，表达了对学生英勇行为的钦佩。

大革命失败后，朱自清又陷入了苦闷彷徨之中。此时他的立场是中立的，也就是所谓的民主个人主义者。此后一些年，他一头扎进古典文学之中，专心致志做学问，并取得了很大的成就。但对于迅速前进着的时代，他落伍了。

1931 年"九·一八"事变以后，朱自清的思想开始转变。1935 年、1936 年他毅然参加了一系列的爱国活动。并冒着极大的危险多次掩护爱国学生。有一天晚上，一个姓王的学生突然来找朱自清，他是山西抗日救亡工作者，反动政府正在搜捕他，他要求在朱自清家暂住一夜。朱自清毫不犹豫，热情接待了他，并再三嘱咐家人："他是山西做地下救亡工作的，沿途很辛苦，把床被准备得舒服点，我们要让他好好休息一下！"

"卢沟桥"事变后，北平沦陷，朱自清随清华南下，辗转万里，由长沙而到昆明，在北京大学、清华大学、南开大学合并组成的西南联大任教。虽然颠沛流离，生活极不安定，但他却兴奋异常，因为中国抗战了。他在短文《这一天》中说："这一天是我们新中国诞生的日子！东亚病夫居然奋起了，睡狮果然醒了！新中国在血火中成长了！"

朱自清开始变了，变成一个追逐时代步伐的人了。

这时的朱自清作为一个作家、教授、学者，在社会上享有很高声誉。国民党想利用他拉拢知识分子，收买人心，但他一概拒而不见，让"热宴"变成了冷席。要知道，近几年来，青年的热血、人民的热泪浸渍着他的心，无边的黑暗像铅块压在他的头上，使他无法呼吸。他恨不得国民党即刻完蛋倒台，绝不和他们同流合污！

1946 年 6 月，当朱自清准备举家北迁之际，传来了李公朴和他的挚友闻一多被国民党特务暗杀的消息，朱自清被这一消息震呆了，震怒了，震醒了。悲痛、愤慨化作了一团怒火在胸中升腾、燃烧。他再也无法"温和"了，他要向人们宣泄长期压在心底的郁愤。于是他拿起了久不写诗的笔，写下了那首沉痛诚挚、气势磅礴的悼诗——《挽一多先生》："你是一团火／照彻了深渊／指示着青年／失望中抓住自我／你是一团火／照明了古代／歌舞和竞赛／有力如猛虎／你是一团火／照见了魔鬼／烧毁了自己／遗烬里爆出个中国。"

8 月 18 日，成都各界人士举行李公朴、闻一多追悼会。事先就传闻特务要捣乱会场，闹场抓人，但朱自清还是出席了大会，并作了报告，讲了闻一多生平事迹，针锋相对地向国民党提出了抗议。他的悲愤、真挚的感情，正义凛然、无所畏惧的气概博得了全场一阵阵的掌声，许多人被感动得热泪盈眶。

是的，挚友的鲜血，像一团火，燃起了朱自清心中的仇恨。从此后，他便更坚定地走在爱国、民主革命的康庄大道上。

1946 年 10 月，他又回到了北平。清华园的甬路上，又出现了朱自清那瘦削单薄的身影。十年了，清华园的黄昏还是那么美，可朱自清却惊人地变了。战乱的风霜，长年疾病的折磨，使这位不满五十岁的人过早地衰老了。然而他的思想却越变越年轻。他把"夕阳无限好，只是近黄昏"这句古诗反其意而用之，集成一副联语，作为对自己的鞭策，压在书桌的玻璃板下："但得夕阳无限好，何须惆怅近黄昏！"暮年的书生意气，使他那被时代和生活的重负压得透不过气的胸膛里，又跳动起一颗年轻的心。他就是带着这样的一颗心，坚定地投入到反帝反封建的时代洪流中去的，不惜以自己的生命为代价，宁死不吃救济粮。

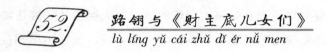

52. 路翎与《财主底儿女们》
lù líng yǔ cái zhǔ dǐ ér nǚ men

路翎是 40 年代活跃于国统区的青年小说作家，是"七月"派小说的重要代表，《财主底儿女们》是他创作的一部长篇小说。

这部长篇小说共有八十多万字，是路翎最重要的作品。全书分为上、下两部。

故事从"一·二八"上海抗战写起。蒋捷三是苏州巨富，家里拥有大量财产：在江苏拥有庞大的地产，在南京占有很多地皮，在上海的工厂里有很多股份，他还收藏了许多古玩、金银珠宝、绫罗绸缎。蒋捷三同原配夫人生有三子四女，即长子蒋蔚祖、次子蒋少祖、三子蒋纯祖、长女蒋淑珍、次女蒋淑华、三女蒋淑媛、四女蒋秀菊，他还同一个丫头生有三个孩子。蒋捷三年已迟暮，同原配夫人早已分居，原配夫人同女儿女婿和小儿子蒋纯祖住在南京。他早已同背叛了他的次子蒋少祖决裂，蒋少祖同妻子陈景惠住在上海。

长子蒋蔚祖因能写一手好诗文而深得蒋捷三的溺爱，被视为蒋家的希望，也因此被蒋捷三留在身边。然而，蒋蔚祖虽聪明漂亮，却是一个懦弱无能的纨绔子弟。他痴恋着出身于南京一个流氓成性的暴发户家庭的妻子金素痕，完全被这个贪财放荡的女人控制住了。

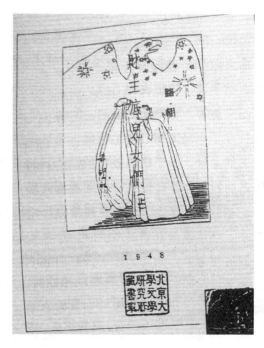

《财主的儿女们》封面

他要慰藉"父亲的孤独和痛苦"，又不能割舍"妻子的热情和愿望"，陷入无法自拔的矛盾，他迷恋妻子的美丽而又无法忍受她的放荡，最后发疯了。他发疯后，发出了"人间太黑暗"、"这是一个禽兽的世界，禽兽的父母，禽兽的妻子"的诅咒。他放火烧掉了房子，与乞丐为伍。在发现妻子改嫁以后，他跳入长江自杀。王熙凤式的人物、大儿媳金素痕集凶悍的魔鬼、奸狡的妇人、温柔的母亲、孤苦的寡妇等矛盾性格于一体。为争夺财产她费尽心机，耍尽手腕。她一方面在外找情人，过着荒唐的生活，一方面又抓住发了狂的丈夫不放，以便得到蒋捷三的遗产。她以分家为要挟，向老人家索取钱财和珠宝古玩，从而引起了蒋家其他儿女的反对。后来又以丈夫被老人折磨致死为借口，回苏州，闯进老人内室，抢走了地契，因而引起了蒋家儿女一场争夺地契的混战。但有时她又是一个贤妻良母，爱着自己的丈夫和儿子，是一个复杂和矛盾的人物。

次子蒋少祖十六岁离开家庭，到上海读书，接受了一些进步思想的影响，要求民主自由、个性解放。大学毕业后和朋友办报纸，攻击旧文化、旧道德，成为蒋家的"第一个叛逆者"。但是他在斗争中经不起考验，大革命失败后，他即对革命失去了信心，开始消沉、颓唐。以后，又去日本，结了婚，思想更加消极。回上海后从事编辑工作。他虽然主张抗日，筹组义勇军，支持学生运动，但西安事变和平解决后，他又开始渴望"安息"了。当他取得社会地位后，尤其是当上了参政员以后，就完全抛弃了过去的主张，不但抗日救亡的"心已经变冷了"，而且"悔恨"自己过去的革命行动。在政治上，他反对马克思主义，咒骂学生的救亡运动，痛恨一切革命。生活上，他对封建家庭，由决裂变成了妥协，由叛逆者变成了孝子。当蒋家面临崩溃危机时，他决心站出来为其父整顿家务。于是，他回到苏州老家，向父亲作了忏悔，继承了父亲的产业，成了反动政客和地主分子。他同陈景惠自由恋爱结婚，但很快就对她产生了厌倦，却又维持着夫妻关系。他对王桂英"始乱而终弃"，差点把她逼上绝路。他没有对弟弟、妹妹履行做兄长的职责，到重庆后，他迁居乡下，同蒋氏家族的人几乎断绝了来往，充分表现出他的自私、虚伪。在文化上，他复古倒退，敌视新文化和新文学，提倡"中国的固有的文明"，要与封建主义文化"安宁共处"。蒋少祖的这些变化有着明显的典型性，因此蒋少祖的塑造是非常成功的。

作品的下部主要写的就是三儿子蒋纯祖在大动乱中的成长和生活，其间也穿插描写蒋家其他儿女在大后方平庸麻木的生活。蒋纯祖是个有爱国正义感而又有着浓厚个人主义思想的青年知识分子。他在少年时，经历了封建家庭崩溃的过程，感到封建大家庭的"幽暗"、"绝望"，萌发了反封建的思想。他先在上海参加抗战，形势危急时逃回南京。南京陷落前夕，他随难民开始了流浪生涯。在武汉，他参加了抗敌演剧队。在演剧队里，他同领导不合，与女演员高韵的爱情又告破裂，贫病交加，这时他"觉得一切希望都破灭了"，唯有宗教才能安慰自己的灵魂。应朋友孙松鹤之约离开重庆，到乡镇石桥场的小学教书。在那里，他与同事同当地地主流氓争斗，被迫回到重庆姐姐中。姐姐家平庸麻木的生活使他感到难耐的孤独和寂寞。这时，他的肺病已到了晚期，他扶病赶回石桥场，想重新干一番有意义的事业，却终于不能如愿，在石桥场孤独凄凉地死去。

蒋纯祖在个性上孤高傲慢、喜爱虚荣；脱离群众、脱离集体。尽管他一直在努力寻求出路，但始终没有走上正确道路。后来他已省悟到"自己的自私、傲慢、虚荣"，要像群众那样，"平实地为人"，要"毫无顾忌地一直向前走"。蒋纯祖走过的道路说明，一个小资产阶级知识分子如果不克服其脱离群众的个人主义，他在革命中是举足艰难的，这样的人不但于革命无益，而且会毁了自己。

蒋捷三刚刚死去，尸骨未寒，他的儿女们就尔虞我诈，勾心斗角：抢地契、偷珠宝、占古玩。金素痕以办丧事的名义，掌管家政，趁机运走大量物品，又与蒋家儿女展开争夺财产的斗争。最后发展到金、蒋两家打官司，在报纸上登大幅广告，互相抨击，进行了你死我活的争斗。

小说着力描写了蒋家三个儿子的生活道路和心灵历程。目的是探索大时代中的知识分子的发展道路。形象地说明了知识分子如果不走与人民群众相结合的道路，就必然走向动摇、妥协甚至反动的道路。

作品中的人物有七十以上，遍及官、兵、商等，甚至有脱党后的陈独秀和投敌前的汪精卫；人物活动的空间由苏州、上海、南京、江南原野、九江武汉，一直扩展到陪都重庆和四川的偏僻乡镇；十年间中国发生的大事，如"一·二八"抗战、伪"满洲国"成立、华北危机、长城抗战、北平学运、西安事变、汪逆媚敌、南京失守、迁都重庆等均被写到，气势非常宏大。

小说在艺术结构上有显著特色。小说结构是不拘一格，多姿多彩的。在人物描写上，下部因内容不同而显出不同特点。上部着重截取富有典型性的横断面的生活场面来描写人物；下部则是对主人公的生活进行纵深的描写，在生活的历程中揭示其思想性格特点和精神面貌。

《财主底儿女们》是40年代国统区长篇小说创作的硕果。它具有深刻的历史意义，是一部成就较高的现实主义作品。

53. 《四世同堂》：老舍的鸿篇巨制

sì shì tóng táng：lǎo shě de hóng piān jù zhì

《四世同堂》分为《惶惑》、《偷生》、《饥荒》三部，约百万字，可谓"鸿篇巨制"。

1943 年 9 月，老舍夫人胡絜青携子女逃出北平，辗转抵达重庆与老舍团聚。胡絜青向他讲述了日本侵略者对沦陷区人民，特别是对北平人民的奴役和蹂躏，老舍非常气愤，开始构思长篇小说《四世同堂》。

丁聪作《四世同堂》插图。祁老太爷全家福。

经过一年多时间的构思，1944 年正式动笔，动笔之前，老舍对全书已有全局的设计，即"段——一百段。每段约有万字"；"字——共百万字"；"部——三部。第一部约三十四段，第二、三部各三十三段"。不过"设计此书时，颇有雄心。可是执行起来，精神上、物质上、身体上都有苦痛"。作者是在极其艰苦的情况下完成了这部长篇巨制。据说，这是"老舍花费力气最大，写作时间最长，他自己也比较满意的一部作品"。

故事是以祁家祖孙四代为中心，加上他们居住的小羊圈胡同的各户人家和各种人物，来展开错综复杂的画面和情节。通过北平市民在八年艰难岁月中的痛苦生活，描写了侵略者的狂妄和残暴。

当时的北平呈现出一片恐怖气氛。日本帝国主义在北平开设了很多监狱，对被抓进来的人严刑拷打，很多人死于无辜。监狱里阴森恐怖的气氛和景象，令人目不忍睹；为了控制人们的思想和言论，日寇还在中学、大学逮捕中国人，几乎每个学校都有许多教员和学生被捕，或被杀掉，或判重刑；为了垄断商业经济，他们还经常盘查店铺，硬性抽货、拨货，甚至捏造罪名打人。祁老人的儿子祁天佑就因此被戴上"奸商"的帽子游斗，结果这位老实本分的生意人被断送了性命。为了扩大战争，以战养战，他们还大肆抢劫华北的资源——粮、煤、钢、铁等。为此，他们十分卑鄙地派人夜间四处偷门环，并强令每户按月交两斤铁；在粮食供应上更为苛刻和残忍，他们搞计口授粮，即每月按人头配给少量无法下咽的"粮食"，不分给六十岁以上的老人和六岁以下儿童，很多人因此活活饿死。不仅如此，他们还拼命地掠夺老百姓的粮食，逼得很多人走投无路。掠夺者的暴行使北平人民陷入了痛苦的深渊。

小羊圈胡同里的祁家祖孙四代人住在一起，一直过着"小康"的生活。祁老人是祁氏家族里的长者。他没有什么奢望，只求消消停停过着不愁吃不愁穿的日子。卢沟桥炮声一响，他让孙媳妇韵梅备足三个月的粮食和咸菜，以为这样"就是天塌下来，祁家也会抵抗的"。可是随着战事的扩大，儿子被打死了，小曾孙女因为吃了"共和面"而惨死，他最终看到了日本帝国主义的罪恶。他的三个孙子在动乱的年代里各自走着不同的生活道路。长孙祁瑞宣受过良好的教育，知书明理，温文尔雅，是个有知识有见地的知识分子。他在学校教书，兢兢业业，在家里是个好当家人。但是，"七·七"事变的发生使他失去了往日的沉静，家与国的矛盾，使他处于极度的"惶惑"中。他不愿留在北平当亡国奴，但又不愿意离家出走。他祖父的最高理想是"四世同堂"，作为长孙、当家人，他觉得自己有义务撑起这个"四世同堂"的家庭。因此，他鼓励他的弟弟祁瑞全出走，参加抗日。他对弟弟说："只好你去尽忠，我来尽孝了。"他在北平

"苦混"，不想当亡国奴，但又在承受着亡国奴的屈辱。他和所有北平人一起过着"偷生"的生活。这曾使他万分痛苦，最后，他效仿钱默吟终于找到了自己的战斗岗位。利用自己教书的便利以隐讳的方式向青年学生灌输新思想，后又编辑刊物，宣传抗日。祁老人的二孙子祁端丰只为金钱和吃喝玩乐，无耻地当上了汉奸。三孙子祁瑞全投身到抗日的斗争中，作了大量的救亡工作。

小说还写了小羊圈胡同的其他人面临北平失陷后的生活和选择。钱默吟原是一位旧知识分子，他身穿大褂，写作旧诗，避世隐居，与世无争。虽身居都市，但"他每天的工作便是浇花、看书、画画和吟诗"，高兴时"喝两盅自己泡的茵陈酒"，不仅不关心国家大事，而且对谁都"保持着一定的距离"。然而，国难当头，他却一身正气，"饿死事小，失节事大"。他把自己和北平的关系比喻为花与树的关系："一朵花，长在树上，才有它的美丽，拿到手里就算完了"，"假若北平是树，我便是花，尽管是一朵闲花。北平若不幸丢失了，我想我就不必再活下去了"。他不甘忍受屈辱，即使被捕、坐牢、被严刑拷打，也不失节。他的二儿子青年司机钱仲石则开车摔死一车日本兵，自己同敌人同归于尽。热心、义气的李四爷，尽管性情刚烈，对日寇的掠夺甚为气愤，但也不得不照例每月到各家去收缴那二斤铁；爱体面的剃头匠孙七，也被迫从体面的理发铺走出，走街串巷去招揽生意，最后却遭到活埋；艺人小文夫妇、尤桐芳都惨遭杀害。

此外，作者还着意描写了那些汉奸败类的嘴脸。见日本人就大鞠躬，出卖人血的失意军阀小官僚冠晓荷；"只知道出风头，与活得舒服"，以当上妓女检查所所长为荣的大赤包；到处讨便宜，滥吟歪诗的蓝东阳，作家对他们给予了无情的鞭挞。

作品所写的小羊圈胡同，是一个北平底层市民聚居的胡同，是沦陷后北平的一个缩影，具有代表意义。而沦陷区北平人民的苦难经历也是当时中国在日本铁蹄下被蹂躏的见证。作者不是客观地叙述种种悲剧事件，而是以饱含感情之笔抒写了北平市民的亡国之痛、亡国之恨。作品特别感人之处也正是对北平市民内心痛苦的描写，因而较之一般展示敌人暴行的作品要深刻得多。

这部长篇内容复杂、宏伟、结构严密，各种矛盾斗争和生活现象都尖锐复杂地交织在一起。《四世同堂》中出场人物达一百三十多个，有姓有名的达六十多个，其中有诗人、中学教员、车夫、剃头匠等，都各自有不同的性格和不同的典型意义。经过作家的缜密构思，复杂的矛盾和众多的人物都被合理地组织在一个大型的艺术整体中。小说做到头绪繁而不乱，人物多而不混。此外小说还描写了大量的景物和风俗习尚，有着浓厚的地方色彩和生活气息，增加了作品的艺术魅力。

以《四世同堂》这样的规模描绘抗日风云的小说在我国现代文学史上是第一部。它不仅是老舍创作发展道路上的一块里程碑，而且是 40 年代整个国统区小说创作的代表作之一。

54. "林海雪原"上演绎的传奇
lín hǎi xuě yuán shàng yǎn yì de chuán qí

《林海雪原》是作家曲波根据自己的亲身经历创作的一部优秀长篇小说。作品描写的是解放战争初期，我人民解放军以少剑波为首的一支小分队，在东北人烟稀少的林海雪原，同数十倍于自己的凶残狡猾的国民党残匪斗智斗勇，转战千里，最后全歼这股匪徒的故事。它讴歌了人民军队英勇无敌的革命英雄主义的精神，鞭挞了那群残酷屠杀人民而又负隅顽抗的丑类的罪恶行径。

"以最深的敬意，献给我英雄的战友杨子荣、高波等同志！"这是《林海雪原》的第一句话，也是作者怀念战友的心声。1946 年解放战争初期，东北地区形成敌我对峙的局面。我军为了巩固根据地，发动人力物力支援解放战争，开始实行土地改革。但一小撮被击溃了的国民党匪首，逃进深山密林，与当地的惯匪及地主恶霸相勾结，组成土匪武装，出没无常，进行疯狂的烧杀抢掠，破坏土地改革。于是，上级研究决定组织小分队进山，实行小群动作，边侦察边打击敌人，侦打结合。作者和他的战友们便

《林海雪原》作者曲波

承担了这个光荣而艰巨的任务的一部分。他们于1946年冬深入东北小兴安岭一带的深山密林，与号称拥有几个旅的匪首展开了周旋。

由于党的英明领导和亲切关怀，由于当地群众的大力支持，在这场突破险中险、经历难中难、发挥智中智、战胜魔中魔的斗争中，作者和他的战友们的意志锻炼得更加坚强了，并在军事技术和战斗策略上战胜了敌人，直至将匪徒消灭。在斗争中，他们发挥了我军艰苦奋斗的优良传统，战胜了常人难以忍受的艰苦，克服了想象不到的困难。他们有时在石洞里睡觉，和野兽为邻；有时钻到雪窖里休息，地当床、天作被；跨谷飞涧、攀壁跳岩，突破天险，在气温低达零下38至40度的雪海里侦察战斗。

曲波的战友杨子荣当年是一个排长，他只身进入三代恶匪、国民党旅长座山雕的营寨，以惊人的勇敢和超人的智慧，取得了敌人的信任，从而调动了敌人，活捉了老奸巨猾的座山雕。老匪受审时还不无感慨地哀叹："没想到我崔某闯荡六十年，倒落在你们八路军的一个排长手里。"杨子荣的大智大勇，用他自己的话说就是："天下的地主是一个妈，天下的穷人是一家。我老杨这条命，一定要跟着党打出一个共产主义社会来！要把剥削阶级的根子挖净，使它永不发芽；要把阶级剥削的种子灭绝，使它断子绝孙。"当有人让他讲述擒拿过程和介绍经验时，他说："主要的经验就是两句话：为人民事业生死不怕，对付敌人就一定神通广大。"他想得透彻，做得坚决。为了人民的解放事业，他心怀赤诚，置生死于度外。团里的同志一谈起杨子荣，都会这样说："杨子荣满肚子智慧，浑身是胆。"但不幸的是，在林海雪原战斗的最后日子里，杨子荣中了敌人的无声手枪而光荣牺牲。

警卫员高波同志，十五岁就参军，在林海雪原里斗争的时候也只有十八岁。他生病也不肯离开小分队，曲波只得给他轻一点的任务：让他乘森林小火车往返保护群众，把山里的物资交换给城市。在一次执行任务时，他遭遇匪徒的埋伏。为了掩护群众突围，他与多于自己数倍的匪徒拼杀，子弹尽了用手榴弹，手榴弹尽了用刺刀，刺刀拼弯了用枪托。在英勇的拼杀中，他负了重伤，终于为革命事业流尽了最后一滴血，把年轻的生命献给了人类最伟大的事业——共产主义事业。

……

曲波以前从未从事过文学创作，但当年为革命献身的战斗英雄们时刻活在他的心中。当他在医院治疗养伤的时候，曾无数次地讲过战友们的故事，也曾无数次地讲过林海雪原的战斗。这些故事，尤其是杨子荣的英雄事迹，使听者无不动容，无不惊叹，而且从中获得了某种力量。讲来讲去，他便产生了强烈的创作欲望。但由于工作忙，加上写作水平低，最初试着写了三章，便感到力不从心：一是内心的感情笔下表达不出来；二是分不出轻重，平铺直叙，力量使不到刀刃上。一气之下，他把写完的三章全都撕毁了。

1955 年春节前的某天半夜，作者冒雪回家，一路还在冥思苦想怎样才能写好这部小说，如何突破语言文字关等问题。当他到家，一眼望见甜睡的妻子和孩子，一种深沉的感触不禁涌上心头：他想起了八年前，北满也是刮着狂风暴雪，那时正是飞袭威虎山的前夜；而今祖国已空前强大，各方面建设也取得了辉煌的成就，自己的小屋是如此的温暖舒适，家庭生活又是如此的美满，但这一切的一切，杨子荣、高波等同志没有看到，也没有享受到。正是为了美好的今天和更加美好的未来，在最艰苦的年月里，他们献出了自己宝贵的生命。望着窗外飞舞着的雪花、茫茫的林海、皑皑的雪原，杨子荣、高波、陈振仪、栾超家、孙大德、刘蕴苍、刘清泉、李恒玉等同志的形象和事迹，又一一浮现在作者的脑海。"写！突破一切困难！'为了人民事业生死不怕，对付敌人一定神通广大。'战友不怕流血，歼灭敌人，我岂能怕流汗突破文字关，这是我应有的责任，这是我对党在文字战线上应尽的义务。"从此，曲波每晚都加班三至四个小时，星期天和节假日则是他写作最集中的时间。在写得入神的时候，他觉得自己不是坐在温暖的小屋里写东西，而是完全回到了当年的林海雪原中，和小分队的战友们又战斗在一起……

就这样，从1955年2月到1956年8月，在一年半的业余时间里，曲波完成了四十万字的书稿。1957年小说正式出版，并被译成外文和改编成戏剧、电影，获得了文艺界的好评。

小说从一个崭新的角度（小分队剿匪）反映了东北解放战争波澜壮阔的斗争史，并在富有传奇色彩的氛围中，成功地塑造了一批英勇机智、性格鲜明的英雄形象。其中最为成功的是满腹智慧、浑身是胆的侦察英雄杨子荣的光辉形象。

侦察能手杨子荣，有着丰富的侦察战斗经验。他智识小炉匠、只身入匪巢、下山送情报、舌战小炉匠、生擒座山雕，这一系列英雄行为，充分地表现了他老练、多谋善断、出奇制胜的惊人胆识和斗争艺术。小说不仅描写了杨子荣的英雄行为，更重要的是揭示了产生这些行为的思想基础，挖掘了人物崇高的精神内涵。在杨子荣身上，可以看到武松的英勇、赵子龙的孤胆、诸葛亮的智谋，他是当代小说中富有思想深度的侦察英雄的艺术形象。

《林海雪原》以情节的曲折惊险和浓重的传奇色彩，体现出鲜明的浪漫主义特色。这首先取决于战争本身的特殊性。这是一场特殊环境中的特殊斗争。它不是大兵团作战，而是小分队奇袭——一支由三十六人组成的小分队，在冰天雪地的深山密林中与数股顽匪周旋；对手不是散兵游勇，而是由伪满官吏、警察、宪兵、地主、恶霸、大烟鬼所组成的匪帮；他们不是孤立无援的专事绑票劫道的土匪，而是国民党委编的一支强悍而有威势的反革命武装；他们凭借天险与我军较量，这就更增加了战斗的惊险和紧张。

　　另外，情节的传奇性是以人物的神勇奇智为支撑的。小说的情节，尽管曲折、紧张、惊险，但都是朝着敌弱我强、敌败我胜的方向发展的。于是，指挥员克敌制胜的天才指挥、战士们英勇机敏的作战能力，就使小说所描写的战争奇巧多变，而又威武雄壮。少剑波是足智多谋的奇才，他知己知彼，善谋善断，才使敌军处处陷于被动，我军常处于主动进攻之中，这无疑增加了作品的传奇色彩。至于杨子荣一系列的英雄行为，不仅表现了他奇智大勇的斗争艺术和崇高的共产主义精神，而且也使作品的情节呈现出了鲜明的传奇性。

　　奇险的自然景物的描写，也增添了作品的传奇性。作者色彩浓重地渲染了林海雪原的自然环境，诸如巍峨险峻的奶头山、威虎山，冰峰堵截的四方台，巨石倒悬的鹰嘴顶，外静内阴的河神庙，能使血液冻结的奇特严寒，能改变地貌的穿山风，能掩埋林木的暴风雪等等，加上穿插其中的一些古老的神话传说，更给林海雪原罩上一层奇幻的薄纱，从而加重了作品的传奇色彩。

　　林海雪原上的战斗是传奇性的，所以，《林海雪原》是一部战争的传奇。

55. 杨沫与她的《青春之歌》
yáng mò yǔ tā de qīng chūn zhī gē

　　杨沫的《青春之歌》是当代文学史上第一部反映20世纪30年代知识分子生活的长篇小说，在广大读者尤其是青少年读者当中激起了巨大的反响。

　　小说以"九一八事变"到"一二·九运动"这一时期的学生爱国运动为背景，成功地塑造了林道静这个从个人反抗走上革命道路的知识青年形象，形象地记载了知识分子走向革命道路的"苦难历程"，以及他们在阶级、民族矛盾日益激化的年代迅速觉醒、成长及分化的历史事实。

　　《青春之歌》的作者杨沫，原名杨成业，1914年生于北京的一个没落

作家杨沫在写作

官僚地主家庭。杨沫的家境虽然殷实，但并不和睦。母亲因不满父亲花天酒地的生活经常与其争吵，赌气之下，丢下孩子不管不问，整日在麻将桌边、戏院里消磨时光。所以，杨沫虽然出身于富人之家，却没有尝过父母之爱，就像孤儿一样度过了她的童年。这种无人怜爱、孤苦寂寞的童年生活，造就了她倔强大胆、孤僻执拗的性格，同时，她的心中也产生了对封建家庭腐朽丑恶生活的不满和愤恨。

有一次，她随母亲到乡下收租，不仅亲眼目睹了和母亲一同前往收租的打手把交不起租的农民吊起来毒打的过程，还看到了农村贫苦落后的面貌：农民家徒四壁，衣不遮体。她不由得产生了对那些贫苦农民的深切同情，甚至为此落泪，感到内疚。她看不惯父母这些残酷的行为，也就在这个时候，她的心中萌发了脱离这个家庭的念头。

于是，当杨沫离高小毕业还差一年的时候，便背着父母考进了北平西山温泉女子住读中学，离开了那个令人厌恶的家庭。她感到从未有过的轻松和自由。这样每日除了必读的功课之外，她把全部的精力都倾注于阅读古今中外著名的文学作品之中。在博览群书的过程中，她不仅找到了精神上的快乐，而且弥补了心中那未曾品尝过的欢愉，增长了见识。她渐渐地明白了世界上还存在着那么多复杂的事情，光明与黑暗、高尚与肮脏、贫贱与富贵……

在杨沫十七岁时，父母为她包办了一桩"门当户对"的婚姻。她为了逃脱这门亲事，下决心离开这个令人窒息的家庭，于是她只身一人来到北戴河投奔亲戚。她常常一个人徘徊在海边，望着辽阔的大海，想到自己的渺小与孤苦无依，黯然落泪，心中感到很酸痛。她曾想过投进这无边无际的大海中，一死了之；她也想过，天大地大，怎么就没有自己的容身之地？她伫立在人生的十字路口，痛苦、彷徨，渴望寻找一片属于自己的天空。幸运的是，不久之后，在一个同学的帮助下，她找到一份工作，到河北省香河县县立小学任教。

这些经历，与《青春之歌》中的主人公林道静多么相似。林道静虽出生于一个官僚地主家庭，但她血管里却也流淌着穷苦百姓的血液，因为她的生母是佃户的女儿。她刚出生，生母就被赶出家门，惨遭迫害致死，她自此便受到养母的百般虐待。生母的遭遇、在家庭中受压迫的地位，使她从小养成了孤僻、倔强的性格。另一方面，她毕竟生长在这样的家庭环境中，加上生活阅历的缺乏，对世事和复杂的现实缺乏了解，因而，她又存在着脆弱、耽于幻想等种种弱点。她拒绝了养母为她安排的做官太太的生活道路，毅然出走，逃到北戴河谋生。初到海滨，她还有欣赏大海的闲情逸致，但"华人与狗不得入内"的木牌，逃荒妇人的自杀，余敬唐设下的让她做县长小老婆的圈套，很快彻底粉碎了她的幻想。现实生活竟然是这样的黑暗与残酷。一个有为的不甘堕落的青年竟为残酷的社会所不容！她，绝望了，对于人生，对于前途。于是，她纵身投向了大海。

就在这个时刻，她被本村大地主的儿子、北大学生余永泽救了。由于余永泽的介绍，林道静在杨庄当了教员。"九一八"事变爆发后，林道静遇上了北大学生卢嘉川，从他那里接受了许多新的思想。由于林道静向学生宣传抗日救国的道理，被校长蛮横训斥，于是她辞去教职，悄悄回到北平。

下面，我们再看看杨沫是怎样在党的指引教育下，积极投身革命的。1933 年旧历除夕，她在小妹白杨（我国著名演员）住的公寓里结识了一些爱国的进步青年，其中就有共产党员。在这个新的群体中，她接触了抗日救国的革命思想，并有机会阅读马克思、列宁的著作和高尔基的小说。杨沫读的第一本进步书籍是《怎样研究新兴社会科学》，这是一本运用马列主义基本原理阐述社会发展方向的小册子。读完此书后，她的眼睛亮了，心胸开阔了。新的生活、新的思想使她感到新鲜、富有强烈的吸引力。不满于封建旧传统的她，终于飞出家庭的牢笼，进入了一个广阔自由的新天地。她逐渐跳出了个人苦闷、忧郁的小圈子，投身于抗日救国运动中，将自己的命运与国家、民族的命运紧紧地联系在一起。也是这个时候，她博览革命书籍和进步的文艺作品，陶冶了情操，增强了革命的信心，并在不断的勤学苦读中，萌发了写作的欲望，从此走上了文学创作的道路。1936年，杨沫加入了中国共产党，自此以后，她把自己的一生都与党的事业紧紧地连接在一起了。

在小说《青春之歌》中，林道静同共产党员卢嘉川以及其他革命青年的交往，在她的一生中起着关键作用。作者十分真切、令人信服地描绘了林道静从苦闷、窒息的生活中觉醒的过程。她如饥似渴地读着马列著作，接受共产主义思想的哺育。她投身于"三一八"纪念的游行队伍中，开始踏进一片崭新的天地，成为革命洪流中的一滴水。她在卢嘉川被捕后，"怀着新战士初上战场，而且又独自作战的那种惊惶的心情"，去散发传单。她在敌人的监狱中受到严峻的考验，在饥寒交迫中忠诚、顽强地为党工作，宣传和动员群众参加抗日救亡运动，并且在革命实践中逐步克服自身的弱点。小说的结尾写道，在1935年12月16日，迎着敌人的水龙、大刀，和革命队伍一道勇往直前的林道静，已经成为十分英勇的战士了。

《青春之歌》经过多次修改之后，于1958年1月出版。它的创作，凝结了杨沫的心血和汗水。她说："我不是用笔，而是用血、用泪在写我心上的英雄人物！"小说面世之后，引起了激烈争议，有人批评作家没有表现知识分子和工农相结合才能彻底革命化的道理，林道静在爱情、婚姻上也是不严肃的，等等。经过这次批判后，作者增写了林道静到农村与工农相结合改造世界观的章节。而这些章节，不仅与整个的情节脱节，也不符合当时斗争的状况，虚假、生硬，完全是观念的产物，成了"蛇足"。

由此可见，《青春之歌》带有很浓的自传色彩，正因如此，作品写得真切、生动而富有感染力。作者在自己个人经历的基础上，驰骋想象，进行艺术的构思与虚构，成功地塑造了林道静这一人物形象。她形象地展示了一代知识青年从不自觉的个人反抗到自觉地参加革命运动的历史道路和必然归宿，表明了一切追求光明和进步的知识分子，只有把个人前途同国家民族的命运、同人民的革命事业结合在一起，勇敢地投入到革命洪流中去，在改造客观世界的同时不断改造自己的主观世界，才有真正的前途和出路，也才有真正值得歌颂的、美丽的、无悔的青春。《青春之歌》这个立意深广的主题，不仅与当时整个时代的社会思潮相一致，与中国革命知识青年实际的生活道路相一致，而且，就小说史来说，它无疑也是对以往在摸索中前进的知识分子题材小说主题上的一次带有总结性的更为准确的发掘和拓展。

56. 毛泽东：指点江山　激扬文字

máo zé dōng: zhǐ diǎn jiāng shān jī yáng wén zì

　　毛泽东是一位伟大的政治家、军事家，同时还是一位卓有成就的诗人。革命家与诗人的双重角色，使得毛泽东的诗词别具风格。从目前已出版的毛泽东诗词来看，作品内容丰富，题材广泛，既有早年的激扬之作，也有晚年的忧思之篇；既有驰骋疆场的战歌，也有革命暂处低潮

1949 年第一次文代会上，毛泽东与周扬、茅盾和郭沫若合影

的悲声；既有革命家指点江山的宏伟诗篇，也有政治家友谊爱情的真情小

语……他的许多诗词都是写于行军途中的，它们是一幅幅绚丽的风景画，一首首优美的抒情诗，同时又是一曲曲高昂的进军号角。今天，我们读他的诗，好像是在重温中国革命所走过的道路，跟随毛泽东转战南北，仿佛又回到了那战火纷飞的岁月……

青年时代的毛泽东走出韶山冲，正值"风华正茂"，虽"身无分文"，却"心忧天下"。当看到"漫江碧透，百舸争流"的竞渡局面时，当看到"鹰击长空，鱼翔浅底"的自由世界时，他感慨万千，不禁发出了"怅寥廓，问苍茫大地，谁主沉浮"的慨叹。他立即投身到时代的大风大浪中，凭着年轻人的热情与意气，写出激浊扬清的文字。

1929 年毛泽东被迫离开了红四军的领导岗位，抱病深入到上杭县城。当时正逢重阳佳节，闽西南地区，层林尽染，山坡上的野菊花争相竞放，金黄一片。毛泽东躺在担架上，不禁陶醉于扑鼻而来的花香之中，精神十分振奋，身体也似乎好了起来，即兴吟出了一首《采桑子·重阳》：

人生易老天难老，岁岁重阳。今又重阳，战地黄花分外香。

一年一度秋风劲，不似春光。胜似春光，寥廓江天万里霜。

在这首词里，毛泽东通过重阳节述怀的形式，热情讴歌了革命根据地独特的自然风光，同时又将描写自然景色与抒发革命者的人生观融为一体，全词情景交融，富于哲理。

词刚吟罢，毛泽东便接到了振奋人心的好消息。1929 年 12 月底，在上杭古田召开红四军第九次代表大会。通过"古田会议决议"，毛泽东当选为前委书记，重新回到领导岗位。1930 年 1 月初，赣、闽、粤三省敌军调动十四个团，进行第二次"三省围剿"。福建的敌军占领龙岩，先头部队距古田只有三十公里，广东的敌军进武平入永定，江南的敌军占领长汀。情况十分紧急。为粉碎敌人的"会剿"，红四军前委决定从福建向江西战略转移。当毛泽东率部队从福建进入江西时，正值隆冬时节，天阴雨泻，寒风凛冽。红军战士仍身负重装，跨涧涉河，向前挺进。毛泽东被战士们表现出来的大无畏气概所感动，于是吟成《如梦令·元旦》：

宁化、清流、归化，路隘林深苔滑。

今日向何方？直指武夷山下。山下山下，风展红旗如画。

起伏险峻的崇山密林，蜿蜒挺进的队伍，崎岖的山间小路，迎风招展的红四军旗，这些细节描写与高度概括相结合，形式和内容和谐统一。读这首词，我们仿佛是在观看一幅红军部队的行军图！

1934 年 7 月，毛泽东参加粤赣省委扩大会。23 日清晨，他带领粤赣省委干部和警卫员游过绵水，登上会昌山。站在山巅，毛泽东遥望绵延起伏的群山和山下阡陌纵横的苏区土地，不禁心潮起伏，挥手写就《清平乐·会昌》：

东方欲晓，莫道君行早。踏遍青山人未老，风景这边独好。

会昌城外高峰，颠连直接东溟。战士指看南粤，更加郁郁葱葱。

1942 年 5 月，毛泽东、朱德和参加延安文艺座谈会的代表们合影。

马背上所经历的生死之战，马背上所目睹的一切，包括南国的崇山峻岭、江河激流，都深深地映在诗人的脑海里，于是，这用语浅近而又寓意深沉的豪迈词章便一挥而就。1935年初，红军在贵州天险娄山关与黔军展开了激烈战斗，在一天之内，夺得娄山关，接着又夺回遵义城。娄山关战役的胜负，是对刚被确定领导地位的毛泽东的严峻考验。这次战役的胜利表明，毛泽东没有辜负党和红军将士的信任，同时，这也是毛泽东指挥生涯中最值得自豪、最富纪念意义的重大事件。获胜后毛泽东感慨万千，遂写成了极为精彩传神的《忆秦娥·娄山关》：

西风烈，长空雁叫霜晨月。霜晨月，马蹄声碎，喇叭声咽。

雄关漫道真如铁，而今迈步从头越。从头越，苍山如海，残阳如血。

1935年10月，当毛泽东率部队奋勇登上千年积雪、耸入云端的岷山山巅时，他被神奇的自然景观震撼了：漫天皆白，无边无际的连绵群山，是那样的壮美绚丽。毛泽东不由得联想到长征的胜利前景，心情豁然开朗。长征以来的种种艰难险阻。在《七律·长征》中化为了轻松明快的笔调：

红军不怕远征难，万水千山只等闲。

五岭逶迤腾细浪，乌蒙磅礴走泥丸。

金沙水拍云崖暖，大渡桥横铁索寒。

更喜岷山千里雪，三军过后尽开颜。

长征，创造了人类历史上的伟大奇迹，而率领红军长征的毛泽东则用自己的诗词，再现了人类历史上这一段惊天动地的悲壮情景。

1945年8月28日，毛泽东到重庆与国民党谈判。在重庆，毛泽东遇到了二十年前结识的柳亚子先生。当时，柳亚子正在选编《民国诗选》，他便提出向毛泽东索要诗稿的想法，于是，毛泽东就把在发展陕甘宁抗日根据地时写的《沁园春·雪》抄录给柳亚子：

北国风光，千里冰封，万里雪飘。望长城内外，惟余莽莽；

大河上下，顿失滔滔。山舞银蛇，原驰蜡象，欲与天公试比高。须晴日，看红装素裹，分外妖娆。

　　江山如此多娇，引无数英雄竞折腰。惜秦皇汉武，略输文采；唐宗宋祖，稍逊风骚。一代天骄，成吉思汗，只识弯弓射大雕。俱往矣，数风流人物，还看今朝。

　　柳亚子得到毛泽东的词稿之后，自己也诗兴大发，按原韵和了一阕。热心的柳亚子把毛泽东书赠的《沁园春·雪》与自己的和作传扬了出去。这件事引起各方人士的注视和反响，纷纷继续发表和作或著文品评《沁园春·雪》，当时著名的诗人、文豪如郭沫若等人，也都曾填过《沁园春》。

　　《沁园春·雪》不仅在当时的文化界引起了轰动，而且还引起了社会服务行业的注意。成都一家颇有文化眼光的酒店老板，竟挂出了"沁园春"的招牌，并在酒店内的墙壁上书写《沁园春》，一时传为佳话。据说国民党还暗中组织写词高手，来填写"沁园春"的词，但都没有能超过毛泽东这首词的，于是他们就派一些反动文人进行诽谤和攻击，但最终还是被赞扬这首词的正气给压下去了。

　　1946 年，著名历史学家范文澜写了《〈沁园春·雪〉译文》，文章说："气魄的雄健奇伟，词句的深切精妙，不止使苏、辛低头，定为词中第一首"，这是"因为毛泽东的气魄，表现了中国五千年历史的精华，四万万人民的力量"。

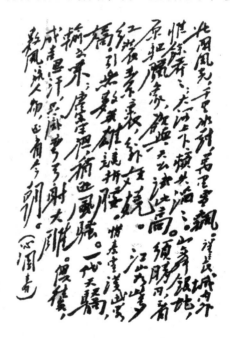

毛泽东手书《沁园春·雪》

　　纵观毛泽东诗词，可以说是一幅中国的北伐战争、土地革命、抗日战争、全国解放战争以及建国后的社会主义革命和建设的剪影，是一部现代

中国人民的革命斗争史和建设史，其总体特色是雅俗共赏，雅即典雅，优美多姿，耐人寻味；俗即通俗，明白晓畅，易于理解。雅中有俗，俗中有雅，而且结合自然，不事雕琢，没有生拉硬扯之感。

典雅主要表现在成功地运用典故、神话、象征物等方面。由于毛泽东是以诗词的形式对其进行有机的融合，因此，典故、神话、象征物不仅具有本义及引申义，而且还富有音乐美。毛泽东所运用的典故、神话、象征物往往是广为人知的，很少用生僻的，这就增加了其诗词的可读性。如以"一枕黄粱再现"讽刺新军阀企图独霸中国的野心，以"不可沽名学霸王"教育人民不要如项羽那样追求虚名，使革命半途而废，要将革命进行到底。毛泽东用典的另一特点就是一诗或一词用一典或两典，较少用多典，如《清平乐·蒋桂战争》用一典"一枕黄粱再现"，《七律·人民解放军占领南京》用一典"不可沽名学霸王"。

通俗主要表现在运用白话上。白话的运用，使诗词不再仅为知识分子所独有，而是让普通百姓也能共享。白话通俗流畅，既便于朗诵，又便于理解。他的诗词没有哪一篇中的白话少于一半，有的几乎句句白话，如《如梦令·元旦》。毛泽东诗词还用了一些口语和谚语，如"哎呀我要飞跃"，表现了蓬间雀害怕的心理和行动。"离天三尺三"表明红军所越之山的高大。口语、谚语读起来自然上口，易于领会。

毛泽东诗词是继五四新诗以后我国诗坛上的又一座高峰。他以传统的形式，描绘了全新的意境。称得上是"辉煌的史诗，艺术的珍品"。

57. 刘心武呼喊"救救孩子"

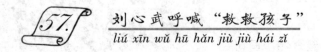

liú xīn wǔ hū hǎn jiù jiù hái zǐ

1918 年，鲁迅在他的第一篇白话小说《狂人日记》中，曾发出"救救孩子"的呼声，那是对中国未来的呼唤和对社会发出的反对封建主义的革命号召。时隔六十年之后，也就是 1977 年，"四人帮"刚刚倒台之际，又有一位作家振臂高呼："救救被四人帮坑害了的孩子。"他，就是当代著名作家刘心武。而他的短篇小说《班主任》，也因发现并提出了当时社会普遍存在而尚未引起人们充分注意的严重问题——"四人帮"的毒害，最严重的是对青少年的毒害问题——而引起人们的关注，并以此成为一个小说流派的开山之作。

《班主任》的情节十分简单，却给人们带来很多思索。小说一开篇就用问句与读者沟通："你愿意结识一个小流氓，并且每天同他相处吗？我想，你肯定不愿意，甚至会嗔怪我何以提出这么一个荒唐的问题。"原来，这个"小流氓"叫宋宝琦，是一个十六岁的少年，本该上初中三年级，然而他却辍学在家，不但不学无术，而且打架斗殴无所不做，是一个标准的"街头小混混"。刘心武写道：他"并非五官不端正"，但"令人寒心的是从面部肌肉里，从殴斗中打裂过又缝上的上唇中，从鼻翅的神经质扇动中，特别是从那双一目了然地充斥着空虚与愚蠢的眼神中"，透出了一个"被污水泼得变了形的灵魂"。

宋宝琦将插入光明中学初三（3）班上课，这个消息在全校引起了轩然大波。老师们认为会因"一粒耗子屎坏掉一锅粥"，将影响教学质量；学生们中间传着班里转来一个"菜市口老四"，并把宋宝琦的"功夫"传得神乎其神，有些胆小的女生甚至吓得不敢来上课。班里的团支书谢惠敏是反对最激烈的一个学生。与宋宝琦不同，谢惠敏受到"文化大革命"的伤害是"内伤"。她本是一个思想纯洁、积极向上的少女，是"革命接班人"，但她却拥有一颗被扭曲的灵魂。宋宝琦愚蠢无知、头脑空洞；谢惠敏却满脑子"阶级斗争"，对"帮"报上宣传的一切奉若圣旨，思想"左"得出奇，看到别的女孩子穿花衬衫和短裙，就说她们"沾染了资产阶级作风"。面对各方面的压力，班主任张俊石老师仍然坚定地迎接宋宝琦的到来，决心用正规的教育，换回那颗"浪子的心"。他做学生、家长、同事的思想工作，说服他们接受宋宝琦，给这个少年一个重新做人、重新学习的机会。

刘心武描写的这两个人物，尤其是谢惠敏，在当时很有代表性。她的身体虽然健康，思想却已经扭曲变形，这是在"文革十年"中成长起来的一代人的"特征"。刘心武能够从"思想"这个深度挖掘"文化大革命"给普通人造成的伤害，不仅仅出于作家敏感的触觉，更与他一段独特的人生经历紧密相连。

刘心武，1942年6月出生于四川省成都市，1961年毕业于北京师范专科学校，之后来到北京十三中（原辅仁中学）教书。在教师这一光荣神圣的岗位上，他干了十五年，经历了种种锻炼和考验。他说："学校是我所熟悉的地方。"所以，短篇小说《班主任》才会选择"学校"这个独特的视角来观察和反映社会面貌。

在刘心武的眼中，学校本来是一个最单纯最平静的地方，尤其是孩子们一双双渴求知识的清澈的眼睛，让刘心武的内心深处常涌起一种对教师职业的崇敬之感。

但是，"文化大革命"的风暴在席卷神州大地的同时，也没有放过"学校"这个圣洁的地方。

"四人帮"的愚民政策，扭曲了一代人的思想，让学生们连"知识就是力量"这句名言，都认定是"资产阶级思想"。

1977年粉碎"四人帮"之后，刘心武压抑已久的情感终于爆发了出来。他把对"四人帮"倒行逆施的所有愤恨，变成大胆的、毫不留情的揭露与否定。1977年1月号的《人民文学》发表了刘心武的短篇小说《班主任》，立即引起了人民的共鸣。刘心武把他殷切的关注融入小说中，用多年的经历和深刻的思索创造出了宋宝琦与谢惠敏这两个在"文化大革命"中孕育出来的"畸形儿"。

小说《班主任》的意义在于：它突破了其他小说对"文化大革命"给人们造成的"外伤"的揭露，把矛头指向"四人帮"对孩子心理上的残害。他说："'四人帮'不仅糟踏着中华民族的现在，更残害着中华民族的未来!"他用一名人民教师的责任感，向社会呼吁："理解、关怀、谅解、扶助被'四人帮'坑害了的孩子吧!"

蒋子龙奏响国有企业改革的序曲
jiǎng zǐ lóng zòu xiǎng guó yǒu qǐ yè gǎi gé de xù qǔ

改革开放以来，中国的国有企业经过三十年的发展，发生了翻天覆地的变化。在这三十年中，涌现出许许多多的进取者和改革者。他们都在各自的工作领域作出了很大的贡献。但有一个人，却在改革开放之初便已经做着如今他们在做的事。他就是乔光朴，蒋子龙笔下的"乔厂长"。

要谈乔厂长，先谈蒋子龙。蒋子龙，1941 年出生于河北沧县农村，1955 年到天津上中学，初中毕业后到天津重型机器厂当学徒，随后当兵入伍。1965 年复员后回原厂任生产组长。也正是在这一年，他开始了自己的小说创作生涯，发表了第一篇短篇小说《新站长》。后来他的"官"越做越大，历任生产组长、车间主任、厂办秘书等，文章也越写越多。终于在 1979 年改革开放尚未完全启动，"改革文学"还没有成为时尚的时候，他推出了形式上虽为短篇，但从思想含量上来说却是中篇、长篇也替代不了的一篇小说——《乔厂长上任记》。

这篇小说是"改革文学"的发轫之作，一出现便轰动了整个社会和文坛，也正是这篇小说使蒋子龙成为公认的"改革文学"的先锋。

《乔厂长上任记》创造了一个英雄补天的新神话。主人公乔光朴上任后大刀阔斧，雷厉风行，该撤就撤，该罚就罚，三下五除二，迅速改变了一个国营大厂的后进面貌，显示出改革的威力和势在必行的方向。这是一个改革开拓者的典型，他立志改革，敢作敢为，是一个现代工业所必需的中坚人物。他有着过硬的知识技能，更有着以发展生产为主的务实精神。因此，乔光朴也就成为了一种社会期待，是在低水平状态下生活了几十年的中国人希望有胆略、有气魄、有实干精神的改革家迅速扭转落后的局面，帮助他们走出贫困的期待。因此，作品一发表，便走进社会、走进工厂、走进人民的日常生活，走进厂长、局长、部长的办公室，连《人民日报》也为此特意发表了《欢迎乔厂长上任》的专论。一时间，大江南北、

作家蒋子龙

长城内外都在争说乔光朴。其实，蒋子龙创造出这个人物，虽然和当时的形势有关，但更多的是根据自身经历和切身体验。

文章中有一段乔光朴在上任后，工人们考核厂长的描写。这是蒋子龙亲身经历的事。蒋子龙在担任车间主任时，工厂有一次对干部进行全面的考核，当时的蒋子龙虽有过硬的技术，但对企业管理、干部责任以及一些行政方面的问题却不甚了解。所以这次考核，给了他很大的震动。从此他开始努力学习理论知识，在两年后的考核中获得大家的一致好评，最后当上了厂办的秘书。文中的反角冀申——电机厂的原厂长，也确有其人。此人原是"文革"中"文革"接待站的联络员，利用自己特殊的地位与许多身份重要的人拉上了关系，所以文革结束后他就开始呼风唤雨，调到了当时蒋子龙所在的厂里任厂长。但他对业务一窍不通，在此工作不到两年，就调到别的单位去了。当时厂里的工人还放了鞭炮，庆祝他的离去。所有这一切都被蒋子龙看在眼里，记在心中，才有后来的这篇《乔厂长上任记》。正因为这里面有许多真实的故事，所以才真正打动了人心。也正应了那句话：文学来源于生活，但高于生活。蒋子龙在自己的回忆录中说："我熟悉社会的这个领域，也精通这一块生活。之所以敢用'精通'这两个字，是我对小说中的人和事十分了解，也终于抓住了这一块生活的内涵。"

在"反思文学"后出现的"改革文学"呈现着复杂的状况。"改革文学"的出现有一定的意识形态的背景，它与"反思文学"的关系不是继承而更多的是纠正和反拨。也许基于此种认识，当时主管意识形态的领导们要求创作者们转向，把更多的精力用于歌颂社会的改革上，并作为一个明确的口号提交给作家。于是"改革文学"的写作由时代的潮流又变成了时代的律令。当代文学的历史证明，文学一旦被纳入政治需要的框架，作家一旦被规范在某种基调下写作，文学的生机也就丧失了，代之而出现的必然是教条的、僵硬的、一统化的格局，也就是说有大批量的雷同化的作品纷纷诞生。在这样的状况下，蒋子龙一方面不被那种教条的主旋律所拘，不断开辟新的疆域；另一方面不是简单地为改革唱颂歌，而是充分揭示改革中出现的问题，才使这一时期的文学没有出现大的倒退，给"改革文学"留下了光辉的篇章。从这一点来说，《乔厂长上任记》的意义是极为深远、不可磨灭的。

59. 路遥短暂而闪光的"人生"

lù yáo duǎn zàn ér shǎn guāng de rén shēng

路遥的猝然辞世和他当年突然出现在中国文坛上一样，都使人感到惊愕，真是来也匆匆，去也匆匆……

路遥是一位农民作家，他的小说基本上反映农村人的生活，写他们的经历、斗争、拼搏、恋爱、尤其注重描写一批被发配到边远农村劳动改造刚回到城里的知识青年的苦难生活经历。

1972 年秋天，陕西"裴多芬文学俱乐部"成立，上级令他们筹备恢复《延河》文学月刊。当时的陕西文学界和全国其他地方差不多，在一场严霜过后，到处的草木都处于凋零之中。他们首要

作家路遥

考虑的就是分头到全省各地去发现作者，有了作者队伍，刊物才有基础。去陕北的同志带回来一篇小说，题目是《优胜红旗》，署名路遥。他们是从延川县文化馆办的一份名叫《山花》的小刊物上发现它的。小说描述的是农村学大寨运动中的一个小故事，文笔通顺，有生活气息，故事也颇具意味，但作者是个什么样的人呢？不甚了解。不过还是在《延河》复刊的第一期（1973 年 7 月号）上刊登了，路遥就这样走上了中国文坛。

那时的路遥，正在延安大学中文系上学。当时大学搞"开门办学"，学生经常到社会上去搞各种活动；后来又讲"开门办刊"——走出去，请进来。《延河》编辑部就把一些有希望的作者请来编辑部帮助工作，从实际工作中培养提高作者，路遥就是其中的一个。在编辑部那段时间，路遥的生活非常艰苦，每月编辑部给他一定的生活补贴，除去吃饭所剩无几，只能抽一些劣质烟，穿几件破衣裳。1976 年是中国历史上令人难忘的一年，这一年我们国家发生了一连串的重大事件，人们在情感上都经历了最大的悲和欢的洗礼。这一年也是路遥短暂的一生中重要的一年，那一年夏天，路遥从延安大学中文系毕业，面临着职业的选择。按照当时省教育部门规定：延安大学毕业生一律不向关中分配，只准分配到陕北各地县，而路遥的意愿是能到省里的文学单位工作，以实现自己的"鸿鹄"之志。《延河》编辑部的几位同志看准了路遥是个好苗子，同意把路遥吸收到《延河》编辑部。之后，历史发生了巨变，一个新的时代已经开始，文学作为时代的感应神经，最先感知到这种变化。第一个文学潮头是伤痕文学的涌起，接着就是反思文学、寻根文学等等，路遥一边在编辑部从事着日常工作，一边审视着、思考着文坛的动向……在这一段时间里，路遥用业余时间写了些短篇小说，在国内刊物上发表了，但没有引起轰动。路遥对此并不在意，依然认真地写作，终于中篇小说《惊心动魄的一幕》诞生了，发表在大型文学刊物《当代》上。这篇中篇小说获得了全国第一届优秀中篇小说奖，路遥在人生的道路上，在创作的道路上向前迈进了新的一步。

路遥在许多方面都显得十分执著，干什么都想干得好一些，标准高一些。他的朋友们介绍说他在编辑部熬夜写小说的那一段日子，除了早晨起得迟一些，上班迟到一会儿，本职工作未受什么影响。路遥对那些处境困难的作者，想各种办法，使其稿件达到发表的水平，这可能与他自己曾经历过艰难处境有关，他深知人在困难中多么需要得到别人的帮助啊！苦难谁也不愿意去经受，但是经受过苦难的人身上往往会具有许多美好的品质。比如意志坚强、容易理解人、同情人、肯帮人等，而路遥身上这种品格就更明显，其作品《人生》就是一个见证。

延安宝塔。路遥在延安接受了大学教育。

　　1982 年，路遥开始专业创作，不久就发表了中篇小说《人生》并获得全国第二届优秀中篇小说奖。《人生》在全国获得了热烈的赞誉。作品取得重大成功的根本原因，在于作者以自己在农村生活的深切体验为依据，在新的历史时期开始之际，对农村中一批有才能的知识青年的命运和前途给予了深切的关注。这部作品在当时受到了全国青年人的特别青睐。直到作品发表、出版若干时日后，大学里的大学生还对高家林、巧珍的命运进行热烈的争论，路遥也因此多次被西安的各个大学邀请去参加各种讨论会并解答各类问题。然而，任何事物一旦在社会上出现，并引起一定的反响，其反应不可能完全一致，《人生》也不例外。有一种公开的意见，认为路遥《人生》中的高家林是法国司汤达《红与黑》主人公于连的翻版，是一个典型的资产阶级个人主义者，有许多名人、权威在某些公开的会议上对高家林的所作所为提出质疑。路遥面对这一切既没有因荣誉而欣喜若狂，也没有因为某些专家的否定而焦虑，反而非常平静。"赞誉也罢，诋毁也罢，那是读者的事。"他又说："作品一经发表那就属于社会的了，读者有权称赞，也有权批评以至于否定，那是读者的权利，与作者没有多大关系，我这一辈子不能只凭一本书吃饭啊！"他背起挎包又到陕北的山峁上开始了新的旅程。回到机关，经常独自一人，不是坐在前院的喷水池旁，就是在后院的某个角落静静吸着烟，谁也弄不清他那时的思绪是在一个什么样的天地里漫游。晚上，在院子里的那间小屋，常聚几个人闲聊；更多的时候，是他默默不语，似乎有心事，没有人能够猜得透。

《平凡的世界》是路遥所有作品中成就最高的。他全身心投入，抛开了常人的日常生活，连他最心爱的女儿也无暇顾及。在整个创作过程中，他身上有一种宗教式的虔诚和狂热，正如人们常说的，他的生命进行了一次燃烧。第一部是在铜川煤矿一个深山里的矿上写的。因为作品后边要写煤矿，他去兼任了铜川矿物局党委宣传部副部长。他赶在冬天大雪封山前

电影《人生》剧照

写了第一部初稿，疲惫是可想而知的。他把完成的初稿拿给好友董墨看，董墨回忆当时的情形："路遥抱来了一摞稿纸，放在桌子上，足有尺许高，一见这么多稿纸，就可以想见整个工程的浩繁。"作品的第二部在陕北榆林完成，路遥一边吃中药一边写，先后吃了一百多

副中药。有人建议他到西安医大医院检查一下是什么毛病，以便进行针对性的治疗，他却说不能去，真的查出什么来，那第三部就写不出来了。他是用自己的生命在写这部书啊！更有人劝他速度可稍稍放慢一点，两年完

成一部，那样会稍微轻松些，但路遥有自己的考虑，他说："不拼，这部作品就写不出来，假若时局一旦有变化，书写不完，那就像柳青一样留下永世无法弥补的遗憾了。"1989年春末他在陕北完成了第三部的定稿。《平凡的世界》没有被他带回《延河》，而是交给了《黄河》杂志社发表了，至此路遥的文学创作道路走向了他人生的辉煌。

进入90年代，路遥的精神日渐委顿，更是常常沉默不语，夏天常见他独自一人坐在院子里那丛枝条婆娑的腊梅树下的阴凉处，抽着烟，心事重重。路遥就这样一步一步走向成功，同时也一步一步走向死亡。

四十二岁正是人生风华正茂的时节。古人说，四十而不惑，他各个方面已趋于成熟，如果他健在的话，应该会写出更多更好的作品，可他竟然走了，他给人们留下他用生命写成的好作品，但也给人们心里留下无限的惋惜和无尽的悲伤。他的"人生"是"平凡的世界"，普通而又闪光，就像一簇灿烂的火花在人们的头顶划过，短促而耀眼，是永远难以消除的记忆。

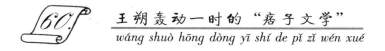

60. 王朔轰动一时的"痞子文学"
wáng shuò hōng dòng yī shí de pǐ zǐ wén xué

20世纪80年代至90年代中叶，王朔几乎成了文坛上炙手可热的新闻人物。大报、小报都在追踪他，各种报道令人眼花缭乱。他从写小说、拍电影、拍电视剧到创办"海马影视创作室"、"好梦公司"、"北京时事文化咨询公司"等等，新玩意儿一套一套，而且总是紧追时尚，于是，王朔引起了人们的注意。

王朔出身于一个革命军人家庭。父亲是人民解放军政治学院的一个教员，母亲是个医生。王朔在北京长大，高中毕业后入伍当了三年卫生兵，复员后分配在北京一家医药公司当药品推销员。由于在那儿干得挺别扭，他辞职了。当待业人员是件痛苦的事，没少挨人白眼。为了生活，他什么活儿都干：跑买卖做生意，天南地北地闯荡了一番；想当演员，到了水银

"看上去很美"的王朔，"码"起文字来却是个十足的"顽主"。

灯下还没表演就头晕；想干司机，没有干成还差点儿出事；考大学榜上无名……逼得没办法，最后开始写作。没有想到，这条路却走通了。他根据自己在部队的生活体验而写出的小说《空中小姐》引起了轰动，还拍成了电视剧，这使他感到写小说不仅是条出路，而且可以在精神上获得巨大满足。

其实写作这一行，他在部队当卫生员时就开始尝试了。那是 1978 年，他从海军一个舰艇上下来，到仓库仍然当卫生员，在《解放军文艺》上发表了他的处女作《等待》。小说写的是一位少年，在"四人帮"横行的年代什么都禁止的时候，他却如饥似渴地读了一些好的文学书，爸爸支持，却惹起了妈妈的担心。他等待百花争艳的春天早日来临。

王朔在回忆自己走过的这段艰辛的道路时，感慨万千地说："我和许多年轻人一样，希望有个体面的单位，有份体面的工作，当时如果有个单位收留我，也许就不是现在的王朔了。"王朔自 1984 年正式以写小说为职业以来，作品甚多，算得上是高产作家。王朔的《空中小姐》、《顽主》、《一半是海水，一半是火焰》、《橡皮人》等小说，在改革的年代里，走在反传统的前沿，但又处于秩序的边缘。小说中的人物大都在没日没夜地奔忙，有的人穿梭于各种女人和牌桌之间，甚至还沾点儿"坑蒙拐骗偷，吃喝嫖赌抽"的"恶习"。但这些人有一个共同的特点：他们自认为心地坦率、真诚、自尊，憎恶"社会面具"，总是以新的价值观编织自己的人生，品评自己的悲欢。王朔塑造的这些人物形象，首先赢得了个体户和青年人的厚爱，这些小说很快在社会上流传开来，他的书也成了畅销读物。

1988 年，王朔的四篇小说被四位青年导演相中，拍摄成四部故事影片。这就是峨眉电影制片厂米家山导演的《顽主》，西安电影制片厂黄建新导演的《轮回》（根据《浮出海面》改编），北京电影制片厂夏刚导演的《一半是海水，一半是火焰》，深圳影业公司叶大鹰导演的《大喘气》。对这些电影，有的赞成，有的斥责，有的欢喜，有的担忧。称赞者认为，王朔的电影开拓了一片新天地，塑造了一批在开放大潮中出现的机智幽默的小人物，具有浓郁的时代气息；贬斥者认为，王朔电影中的主人公，大都是对生活、对社会没有责任感的"痞子"，说这些电影是写痞子、拍痞子、演痞子，给痞子看，培养新痞子的。

王朔本人虽然对某些评论不满，甚至有点耿耿于怀，但他仍继续写作，作品也继续被搬上银幕。除了上述四部外，又有《天使与魔鬼》、《青春无悔》、《神秘夫妻》、《阳光灿烂的日子》（根据《动物凶猛》改编）等被改编成电影。

王朔在电影界热了一阵以后，继而向电视界进军，同样引起轰动。《渴望》和《编辑部的故事》就是实例。用王朔的话说，从《渴望》到《编辑部的故事》，是一个战略样式的探索。《渴望》惹老百姓掉了不少眼泪，《编辑部的故事》想让大家乐一乐。谁都知道，喜剧难搞，笑料不好找，既不能把政治庸俗化，亵渎神圣，又不能玩黄色幽默低级趣味，必须把创作定位在抱着善良的愿望，嘲弄或自嘲普通人性的弱点，把人生无价值的方面撕开来让人看，让人在笑声中得到启迪，而且又要多少反映出社会生活本质的东西。也许是做过药品推销员的因素，王朔头脑中的广告宣传、促销产品等商品经济意识比较强烈，新词儿特多，招数特多，这是一般人所不能及的。

1992 年底的《爱你没商量》播出后，可谓褒贬不一，众说纷纭。到 1993 年年初，又引发了一场对王朔作品的评点。《中国青年报》在 1 月 30 日刊登了一篇题为《一只色彩斑斓的毒蜘蛛》的文章。文中说："王朔的流行，一方面是由其作品的魅力所致，另一方面是当代中国文化贫困的凶兆。""基于建设的任何毁坏都值得尊敬，但王朔不是，他是一个不甘寂寞的玩世者，一个世纪末的恶作剧者"，"王朔作品的魅力，在于他玩味调侃一切所谓神圣的东西，于捉襟见肘中获得某种优越的感觉"。"痞子语言自古有之，但王朔把痞子语言合法化，把痞子意识神圣化，在汉语屡遭强暴的躯体上，又狠狠地下了一手，我们多了个王朔，汉语多了些不幸。""他创作的人物都只是围绕着一个话题神侃，谁也不会去证实什么，谁也不去改变什么。"文学评论家冯牧支持王朔，他认为，王朔的出现是我们当代文学很值得注意的现象，尽管引起了很大的争论，但应该承认，王朔在丰富文学画廊时，也帮助我们认识了生活。王朔作品很好地挖掘和表现了与他同时代的青年男女在这个历史时期的思想和心态，具有认识价值，尽管与他们有"代沟"，但也觉得他们确有可爱之处。冯牧还说，说王朔及其作品是"毒蜘蛛"未免上纲太高，他看不出哪里有毒。他认为王朔是有才华的作家，有自己的追求，不应要求所有的作家都写英雄，写出丰满的正面人物或普通人物，同样都好。

作家刘大年认为，说王朔的作品是"痞子文学"不够严肃，也太简单，王朔的作品毕竟有许多读者喜爱。说他的作品是"痞子写给痞子看"把读者都骂了，就更不对。王朔本身没有排他性，他不过是百花中的一枝，何必就容不了他呢？

作家郑万隆剖析了王朔的作品，认为王朔在幽默调侃的同时还具有深刻的一面，而且，他的众多作品不乏温情；王朔的作品中最为引人的是其反文化的倾向，通过对下层市民生活的描绘，对传统和世俗文化进行嘲讽，同时也不忘自嘲。他在作品中，既表现了一种真实的存在，又表现了对这种存在的态度。

总之，不管你如何评点王朔，褒也好，贬也好，喜也好，怒也好，短短八年（至1993年）时间，王朔已经完成了二百万字小说，其中长篇三部，中篇二十部，短篇数十篇。《玩的就是心跳》一版就发行十万册，而且三版脱销。发表在《收获》上的长篇小说《我是你爸爸》，在上海首届长、中篇小说大奖评奖中得了个三等奖，这是王朔自写小说以来首次得奖，这使他又有了回归的念头，他说写小说毕竟是自己的正业。

如今的王朔，已经在文坛大红大紫起来了，成为年轻人崇拜的偶像。谈起他的作品受欢迎，他说："那证明自己有着和人民群众同样的喜怒哀乐。"但他并不认为自己的作品好得不得了，无可挑剔；相反还有许多不成熟之处，如语言提炼不够精确，措辞、用语分寸不当，他希望评论家实事求是地评论，不要乱扣帽子，增进彼此的了解，减少误会。他自己认为，从业余写作开始（1978 年在部队写《等待》起）发展到今天这样一写就来钱，成为一个有头有脸的文化人、写作的自由职业者，是经过了一个相当艰苦的拼搏过程的。

"有人觉得我的作品是调侃别人的，不严肃的。其实，创作是件特严肃的事，说我的作品调侃别人，不如说是自我调侃更确切。谁都不是真龙天子生的，是人都有弱点，不是每个人刀架在脖子上都不含糊，只有调侃了自己，才能调侃别人。"

王朔并不讳言自己是搞通俗文学的，他写作是在探索祖国语言的奥妙。他认为，汉语是世界上最丰富、表现力最强、变幻莫测的语种，虽然创作过程是很艰苦乏味的，但当你把汉语中最微妙的词语梳理出来，重新组合，使其成为各种新的富有魅力的词语表达出来时，你会感到一种难以言传的愉悦。而今，时代已发展到 21 世纪，汉语已得到了极大的发展丰富，北京人的用语也发生了很大变化，一些政治术语已融进百姓的日常口语中，比如用挺大挺严肃的词儿说自个儿生活中那点挺小的事儿，会产生一种让人忍俊不禁的效果。

这样看来，王朔并不是"一点儿正经没有"的人。

61. "农民作家"笔下的"废都"

nóng mín zuò jiā bǐ xià de fèi dū

"天上没有玉皇，地上没有龙王，喝令三山五岳开道，我来了！"何许人也？答曰："假平便是不平那么凹了下去就贾平凹了（又叫贾平娃）。"他大声喊着："我是平娃，我是农民。"就是这个农民走向了城市，而这个农民却写出了众多灵秀动人的篇章，成了多少城市人都梦想成为的"大手笔"作家。不惑之年，他的农村与城市生活在年份上各参一半时，作家之笔终于触及城市，作出了轰动一时的小说《废都》。如果说，他这二十年城市生活的创作源泉是前二十年的乡村生活，那么这篇《废都》的问世，饱含着乡村泥土的气息。

作家贾平凹

1953 年春，贾平凹出生在陕西丹凤县农村一个二十二口人的大家庭中。长大后读了《红楼梦》的贾平凹称自己生活的家庭，其人际关系之复杂如《红楼梦》中贾府的一个小小的缩影。他称自己"自幼没有得到什么宠爱。长大体质差，在家干活儿不行，竟遭到大人的唾骂"。平娃在初中时是住校的，和同学一起在一个有窗子、没玻璃的宿舍里搭铺，曾经尿过床，也在身上发痒的夜里摸出一个肉肉的小东西在窗台上用指甲压死，天明时那里留下一张瘪白的虱子皮。学生灶上的师傅有一颗发红的秃头，打饭给平娃时总是汤多面少，平娃曾画过他的漫画在第三教室的后墙上，而且配上一句话：秃、灯泡、葫芦、绣球。也因肚子饥饿偷吃过学校后院的毛桃，因作业本上的错别字多被老师在课堂上示过众。但平娃毕竟还是一个好学生，上课用心听讲，不做小动作，从没和人打过架，也不给别人起外号；虽然个子矮，下课后被同学拿来做夯打，但却不曾恼过。体育不好，那是因为无人把球传给个子矮的，便和体育绝了缘。唱歌时，被人耻笑牙不整齐，从此也就羞了口。在中学时唯一能一显身手的时候，就只能算得上期末考试了。学生灶上的饭常常使他捱不到时候，但为了节省饭钱，星期日回家带来的黑面馍和冷熟红薯，有两天就用开水泡了吃。就这样一天天地结束了初中生活后，贾平娃就真的成了农民。

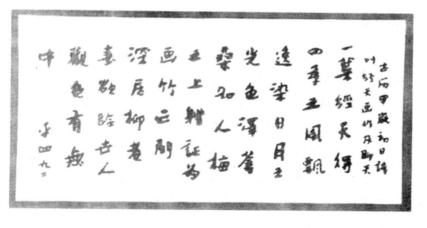

文学、书画和收藏是贾平凹人生的支架，他曾说："书法和绘画就是我想说而无法说出的话。"他的书画个性鲜明、自成一家。

做农民的日子里，贾平娃回想着初中生活竟连吃不饱都是快乐的，因为老农们似乎并不喜欢这个又矮又笨的人做帮手，大声地叱骂、作践他。队长把平娃分配到妇女组里干活。"队长让那些三十五岁以上的、气量上小、总说是非、庸俗不堪、诸多缺点集于一身的婆娘们来管制我，用唾沫星子淹我。我很伤心，默默地干所分配的活儿，将心身弄得疲惫不堪，一进门就倒柴捆似的倒在炕上睡得如死了样沉。""文革"中，当父亲被诬为"历史反革命"，开除公职，平娃连和这些妇女一同务农的机会也没有了。二十年后他回想起这段日子时，他说："真正的苦难在乡下，真正的快乐在苦难中。"那段日子是艰苦的，那时父亲被关押在"学习所"，他和弟弟以砍柴为生。那时，每天天不亮就背上干粮上山，在山上砍柴是有各种各样的危险的。一次，累了一天的平娃和弟弟，把带来的薄饼一人一半掰开时，一只大乌鸦突如其来地从一棵柿树上飞来，平娃知道乌鸦吃砍柴人的干粮，大叫一声，弟弟不知事理，回头看时，乌鸦已叼走装干粮的布袋腾空而去，而他们也只得挨着，走下山去。这仅仅是饿肚子，而更甚时却是几乎要丧命的。一次，平娃上山为了多砍柴，就把砍好的柴扎得格外的高，最终被高于他好些的柴坠倒了，顺着高高的山崖滚了下去，幸而，被三棵桦树挡住了，救了命，额头上却破了洞，尽管这样，仍坚持背了一半

的柴走下山。

这样的日子一直挨到"文革"后，父亲被平了反，平娃争取到了乡里唯一一个上大学的名额。在《我是农民》中贾平凹回顾他走出村子时写道："车开出了巩家河沟口，就进入商镇地面了，我回过头来，望了望我生活了十九年的棣花山水，眼里掉下了一颗泪子。这一去，结束了我的童年和少年，结束了我的农民生涯。我满怀着从此踏入幸福之门的心情要到陌生的城市去。"就这样，这个农民走出了乡村，贾平凹不再是"平娃"了。当他从山沟走到西安看见高大的金碧辉煌的钟楼，几乎被吓昏。宽宽的街道，密密麻麻的车子，他寸步难行，询问路程，竟无人理睬。草绳捆一床印花被子，老是向下坠，他便只是沿着墙根走，心里又激动，又恐慌。坐电车，又将草帽丢失。莽莽撞撞进了商店，看见了香肠不知是什么，问服务员，遭到哄堂大笑的嘲笑。他找不到厕所急得变脸失色，竟大了胆走进了一个单位的楼上，看见"男厕所"字样，进去却见一排如柜一样的摆设，慌忙退了出来，见有人也进去了，系着裤带走出来，便疑惑地又进去。跌跌撞撞的他终于走到了学校，老师要求每一个新生写一篇入校感想，不知怎么的，贾平凹作了一首很长的诗交了上去，三天后却意外地发表在尽是教师们诗文的刊物上，成为刊物上仅有的一篇作者是学生的作品。消息不胫而走，贾平凹成了学校的新闻人物，虽走路仍然总是低着头，但后腰骨却硬了起来。心里说："西安有什么了不起呢？诗这玩意挺好作嘛！"当年想当作家、诗人的梦，也就在这里死灰复燃了。

但是这个城市与乡村的差距还是让他的自卑感与日俱增。孱弱的个性、出身山乡和与"现代意识"的隔膜，使他把自己沉浸在了创作中。贾平凹在城市这二十年里写了大量以乡村为题材的作品，描写着记忆中乡村人的淳朴、善良，在他乡村和城市生活各自参半时，他似乎才刚刚注目这让他感到羞愧自卑的地方，这个强大、陌生而又俯视着他的"世界"不过如此。他认为，如果文章是千古的事并不是谁要怎么写便怎么写的，它是一段故事，属天地早有了的，只是有没有夙命可得到。这二十年的城市生活，终于令他产生了以城市为题材的小说的创作，便"天成"了《废都》。

而当我们阅读《废都》时，它恰恰恍惚如所经历、如在梦境。贾平凹为了寻找适合于创作的地方，几次迁移写下了这本书，罢笔的他却无法确定这本书中的故事是一桩夙命还是上苍的戏弄，茫然地出版。不料，一时间，在社会上却引起了强大的反响。《废都》选取城市中暴露得最充分、最易令人反感然而却往往是浮面的病态现象加以嘲弄、挖苦和抨击。《废都》写的是西京城中的知名作家庄之蝶由名声大作到身败名裂、最后离开西京城的事；写了庄之蝶同孟云房、周敏、阮知非等人的复杂关系；也写了作为一个有名有利的庄之蝶同妻子牛月清、初恋情人景雪荫、朋友的妻子唐宛儿、汪希眠的夫人、自家的保姆柳月、阿灿之间的复杂的情感纠葛。由庄之蝶阴差阳错地给周敏介绍工作，又由周敏的一篇写庄之蝶的文章引来的是非为线索，把这几段情感用现世生活穿插，构成了一幕幕的"真生活"。在这些贾平凹构建的生活图中有人的虚伪、狡猾，也有人的诚实、淳朴和善良；有社会的冷漠，也有作为动物的牛由生到死的描写；有社会上人们不择手段的丑态，也有人们心底最纯洁、最忠贞的感情的自然流露。

贾平凹就是这样用自己鲜明的笔调描写着这个现世的世界，他的作品清新自然、凝练含蓄又富有浓郁的诗意；有行云流水般的和谐、畅达的结构；有质朴、清新含蓄而抒情的语言。这一切使他常青于当代中国文坛。

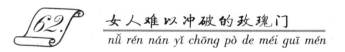

62. 女人难以冲破的玫瑰门
nǚ rén nán yǐ chōng pò de méi guī mén

1988 年 9 月，铁凝的长篇小说《玫瑰门》在大型文学期刊《文学四季》创刊号上首发，几个月后作家出版社又出版了《玫瑰门》单行本。新书出版后，1989 年 2 月，《文艺报》社、作家出版社、河北省文联等单位联合在北京召开了《玫瑰门》研讨会，与会的作家、评论家对《玫瑰门》的共同感受是"冲击了传统的小说叙事模式和鉴赏经验"。

《玫瑰门》以司猗纹的一生为主线，写一家三代女性的不同遭遇和复杂心态。"书中的主角都是女人，老女人或者小女人。因此，读者似乎有理由认定'玫瑰门'是女性之门，而书中的女人与女人、女人与男人之间一场接一场或隐匿、或赤裸的较量即可称之为'玫瑰战争'了。"（铁凝）

　　小说塑造最成功的人物是司猗纹。这个人物的内涵是复杂的，而正是因为复杂才提供了广阔的言说空间。

　　司猗纹在一个和睦的家庭里度过了愉快的童年和少年，她是大家闺秀，掌上明珠，可爱而又"时尚"。她既熟读四书五经，又会模仿湖畔诗人，具备了做标准贵妇的基础。在圣心女中读中学时，她接触到了现代文明。圣心女中的女生们愿意和邻校的男生一起探讨平等自由，探讨国家存亡，在这样的环境下，司猗纹受到一位男生华致远的感化，"热衷于华致远正在进行着的事业"，自由的爱情和自由的理想重叠在一起，就这样合二为一地集中在华致远身上。她生活的社会秩序不能容忍司猗纹如此出格，父母强迫女儿办退学手续，司猗纹"从自由世界一下子落入了专制主义的王国"，她绝望地要离开人世。然而在那个秋雨淅淅沥沥的午夜，华致远来到她的闺房，她糊里糊涂地领略到了自由争来的愉悦——既有爱情的也有理想的。十八岁时的闺房幽会完成了司猗纹女性意识和理想的双重觉醒，也因此为她的生命确定了一个发展方向。可是司猗纹没有想到，真要照着这个目标走下去是多么的艰难。

　　美好的秋雨之夜后，司猗纹回到现实，在现实攻击下毫无抵御的能力。当她得知华致远被缉拿后要去看望，被家里看成疯狂之举。父母很快将她嫁给庄家。庄家对于司猗纹来说就是一个牢狱，她觉醒的女性意识在这里受到无情的摧残，丈夫庄绍俭就是摧残的元凶。如果说她千里下扬州寻夫的经历使她心力交瘁，生出她是谁的疑问，那么丈夫将性病传染给她，最终导致了她的灵与肉的分离，从此她获得彻底的解脱。解脱后做的第一件事就是拿自己的肉体对人生来一次亵渎的"狂想"，她"强奸"了公公庄老太爷，并因此颠覆了她与公公的关系，她从公公手中夺回了自主权。从此司猗纹确立了基本生存原则：让灵与肉分离，让"肉"无所顾忌地适应现实，以图达到"灵"的愿望。

因为"灵"与"肉"的分离，"灵"的愿望没有被"肉"干扰，但也只能隐藏在心底，始终保持在最初的状态，而这个愿望又是与华致远联系在一起的。当"文革"最紧张的时期，外调者来找她了解华致远时，藏在心底的"灵"的愿望被唤起，"原来只有想到那个年代想到华致远，她的灵魂才能纯净如洗"，因此，面对恶狠狠的外调者她"表现了连自己也奇怪的英勇、果敢"。在生活中，她不放弃一切改变命运的可能性。新中国成立，她马上想到与新社会同步的方式：她"站出来"把自己变成一个全新劳动者，糊纸盒，锁扣眼儿，砸鞋帮，去革命首长家做保姆，去小学校教孩子。"文革"风暴到来，她审时度势地"不时亮相"，自己"抄"自己的家，大张旗鼓地交出家具、首饰，读报纸，唱样板戏。她的一切努力，一切挣扎，说到底还是未曾失落的"灵"在迷茫中招引着她。因此，在她生命萎缩到只能躺在床上像婴儿般生活时，她唯一的愿望就是让人把她拉到政协礼堂附近，最后看一眼"灵"的"载体"——华致远。

也因为"灵"与"肉"的分离，"肉"不必受"灵"的约束，她生存的方式就无所顾忌，不惜伤害他人。为捍卫自己的生存权利，她不得不与人对抗，她因此树敌过多，不仅异性成为她的敌人，同胞、亲友也成为她的敌人。无所顾忌的求生方式使她陷入孤独的处境中。

尽管司猗纹是悲剧性的人物，尽管她在强大的社会面前显得势单力薄，但她为自己生存抗争的意愿矢志不移。应该说，司猗纹的生存原则是成功的，它使司猗纹躲过一波又一波的灾难。虽然一生中麻烦不断，但她基本上都能化解，没有遭遇大的麻烦。如果抛开既定的道德准则，司猗纹的所作所为不是体现出一种生存智慧吗？说到底，司猗纹是一个孤单无所依靠的女人，她如果循规蹈矩，任人宰割，在情感上变得麻木，那她在生活上一定会更加平安，甚至可能获得更多的世俗幸福。但这样一来，她始终呵护、钟爱的女性生命的自由天性就会彻底地丧失，虽然这种自由在她的现实生活中并不能真正实现。司猗纹的生存原则只能带她躲过生活中的麻烦，并不能真正改变她的命运，她始终无法接近她的"灵"。司猗纹的悲剧就在于她看重自己的个体生命，看重个体生命的欲望诉求，而她个体生命的欲望诉求却遭到社会的拒斥。铁凝在这里凸现了女性生存的根本性困惑：女性个体生命的欲望诉求与社会利益的冲突。

所谓玫瑰门，应该是指女性的生殖之门、性欲之门。因为玫瑰门，女人才有了女人的觉悟，女人的感情；因为玫瑰门，女人才有了女人的幸福，女人的痛苦。可以说玫瑰门既是女人的欲望之门，也是女人的灵魂之门。小说塑造的司猗纹、姑爸和竹西三个女性形象分别代表了穿越玫瑰门的三种不同方式。

司猗纹期待着干净的灵魂从玫瑰门里穿越出来，向上升腾。因此她不断寻找机会，企图让生命的欲望诉求与灵魂重合到一起；姑爸永远关闭玫瑰门，把生命的欲望诉求封锁在大门以内，以消灭性征的方式来完成女性个体生命的欲望诉求；竹西采取的是与姑爸截然相反的方式，敞开玫瑰门，以放纵性征的自然功能来完成女性个体生命的欲望诉求。

姑爸年轻时曾是一个十足的女性，作好了当一名贤妻良母的准备，只因为她长着一个大下巴而遭到男权社会的拒绝。因此，她把名字改为"姑爸"，用"爸"这一父权象征，宣告自己握有了父权。她换上男性的装束，夺过老马的烟袋，一个失去女性特征的姑爸手托着烟袋出现在家。她认为，"世上沾女字边的东西都是一种不清洁和不高雅"。不过，姑爸并不否认女人本身，她只是认为女人的东西都被这个社会弄脏了，所以她把自己的女性特征隐藏起来，以逃避男权的统治；她不是扼杀自己的欲望诉求，而是锁闭在自我空间里实现自己的欲望诉求，她养了一只"男"猫大黄，这似乎是一条最稳妥的保全自我的方式，但她根本不会料想到她的结局会那么悲惨。人们肢解了她身边的"男"猫大黄，又把一根铁通条戳进她的阴道！这残酷的一笔击碎了人们的梦幻——玫瑰门也许是女性的象征，但掌管大门的权力永远也不会在玫瑰门的主人手里，即使是紧闭大门的姑爸也逃脱不了被人宰割的命运。

玫瑰门是连接女人天性与社会之间的一道大门，大门内是女性个体生命的欲望诉求，大门外是社会利益对女性生命的强制性享用。而每一个女性在追寻生命的自由时，首先就要迈过这一道门槛。

春风拂煦：百花争斗艳
chun feng fu xu bai hua zheng dou yan

　　铁凝通过司猗纹、姑爸、竹西表现了三种不同类型的女性生存方式，完成了对女性的拷问。完成这种拷问的是苏眉这个人物，她一方面是作者的替身，在作品中充当拷问者、审视者；另一方面，她也是小说的参与者，她就是"她们"中的一员，她的故事与她所拷问的对象紧密相连。当她在拷问过程中对"她们"的行为提出质疑时，却没料到自己也逐渐踏进了她所质疑的内容之中。苏眉的意义还在于，尽管铁凝对"她们"的拷问是不留情面的，但通过苏眉暗示出铁凝骨子里对女性仍然持基本赞美的立场。小说结尾处，苏眉作为审视者送司猗纹到天堂世界去了，而她自己，历经了生理的，政治的，社会的，心理和人生的各种洗礼后，成为一位母亲——玫瑰门终于伴随着新生婴儿的第一次哭声绽开了女性青春与生命的花朵。老的已经走了，年轻的在开花结果，新的在诞生，玫瑰门绵延不息的生命力和创造力由此可见，而这也许是铁凝创作《玫瑰门》的深意所在吧！

"窗外"的言情专家：琼瑶
chuāng wài de yán qíng zhuān jiā：qióng yáo

　　琼瑶，一位响彻神州的女性作家，她的作品清新隽永，情意绵长，被喻为"言情派永不言败的掌门人"。她自 1963 年以《窗外》跻身文坛以来，已创作长篇小说五十二部和大量的中短篇小说。依据她的小说改编、拍摄成的电影、电视剧就有四十余部。为什么她笔下的爱情故事那么凄美动人？为什么她塑造的人物似假还真？这是因为，琼瑶创作的灵感大都源于她生活中的点点滴滴，源于她坎坷不平的人生经历。她自己也曾经说过："我在生活、爱

著名言情作家琼瑶

215

情及婚姻上遭遇过这么多，我才会有这么多的故事可写。每个人都有一种潜意识的发泄心理，别人用日记的形式来发泄，而我却发泄在写作上。"琼瑶不幸的婚姻生活成就了她，使她成为集大成的台湾爱情小说家。

　　琼瑶在 1963 年出版了她的第一部长篇小说《窗外》，在当时的文坛产生了极其轰动的影响，其实，这部小说就是以她自己的亲身经历为生活原型的。

　　《窗外》讲述的是一个凄美动人的师生恋的故事。小说中的女主人公江雁容在家里是一个失宠的孩子，得不到家庭的温暖，她的国文教师，一个四十多岁的中年知识分子康南，同情她，爱惜她，帮助她走出精神的困境，给她关心和温暖。两人不知不觉产生了真挚、强烈而又纯洁的爱情，但他们的爱情却不为社会、道德、家庭所容，人们唾弃他们，把他们的爱情想象得无比龌龊。他们一再挣扎和反抗，但强大的社会舆论、学校和家庭最终把他们推向了毁灭。康南被学校开除，被迫逃到南部的一个小地方教书，江雁容迫于母亲的压力，背叛了她和康南的南部之约。在一连串的打击下，康南逐日消沉、颓废，未老先衰。江雁容试图在婚姻中逃避过去的一切，嫁给一个名叫李立维的年轻人，但最终还是没有逃开世俗偏见的追杀。因为李立维的心胸狭窄，脾气粗暴，不能接受雁容的过去。李立维最终在烟花柳巷沉沦。伤心欲绝的雁容到南部去找康南，但见到的却只是个苍老、肮脏、没有活人气息的躯壳，她转身离去，但是她又能去哪里呢？只感觉暮色四面八方已经把她包围了……

　　《窗外》中传统的言情与纯洁、浪漫、忧伤的校园文化、青春躁动完美的结合，给文坛带来一种前所未有的清新气息。天真、纯净、多思、多愁、有个性的女学生形象第一次带着优美浪漫的爱情故事，出现在文坛上，在成人和青春少年的边缘开辟了一个特殊的情感地带，既有成人的命运，又有青春的情感，再加上真实生动的文笔，真切感人的故事，使《窗外》一举成名。但是《窗外》成功的原因绝不仅在于此，更多的是因为《窗外》写的是琼瑶自己真实的生活经历，而女主角江雁容正是琼瑶在现实生活中的真实写照。

琼瑶出身于书香门第，父亲是大学副教授，母亲是中学语文教师。所以她的中文水平极高，特别是作文，文思敏捷，笔法活泼，但是她的数理化却糟得"一塌糊涂"。所以她的父母对她十分不满，随之而来的就是情感的忽视。在《窗外》里，琼瑶借江雁容的口说出了自己当时的苦恼："全世界都不了解我，我渴望父母的爱，可是他们不爱我。"正因为琼瑶在家里得不到她所渴望的温暖，在学校里充满了不安，所以当"康南"出现的时候，她便不顾一切地坠入了幸福之中。

在琼瑶的生活中，"康南"是第一个理解她、肯定她、关心她的人，而且也是第一个从她的内心世界去呵护她、爱惜她的人，"康南"比她整整大了二十五岁，但他学问渊博，诗词歌赋，以至于书画、篆刻，无一不会，而且他气质忧郁，性格随和。琼瑶在他身上得到了从来没有过的真诚、理解和安慰。而她超过自身年龄的人生感受，甚至"多难"的人生经历，也都和老师不谋而合，正如她自己说的："我对他充满了崇拜之情。这种崇拜是很容易变质的。他对我是充满了怜惜之情，这种怜惜之情，也是很容易变质的。再加上，他孤独，我也孤独，他寂寞，我也寂寞……"

这段不被世人肯定的感情就这样产生了，爱情的降临，使琼瑶体会到了从没有过的幸福，但事实上正如她在《烟雨蒙蒙》中写得那样："幸福就像长了翅膀一样，轻易就从我的身边飞走。"这段感情并没有维系太久，就被社会的道德舆论及父母的极力阻挠扼杀了。那时的琼瑶几乎想带着她的梦幻离开这个纷扰的世界，但最终，母亲的苦口婆心、父亲的好言相劝使她放弃了这个可怕的念头，亲情最终战胜了爱情。但留下的琼瑶也只剩下一个麻木的躯壳了。

就在琼瑶孤苦无依，急于独立的情况下，庆筠闯进了她的生活。庆筠是个个性单纯、情感真率，充满不切实际幻想的诗人气质的年轻人。他执著地追求着琼瑶。这时候的琼瑶也很矛盾，她的脑子里驱逐不掉的都是老师那孤独而又熟悉的影子，这样的态度怎么能和庆筠谈恋爱呢？但是庆筠的确带给她好多的快乐，让她在孤独和无助中，有了一个可以把握的支点，要忽视他的爱，又是那么的困难。最终，琼瑶选择了这个不成熟的婚

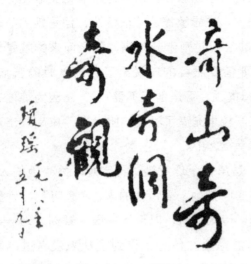

奇山奇
水奇洞
奇观

琼瑶 元八十九日

琼瑶墨迹。1988 年琼瑶游览云南省泸西县的阿庐古洞后发出"四奇"的赞叹。

姻，和庆筠携手步入了结婚礼堂。

但这段婚姻带给琼瑶的并不是幸福、快乐，而是永无止境的争吵和伤害。生活的窘迫和庆筠对她的猜忌，成了百吵不厌的理由。生活中充满了种种不和谐，但这段婚姻依旧维系着。现实的残酷、婚姻的不幸并没有把琼瑶打倒，反而激发了她锐意图强的决心。1962年冬天，她突然产生一个想法，那就是写她熟悉的过去，写她自己的故事，她给自己的这篇小说起了一个她向往已久的名字《窗外》，谁知《窗外》的创作及畅销，却使她的婚姻走到了破裂的边缘，庆筠对她自暴情史甚为不满，也一口咬定她从来没爱过他，只是利用他。经过了多次双方都感到痛苦万分的争吵后，他们在厌倦中冷静下来，决意给彼此一个自由，协议离婚，琼瑶的这段不成熟的婚姻就这样草草结束了。

如果说琼瑶的第一部小说《窗外》的成功源于她那不幸的初恋与破裂的婚姻，那么她与平鑫涛的相知相惜，就是奠定她成为言情专家的重要基石，是她后期创作的灵感源泉。

琼瑶曾经说过："如果没有站在我背后的平鑫涛，我就不会在那么短的时间内如此顺利的成名。"琼瑶和平鑫涛的爱情也是一波三折的，因为那时的平鑫涛有一个美满的家庭，这场情感的浩劫使琼瑶再次跌入了痛苦的深渊。在这段时间里，琼瑶创作了大量的关于"婚外情"和类似于婚外情的故事，如《一帘幽梦》中的紫菱和姐姐同时爱上了一个男人；《碧云天》中的碧菡代替姐姐，和姐夫生了孩子，最终和自己的姐夫产生了真挚的爱情；又如《浪花》中的秦雨秋，爱上了一个有妇之夫。女主角们虽然都陷入了"婚外情"，但她们却都有着很传统的道德观。她们的爱情很强烈，但她们却无法突破自己道德意识的阻拦，她们的爱情，也最终败在她们的传统道德意识手中，被她们牺牲掉了。从这些故事当中，不难看出琼瑶在这段时期内的心路历程，琼瑶具有的是一种怎样强大的传统的道德观，琼瑶所表现的正是她那一代人的心态：她们渴望自由的真实的感情，她们渴望叛逆平庸的成规，希望找到新鲜的爱情感受，但他们又都在精神上深深地打着中国传统道德的烙印，有着传统的道德和是非观，他们依恋爱情，但更依恋传统的道德，传统的美。她们所具有的、推崇的还是传统的节制、自省、内敛的人格样式。这不仅是琼瑶一个人的心态，更是她作品中的人物无法回避的心态。

浓郁的诗意是琼瑶小说的独特魅力。她以爱为经，以诗为纬，巧妙地编织着具有民族特色的、充满诗情画意的言情小说。诗意洋溢在她作品的各个方面。首先，她的作品题目都具有一种沁人心脾的韵味，如《烟雨蒙蒙》、《彩霞满天》、《我是一片云》、《梦的衣裳》等等。这些书名飘出虚幻而朦胧的诗意。其次，她善于用一首古典诗词或成语作为结构作品的纽带，使作品在结构上表现出诗意来，如《心有千千结》是以欧阳修一首词中的"天不老，情难绝，心似双丝网，终有千千结"为轴展开故事情节；《我是一片云》则以一句成语"天有不测风云"为线来结构作品。另外，她小说中的人物也富有神韵，主人公名字不俗，相貌飘逸，具有诗的气质：多情温柔、高雅聪慧、纯洁善良。琼瑶的小说是诗化的故事、诗化的人物、诗化的感情，使人感到温馨甜蜜。

琼瑶的情感历程是灾难重重、坎坷不平的，但琼瑶笔下的人物恋情却是纯情动人、幸福美满的。也许正是因为她现实生活中的不完美，才促使她写出如此完美的爱情故事，也许正是因为她爱情生活的不幸，才使得她笔下的人物栩栩如生，真实感人。

64. 武林大侠：文坛常青树金庸
wǔ lín dà xiá: wén tán cháng qīng shù jīn yōng

有人说：在中国文学史上，有两位作家的作品，真正做到了家喻户晓。一位是写《红楼梦》的曹雪芹，另一位便是写武侠小说的金庸。

"金大侠"做客中央电视台，笑谈"江湖"事。

这样说也许有点夸张，但有一个实例可以证明金庸小说的影响力：90 年代初一家海外中文报纸调查后发现，海外华人界最普及的读物，第一是《圣经》，第二是金庸的小说。

金庸是一个什么样的作家？他的作品怎么会有这么大的魅力？

金庸，原名查良镛，1924 年 2 月 6 日生于浙江省海宁县袁花镇，曾任上海《大公报》记者，40 年代末移居香港后与友人创办《明报》。从 1955 年的处女作《书剑恩仇录》开始，到 1972 年最后一部"封刀"之作《鹿鼎记》，金庸共创作了十五部小说。金庸曾将其中十四部主要作品取其首字，编成两句诗："飞雪连天射白鹿，笑书神侠倚碧鸳。"（剩下的一部是短篇《越女传》）这两句诗在武侠迷中广为流传，金庸也被武侠迷们奉为"金大侠"。

金庸小说的魅力何在？金庸所创作的小说，虽然有别于纯文学，但其中却包含了中华民族传统文化的底蕴和精神内涵。他在小说中，融入了历史学、地理学、民族学、民俗学、宗教学等，而且还涉猎了诗词歌赋、琴棋书画、经典乐舞、医药教理和星象占卜等学问，所以，有人说他的小说是中国传统文化的"百科全书"。例如：《天龙八部》的书名本身即取自佛经。这种深厚的文化底蕴使他的小说透露出一股书卷气，这也正是金庸区别于武侠界另外两位"掌门人"——梁羽生和古龙的地方。

梁羽生的武侠小说是把历史事件作为框架，添枝加叶，虚构人物，将故事演义得轰轰烈烈；古龙小说中融入"酒、色、才、气"，人物都具有英雄豪杰的本色，仿佛是作者本人真性情的写照；金庸则是"江湖"中的"风雅之士"，他写"武"而不写"武夫"，写"情"而不写"滥情"，把传统文化的人格理想与自己的人格理想融合在一起，集中在武林高手身上，让人们尽情欣赏人性的光辉。可以说，"武侠小说"这种通俗文学，到了金庸手中，才真正变得"雅俗共赏"起来。

金庸不仅是一位高产的武侠小说作家，还是一位有成就的报人。

金大侠的十五部小说，早已受到广大读者的喜爱，近些年来更是通过电影、电视甚至漫画等形式表现出来。金庸本人到底对哪部作品最满意呢？在接受香港一家报纸的记者采访时，他曾表示：十五部作品都像自己的孩子，绝无偏袒，但《笑傲江湖》更能表现自己成熟的"武侠文化"思想。

《笑傲江湖》本身就是一部"奇书"。它没有任何时代背景可循，金庸在后记中说："没有明确的时代，就表明它可以发生在任何时代。"这部小说与其说是一部武侠小说，倒不如说它是一个政治斗争的寓言。因为它把中国几千年来的历史与政治，全部抽象与浓缩在一个特殊的社会团体——"江湖"中来。

"江湖"不是指具体的一江一湖，这是一个虚化的概念，它的意义是一群特殊的人——武林人士，和他们所做的事——行侠仗义、打家劫舍、以武会友……在《笑傲江湖》中，"江湖"按传统分为了两派：以"君子剑"岳不群为代表的"浩然正气"的"正派"，以魔教任我行、东方不败为代表的行事诡异的"邪派"。然而金庸没有单纯地按"邪不胜正"的套路写下去。"正派"中有左冷禅这样善于玩弄阴谋的"野心家"，而号称"君子剑"的岳不群更是"虚伪"的代名词。岳不群会"紫霞神功"，运气发功时脸上浮现一层紫气，露出"庐山真面目"，不用时却是谦谦君子。这其实是暗喻他"两副面孔"的作风。这套功夫，他的师妹"宁氏女侠"

《笑傲江湖》书影

宁中则就不会用，华山派众弟子也不会用，"两面功夫"只是岳不群一人的"独门武功"。金庸写"武功"重精神而不重招式，有的武功大开大阖，有的武功出神入化，但其中都蕴含着习武者本人的精神与性格特点：杨过要用"大巧不工"的玄铁重剑，黄蓉要练轻灵的"逍遥游"拳法，而只有老顽童这样思想单纯如孩童的人才会创出"左右互搏术"来。如果要"君子剑"岳先生来练"左右互搏"，

说不定心思缜密的他要把自己的左右手打成"百花错拳"了。

练武功不但要重内在精神，还要上升到一种境界，在纷繁花哨的招式中，找到克敌的"精髓"。金庸基于佛家"原本无一物，何处染尘埃"的思想，借风清扬之口向令狐冲传授"无招胜有招"的心法："学招时要活

学，使招时要活使，倘若拘泥不化，即使练熟了几千万手绝招，遇上了真正的高手，终究还是给人家破得干干净净……活学活使，只是第一步。要做到出手无招，那才真是踏入了高手的境界。"风老先生的高论，不但造就了一代大侠令狐冲，而且也会让很多现代人茅塞顿开。

除了"无招胜有招"的精神招式，金庸更是将"琴、棋、书、画"四件雅事融入武学之中，创造出武学的美感。杭州孤山梅庄中的四位庄主黄钟公、黑白子、秃笔翁、丹青生各自爱好音乐、对弈、书法和丹青，而且将爱好与武功结合起来，用乐器、毛笔、棋盘等作为特殊的兵器，打出奇特而又有趣的套路。秃笔翁的一套武功，不但取自颜真卿的《裴将军诗》，而且武器——毛笔上还蘸了墨汁，专门在过招时往对手脸上、身上写字。因为墨汁是药物所炼，洗也洗不掉，所以，一旦被击中，会成为一生的羞辱。

至于音乐，更是全书的主线。《笑傲江湖》本是魔教长老曲洋与衡山派高手刘正风心意相投而创作的，也是令狐冲与任盈盈得以相识、相恋的重要媒介。《笑傲江湖》之曲不能像黄钟公的曲调一样能置人死地，但它另有摄人心魄的威力。令狐冲与任盈盈第三次演奏此曲时，"在座群豪大都不懂音韵，却无不听得心旷神怡"。只有岳不群那样的野心家，才会疑心重重，怀疑《笑傲江湖》曲谱是一本秘密的剑谱。

听琴是"大雅"，畅饮便是"大俗"，而金庸在《论杯》一章中，却把"酒"与"酒器"结合起来，上升到"酒道"一层。令狐冲在绿竹翁调教下，已经"于天下美酒不但深明来历，而且年份产地，一尝即辨。"但是祖千秋技高一筹，把喝酒和古诗词联系起来："喝汾酒当用玉杯，唐人有诗云：'玉碗盛来琥珀光。'可见玉碗玉杯能增酒色。""饮葡萄酒，当然要用夜光杯。古人诗云：'葡萄美酒夜光杯，欲饮琵琶马上催。'我辈须眉男儿饮之……岂不壮哉！"此时，饮的已不完全是杯中的美酒，而是中华民族几千年来沉淀的文化与历史。

在金庸的小说中，爱情和侠义是两个永恒的主题。侠客们尽管勇武刚猛，却不乏"侠骨柔情"。令狐冲与任盈盈、杨过与小龙女、郭靖与黄蓉，

他们的爱情放射出奇光异彩，给读者留下了深刻的印象。

真正的大侠，既要有"情"也要有"义"。这个"义"是对兄弟，也可以是对民族或者国家（如郭靖"为国为民，牺牲自我"）。身为魔教护法的向问天，虽然行事诡异，心狠手辣，为了营救任我行，却能不惜与正、邪两道为敌。令狐冲，也是因为对岳不群的养育之恩念念不忘，才会一次又一次被这个"伪君子"所欺骗。至于任盈盈对令狐冲的"情"和"义"，更是不用多说的了。

金庸笔下的"侠"，是有别于中国传统旧武侠小说的。小说的主题思想不是像《三侠五义》、《儿女英雄传》那样的"忠君爱国"。他的小说中的人物，虽然"爱国"但不会忠于昏君（比如杨过），而且金庸不是一味地描写英雄的丰功伟绩，有时也写写英雄们的"小缺点"，比如说令狐冲的好酒，段誉的迂腐。这样写不但没有损害人物的形象，反而增添了人物的人情味。这个特点也正是金庸能够成为"新武侠小说派"的"掌门人"的主要原因。金庸说："我写武侠，是想写人性。"也许，这才是他小说魅力的真正所在。

 ## 65. 新时代的"新写实"潮流
xīn shí dài de xīn xiě shí cháo liú

青年工人印家厚，作为一个生命来到这个世界，生活毫不吝啬也毫无宽待地给他一个角色，于是他便被不客气地编进了生活之网。在家庭生活中，他是别人的儿子、是别人的丈夫、是别人的父亲。作为具有双重父母的儿子，在两位老人（父亲与岳父）的六十大寿上，他要表现出自己的孝敬，于是他四处走动，想给自己的父亲们买两瓶好酒，但两瓶茅台就要用去他一个月的工资，想到儿子和家庭还要指望他的工资过活，只能作罢。孝敬之意无法表示，留给他的就只有烦恼。作为父亲，他有抚养儿子的义务，而且儿子的聪明和勇敢也令他时感快慰，他在孩子身上看到了生活的曙光。但是，抚养儿子带给他更多的是劳累是烦恼：他要给儿子包伤口，给儿子喂奶，领儿子挤汽车、上轮船，送他去幼儿园，不仅疲劳难支，而且还因为儿子在幼儿园的表现欠佳和由此招致的惩罚而烦恼。作为丈夫，他不仅无法为妻子谋取一个好的住处，甚至就连现在住着的刷牙、洗脸、上厕所都要排队的狭窄拥挤的筒子房，也还是靠妻子想办法才住上的。由于自己的"无能"，他在妻子面前总觉理

作家池莉，在思考烦恼的人生。

亏，总要承受妻子不休的责备。在社会上，生活带给他的仍然是无尽的烦恼。作为下属，他无法违抗车间主任的旨意，分发奖金时，他明明吃了亏，但却有苦难诉；厂长听信别人的谣言无故查问他对日本人的态度，不仅无端惹出一肚子烦恼，而且还要带着烦恼听从厂长的委派，去充当工会的差使。作为同事，不仅没有人真正关心他，体察他内心的苦楚，甚至对他缺少起码的尊重。食堂管理员把他看成讨饭的叫花子，迫使他在盛怒之下把饭菜倒进对方的衣袋里。作为师傅，他关心他的女徒弟，女徒弟理解他内心的隐痛，同情他，关怀他，在关键时刻出面为他解围，为他打抱不平，这固然使他感到安慰，但她对他的爱恋这一"美意"却又使他陷入了新的烦恼……印家厚多才多艺，有着超出一般人的丰富的内心世界，他有能力，有自信，不甘人后，而在实际生活中自己又没能"混"出什么大名堂来。这不能不使他感叹："同样都是人，都是人！"而在印家厚情感方面存在着更大的烦恼。当年，由于他"英俊年少，能歌善舞"，在乡下插队落户时一个"眉眼美艳"的"漂亮"女知青聂玲投入了他的怀抱，但后来由于某种原因两人没有走到一起，这无疑是他心灵中的一块滴血的伤痕……

以上叙述的故事是出自于池莉的中篇小说《烦恼人生》。像这样真实

地叙写普通人在极其琐碎的日常生活中的生存烦恼的作品还有很多，刘震云的中篇小说《一地鸡毛》也属于这一类的作品。如果说，池莉描写的是日常生活中的世俗层面，那么，刘震云描写的就是日常生活中的政治层面。

《一地鸡毛》开头就说"小林家一斤豆腐变馊了"，就这样铺开了主人公小林在日常生活中所遇到的一连串鸡毛蒜皮的琐屑事情。小林一家三口人住在一个合居间里，那里是个是非之地，小林想要搬出去，可要搬走，就得提级；要想提级，就必须入党；要想入党，就必须好好表现自己。这样的生活使他不容置疑地发现了一个冰冷的逻辑，

作家刘震云

小林再也不是三年前刚刚毕业的不谙世故的大学生了。现在的他，换了一幅面孔在这样的逻辑里周旋。他逢迎拍马，唯命是从，心口不一，投机钻营，他不仅学会了虚心找人谈心，主动写思想汇报，而且学会了打水、扫地、擦桌子；不仅学会了给领导送礼，而且学会了给领导搬家，甚至不惜下贱地给领导刷厕所。为了解决入党问题，他忍着老乔身上刺鼻的狐臭味，在炎热的夏日里一次一次地坐在老乔身边汇报谈心。为了缓解妻子因通勤带来的困难，他积极活动，想为妻子调转个单位。但他手中无权，只能托人情，送礼去巴结掌权者，由于不谙此道竟被晾在了外面，事未办成还招致了莫大的侮辱。单位领导为了自己小姨子的方便，就在小林家附近设了一个通勤车站点，这下，小林夫妇便成了权力的沾光者，问题也就"自然"解决了。在小孩入托的问题上，小林想为孩子找个好些的幼儿园，

但由于没有权力，夫妇再次碰壁，也是在他们无计可施之时，问题又"自然"解决了。原来，邻居家送给了他们一个指标，让他们孩子给自家的孩子去当"陪读"。他们虽然感到羞辱，但也无可奈何地接受了这个事实。邻居为什么有如此神通广大的能力呢？因为邻居是领导的司机，是权力的沾光者，于是小林夫妇又沾了沾光者的光。但事情并没有结束，随之而来的是幼儿园阿姨对孩子的惩罚。为什么呢？阿姨利用手中的权力（管着这些孩子的"权力"），向孩子家长索要礼物，对于不送礼的家长，这些阿姨们就无端惩罚他们的孩子。……这一切的一切，都是生活中的日常琐事：小林和老婆吵架，老婆调动工作，孩子入托，排队抢购大白菜，拉蜂窝煤，等等。正是这些琐事构成的沉重压力，吞噬了小林与妻子这对有过理想和追求并为此奋斗过的大学毕业生的生命活力与精神活力，使他们随波逐流，同化在周围污浊的环境中。这些琐屑的轻淡的鸡毛蒜皮似的生活现象，表面看起来都与权力无关，但认真看来，这一切又都无不联系着权力。这种以权力为轴心形成的污浊的生活，污染着小林夫妇的灵魂，他们也学会了利用手中的权力收受别人送来的礼物。刘震云就是在这样的一地鸡毛的琐事中细致深入地写出了权力的无孔不入，揭示了它对社会的异化，对人的异化。

"新写实小说"之所以获得一定成功，其实质是它的大众化倾向。这种倾向包括：一、注重表现一般大众的平常生活，揭示他们艰难的生存处境和隐抑心态；二、尊重大众的审美鉴赏力，把阅读活动视为读者建构自己的一种动作，也是文学价值的主要来源。

《烦恼人生》和《一地鸡毛》出于不同人之手，但其本质内容却是如出一辙。印家厚从早到晚的一天生活，可以包含他十几年的生活，这样那样的琐事充斥着他的人生岁月。从他的身上，我们可以找到一些人的影子，甚至是我们自己的影子。而小林夫妇的生活境遇又代表了一群人的生活。我们可以说，这是大众化的，是普通人的现实生活，这样的"写实"仿佛是"现实主义"与"自然主义"的结合，但毋庸置疑，是文学向深度发展的结果，是文坛由"浮躁"转向"沉思"后的抉择。

莫言的高密东北乡情怀

mò yán de gāo mì dōng běi xiāng qíng huái

    莫言1956年生于山东高密东北乡一个荒凉村庄中四壁黑亮的草屋里铺了干燥沙土的土炕上，落地时哭声暗哑，长到两岁不会说话，三岁才会走路，四五岁时饭量很大，经常与姐姐争抢红薯吃。六岁入学读书，"文化大革命"起，以放牛割草为业，1976年终于当上解放军离开家乡。1981年开始写作。这样平凡无奇的经历，这样一个先躬耕陇亩后侧身行伍的普通农村青年，却以故乡高密为背景展开的"爆炸"性作品震动文坛，小说涉及面极宽，既有战争，又有乡习民俗、地域风情，既有历史寻踪，又有现实生活照相，令人们惊奇、赞叹。

    莫言对故乡的感情是复杂的。他无法准确地表达对故乡那片土地的复杂情感，尽管曾近乎癫狂地喊叫过，高密县无疑是地球上最美的、最超脱、最圣洁、最英雄好汉、最能喝酒、最能爱的地方，但喊叫之后，他依然甚至更加抑郁沉重。在那里生活了整整二十年，留给他的颜色是灰暗的，留给他的情绪是凄凉的。离开故乡之后，莫言的肉体生存在城市的高楼大厦里，精神却依然徘徊游荡在高密荒凉的大地上。作为一个在那片土地上长大的、充满了农民乡土观的年轻人，高密的乡土情绪渗透到莫言的每一个毛孔中。

    高密县在山东胶州半岛，以前的气候和现在不同，经常下雨，每到夏秋，洪水泛滥，种矮秆儿庄稼会淹死，只能种高粱，因为高粱的秆儿高，每到秋天，一出村庄就是一眼望不到边的高粱地。许多高粱秆儿冬天也不收，为绿林好汉们提供了天然的屏障，于是抗日战争故事、爱情故事等等都可以在这里上演。《红高粱》源自一个真实的故事，发生在莫言家的邻村，莫言站在民间立场上讲述了一个"红高粱"的抗日故事。参与那场英勇战斗的主角是一帮由土匪、流浪汉、轿夫、残疾人之流拼凑起来的乌合之众。然而，正是在这些粗鲁、愚顽的乡下人身上，莫言发现了强大的生命力。他们的生存方式和行为，大大僭越了文明的成规。他们随意野合、杀人越货、行为放荡、无所顾忌，是未被文明所驯化的野蛮族群。在他们身上，体现了生命力的破坏性因素。莫言赋予其精神，"一穗一穗被露水打的精湿的高粱在雾洞里忧悒地注视着我父亲，父亲也虔诚地望着他们。父亲恍然大悟，明白了他们都是活生生的灵物。"红高粱是千万生命的化身，红高粱转化为高粱酒是其生命的延续。高粱酒作为红高粱的变体，不就是尼采所推崇的酒神精神吗！这一由物质向精神的转换，透露了民族文化中所隐含的强悍有力的生命意志。

莫言说："我在高密生活了二十年。二十年间我每天、每月、每年看到的景物基本是一样的，熟悉的人也是这么几个。这段农村生活其实就是我的创作基础。我所写的故事和我塑造的人物、使用的语言都与这段生活密切相关。如果我的小说有一个出发点的话，那就是高密东北乡。"在莫言的眼里高密满是故事，《红高粱》里有一个王文义，这个人物实际上是以莫言的一个邻居为原型。不但用了他的事迹，而且用了他的真名。"我知道这样不妥，但在写作的时候感到只有使用了真实的名字笔下才能有神。本来我想等写完后改一个名字，但是等我写完之后，无论改成什么名字都感到不合适。"后来，电影在村子里放映了，小说也在村子里流传，王文义看到自己在小说里被写死了，很是愤怒，挂着一根棍子找到莫言的父亲说："我还活得好好的，你家三儿子把我写死了。咱们是几辈子的邻居了，怎么能这样糟蹋人呢？"莫言父亲说："他小说中的第一句话就是'我父亲是个土匪种'，难道我是个土匪种吗？这是小说。儿大不由爷，等他回来你找他算账吧。"莫言探家时买了两瓶酒去看望他说："大叔，我是把您塑造成一个大英雄。"他说："什么大英雄？有听到枪声就捂着耳朵大喊'司令我的头没有了'的大英雄吗？反正人已经被你写死了，咱爷儿们也就不计较了，这样吧，你再去给我买两瓶酒吧，听说你用这篇小说挣了不少钱。"一个作家，不但可以虚构人物，虚构故事，而且可以虚构地理。莫言就是这样大着胆子把"高密东北乡"写到了稿纸上。当他下定决心要写那块邮票大的地方，就像打开了一道记忆的闸门，家乡的生活全被激活了。"我想起了当年躺在草地上对着牛、对着云、对着树、对着鸟儿说过的话，然后我就把它们原封不动地写到我的小说里。从此后我再也不必为找不到要写的东西而发愁了，而是要为写不过来而发愁了。"

高密县还有"我"的故事。莫言小时候在离家不远的桥梁工地上给铁匠拉风箱，晚上就睡在桥洞里。桥洞外边是一片生产队的黄麻地，黄麻地旁边是一片萝卜地。因为饥饿莫言就溜到萝卜地里偷了一个红萝卜，被人捉住后把鞋子剥下来送到工地负责人那里。负责人在桥墩上挂上了一张毛主席像，然后把民工组织起来，让莫言站在毛主席像前请罪。"我记得自己背诵了'三大纪律八项注意'，这段语录里有'不拿群众一针一钱，不损坏老百姓的庄稼'的条文，与我所犯错误倒是很贴切，尽管我只是一个饥饿的顽童而不是革命军人。我痛哭流涕地对毛主席说：敬爱的毛主席，我对不起您老人家，忘记了您老人家的教导，偷了生产队里一个红萝卜。但是我实在是太饿了。我今后宁愿吃草也不偷生产队里的萝卜了……大家看我的态度不错，而且毕竟是一个孩子，就把我的鞋子还给我，让我过关了。"回家后父亲大怒。"全家人一起动手修理我，父亲是首席打手，好像从电影里汲取了一些经验。他找来一条绳子，放在腌咸菜的盐水缸里浸湿，让我自己把裤子脱下来——他怕把我的裤子打破——然后他就用盐水绳子抽打我的屁股。电影里的共产党员宁死不屈，我是一绳子下去就叫苦连天。我的母亲一看父亲下了狠手，心中不忍了，就跑到婶婶家把我的爷爷叫了来。爷爷说：'奶奶个熊，小孩子拔个萝卜吃，有什么了不起？值得你这样打？'根据这段惨痛的经历，我写出了短篇小说《枯河》与中篇小说《透明的红萝卜》。"

高密东北乡是莫言开创的一个文学王国。莫言就是国王，仿佛一拿起笔写高密东北乡的故事，就可以饱尝大权在握的幸福。在这片国土上，他可以移山填海，呼风唤雨，让谁死谁就死，让谁活谁就活。当然莫言的高密东北乡系列小说出笼后，也有一些当地人提出抗议，骂莫言是一个背叛家乡的人。为此，莫言不得不多次地写文章解释说：高密东北乡是一个文学的概念而不是一个地理的概念，高密东北乡是一个开放的概念而不是一个封闭的概念，高密东北乡是在我生活经验的基础上想象出来的一个文学幻境。

67. "秋雨"绵绵，话说历史文化

qiū yǔ mián mián, huà shuō lì shǐ wén huà

作家余秋雨

很长时间，余秋雨一直静静地作着艺术理论与中国文化史方面的学问。突然有一天，他产生了一个很大的困惑："我们这些人，为什么做点学问就变得如此单调窘迫？如果每宗学问的弘扬都要以生命的枯萎做代价，那么世间学问的最终目的又是什么呢？"

想到这里，余秋雨迟迟疑疑地把摊了一桌子的"学问"推到一边，顺手关掉书桌上那盏像线装书一般昏黄的灯——噢！夜已深了，什么时候，外面下起了雨呢？

他曾把自己的书房喻为"漫长的历史"。此刻，他从漫长的历史中摇摇晃晃地走到历史与现实交接的窗前。"黯淡的灯光照着密密的雨脚，玻璃窗冰冷冰冷，被你呵出的热气，呵成一片迷雾，你用温热的手指划去窗上的雾气，划着划着，终于划出了你思念中的名字。"

余秋雨的脑海中突然电闪雷鸣：我这不是在呼唤蓬勃的生命，青春的自我？"如果青春和体魄总是矛盾的，深邃和青春总是无缘的，学识和游戏总是对立的，那么何时才能问津人类自古至今一直苦苦企盼的自身的健全？"

就这样，他离开案头，边走边写。因为每到一处他都能感到历史的重量，因而写的就不仅只是自然山水，更多的是人文山水了。从《文化苦

旅》到《山居笔记》，余秋雨带我们在漫长的中国文化史中旅行了一趟。

据说一个春天的雨夜，上海《文汇报》的记者问余秋雨："这些年海内外对你的评论很多，你如何评价自己在当代中国散文界的地位？"

《山居笔记》书影

事实上，为了谋生，余秋雨早已踏过好几个"界"，现在好不容易才躲出了一点自由和松快，因此可不愿意又一头钻进散文界去。余秋雨在《文化苦旅》序言中说："我已经料到，写出来的会是一些无法统一风格，无法划定体裁的奇怪篇什；没有料到的是，我本为追回自身的青春活力而出游，而一落笔却比过去写的任何文章都显得苍老。"

余秋雨说过，对历史的多情总会换成对历史的无奈。虽然他不敢对我们过于厚重的文化有什么祝福、祈祷，却希望笔下的文学能有一种苦涩后的回味，焦灼后的会心，冥思后的放松和苍老后的年轻。

又有这么一个晚上，台湾《中国时报》记者挂长途电话访问余秋雨，最后一个问题是："在中国文化历史上，你最喜欢哪位文学家？"

余秋雨回答说：中国文化史上他最喜欢的文学家是苏东坡，最喜欢的作品是《念奴娇·赤壁怀古》和前后《赤壁赋》，所以，他写了《苏东坡突围》。其中有这么一段："有人偷偷告诉他，他的诗被检举揭发了，他先是一怔，后来还潇洒、幽默地说：'今后我的诗不愁皇帝看不到了。'"被贬黄州的苏东坡在彻底洗去人生的喧闹后，寻找的是无言的山水和远逝的古人，在无法对话的地方寻找对话，在灭绝的再生中得到成熟。所以，苏东坡的人生境界豁然开朗了！

因而，当余秋雨到了黄州赤壁，在目睹赭红色的陡峭石坡和浩荡的大江后，不禁有感而发，在文章中说："苏东坡不仅是黄州自然美的发现者，而且也是黄州自然美的确定者和构建者。"

而当余秋雨到山西境内旅行时，所怀抱的是惭愧的心情，因为长期以来他把山西看成是中国特别贫困的省份之一，并且从来没有怀疑过。在《抱愧山西》中，余秋雨写到张艺谋拍摄的"大红灯笼高高挂"的乔家大院：

> 乔家大院真正的主人并不是过着影片中那种封闭生活，你只要在这个宅院中徜徉片刻，便能强烈地领略到一种胸襟开阔，敢于驰骋于华夏大地的豪迈气概。事实上，在上一世纪乃至以前相当长一个时期内中国最富有的省份是山西。

就在余秋雨结束山西之行时，当地某位作家请他过目一篇题目为《海内最富》的文章，而且他还听说，今天连大寨农民也在开始经商了。这一切，让他在抱愧之余又有了惊喜。

余秋雨生于浙江余姚县，他的家就在余姚县桥头乡的车头村。但十几年前该乡被划给了慈溪县，因而从此以后就不晓得如何称呼家乡的名字：

> 其实我比那些燕子还要惊惶，因为连旧年的巢也找不着……事实上世间的一切都无法弥补，我就潦草地踏上背井离乡的长途。

1957年余秋雨离开家乡到上海上中学，从此以后，故乡的意义也随之越来越淡，有时淡得几乎看不见了，到最后成为天天讲上海话基本上不说余姚话的人。在《上海人》中，余秋雨说："全国有点离不开上海人，又都讨厌着上海人。"为什么外地人到上海很快便被辨认出来？余秋雨说不是由于外貌和语言，而是由于不能贴合这种上海文明。依他的话说，上海人始终是中国近代史开始以来最尴尬的一群，要剖视上海人的尴尬，是当代中国文化研究的沉重课题：

> 北京是一个典型的中国式的京城，背靠长城，面南而坐，端肃安稳；上海正相反，它侧脸向东，面对着一个浩瀚的太平洋，而背后，则是一条横贯九域的万里长江。对于一个自足的中国而言，上海偏踞一隅，不足为道；但对于开放的当代世界而言，它却俯瞰广远……如果太平洋对中国没有多大意义，那么上海对中国也没有多大意义。

余秋雨的每一篇文章，都会让人掩卷而思。无论是小桥、流水、人家的江南，还是让人心情沉重的"道士塔"；无论是《一个王朝的背影》的沧桑，还是《历史的暗角》的忧虑，那充满忧伤的无奈和长长的叹息，还有那生命希望的感动，都将告诉你："文化苦旅"走不完。从中国文人艰辛跋涉的脚印里，我们不难看出：生命无法不苦涩，不焦灼，不沮丧，不苍老，但也只有如此，才有可能得到回味、会心、放松和年轻。

余秋雨本为追回自身的青春活力而出发旅行，但旅途中，他感悟到，充满青春活力的少年英气，毕竟不再属于他。因为，"不知天高地厚的少年英气是以尚未悟得历史定位为前提的，一旦悟得，英气也耗了大半"。他已悟到，自己被"人文山水"所吸引，是中国历史文化的悠久魅力，以及它对他长期熏染所造成的，"要摆脱也摆脱不了"。所以，不同年龄在心头打架，那代表"少年英气"的部分自我，当然就打不了胜仗了。

在旅途中，余秋雨领悟到，"对历史的多情总会加重人生的负载，因历史沧桑感引发人生的沧桑感"。于是，他在山水历史间跋涉时，有了越来越多的人生回忆。历史，原本就是千百代人类生命过程的记录，也就是说，历史是由千百代人类的真实人生所合成的。所以，当然，"连历史本身也不会否认一切真切的人生回忆会给它增添声色和情致"。然而，历史终究还是要以自己的漫长来照出人生的短促，以自己的粗线条来勾勒出人生的局限。作者在历史的重担下边想边走，走得又黑又瘦，英气全失，疲惫不堪。

　　然而，当余秋雨在即将走完辛苦的旅程时，又有了新的感悟，而这感悟，带来的说不定是具有突破性的新希望和新可能。这是走过了万里路，经历过心理沧桑之后的深切感悟。他说：民间的种种定位毕竟还都有一些可选择的余地。也许，正是对这种可选择性的承认与否和宽容的幅度，最终决定着一个人的心理年龄，或者说大一点，决定着一种文化，一种历史的生命潜能和更新可能。

　　这是一段非常重要的文字，无论就个体生命还是就历史文化而言，都是一种启示：我们是该有一些"定位"的回归了，是该有一些"清醒"了，是该有更多可"选择"的余地了，这样，我们的文化才会继续，我们的文化才能更新！